나의 엄마,
그리고 마지막 여행

알츠하이머병, 엄마와 아들의 세상끝으로의 행복 여행

나의 엄마,
그리고
마지막 여행

루카스 샘 슈라이버 지음 · 이연희 옮김

나의 엄마 클라우디아에게

차례

1. 엄마에게 알츠하이머병이 찾아왔다

수술로도 진정 원하는 것을 되찾을 기회를 얻지 못하는 병이 있다. 가령 예전의 에너지나 생활 또는 사고력 같은 것을 되찾지 못한다. 그런 병을 진단받으면, 우리를 이루는 모든 것이 사실은 그저 건강할 때에만 가질 수 있는 것이었음을 알게 된다.

하지만 한때는 영원하리라 여겼던 것들이 이제 다시는 그럴 수 없다는 현실 앞에서 나는 숨을 수 없다. 숨을 수 있는 사람은 아무도 없다.

오늘 우리가 여정의 첫발을 내딛는다는 것을 엄마는 기억하고 있을까? 물론 엄마는 잊지 않았겠지. 내가 잊어버린 것이 있을까? 혹 엄마가 깜빡한 것은 없을까? 엄마 여권을 내가 챙길까 고민하지만 차마 엄마에게 묻지는 못한다. 혹여 내가 엄마를 무시한다거나, 믿지 못한다고 생각하게 하면 안 되니까. 엄마는 평생 수많은 여행을 떠났고 항상 혼자서 해냈다. 하지만 지금 나는 엄마가 여권을 잃어버리지 않도록 챙긴다. 유년 시절 내내 엄마는 내가 여권을 잃어버리지 않도록 챙겨 줬다. 이제 모든 것이 달라졌다. 내가 만약 엄마와 내 여권을 모두 잃어버린다면? 그러면 우리의 여행은 시작과 동시에 끝을 맞이할 테지.

우리는 자주 함께 여행을 떠났다. 하지만 이번 여행은 예전과 많이 다르다. 이번 여행에서는 내가 모든 것을 챙기고 돌보아야 한다. 그런데 난 아직 엄마가 겪고 있는 질환에 관해 아는 바가 거의 없어 불안하다.

새벽 6시, 추위가 기승을 부린다. 이른 아침의 강추위로, 숨을 내쉴 때마다 마치 담배를 피우는 것처럼 두꺼운 안개구름이 뿜어져 나온다. 엄마가 사는 거리로 접어들었다. 쾰른 린덴탈 지구의 한적한 거리에는 붉은 벽돌로 지어진 똑같은 모습의 다세대 주택들이 나란히 서 있다. 집마다 널찍한 뒷마당이 있는데, 도심 한가운데에 있는 푸른 오아시스 같다. 이 동네에는 주로 은퇴한 연금 수급자나 싱글 맘이 산다. 나도 열아홉 살이 될 때까지 이곳에서 엄마와 함께 살았다.

다른 집들 창문에는 여전히 어둠이 내려앉아 있지만, 엄마 집 부엌엔 이미 불이 환하게 켜져 있다. 초인종을 울리는 순간 엄마는 벌써 복도에 서 있다.

"아, 이 짐 좀 봐. 이사 가는 거니? 그게 아니면 왜 이렇게 짐이 많은 거야?"라며 엄마가 웃는다.

"엄마야말로 여행 가는데 왜 이렇게 짐이 적은지 모르겠어요. 전 집에 있는 수영복이란 수영복은 모두 챙겼어요."

"난 너무 적게 챙기고 넌 너무 많이 챙겼나 보다. 내가 입을 옷이 떨어지면 네가 가져온 걸 입으면 되겠네. 잠깐 들어올래? 지금 바로 출발해야 하니?"

아직 시간은 충분하다. 이번 여행은 아주 긴 여정이 될 것이다. 나의 엄마 클라우디아가 30년 넘게 꿈꿔 온 여행이다. 그리고 우리는 시간이 허락하는 동안 여행을 해야 한다.

엄마가 이 섬에 대해 처음 들은 것은 내가 태어나기도 전으로, 당시 엄마는 라디오 기자로 일하고 있었다. 매일 방송되는 〈다채로운 소식〉이라는 라디오 프로그램에서 엄마는 짧고 재미있는 기사를 썼다. 뉴스 에이전시가 사진 한 장과 짧은 텍스트를 보내오면 엄마는 이를 바탕으로 30초 분량의 라디오용 기사를 써야 했다.

그 사진 속에는 나이가 지긋한 여성이 한 사람 있었다. 환상적인 해변을 배경으로, 머리에는 화관을 쓰고 서 있었는데 기사에서는 사진 속 여성이 이 섬의 새로운 시장으로 선출되었음을 알렸다. 당시에는 센세이셔널한 일이었다. 어떤 분야든 여성이 공직에 선출되는 일은 극히 드물었다. 그런데 천국 어딘가에 있는 이 작은 섬에서 처음으로 여성 시장이 선출된 것이다.

엄마는 정말 멋지다고 느꼈다. 그리고 이 섬이 어디에 있는지 지도에서 찾아보았다. 독일에서 그리 멀리 떨어져 있지는 않을 것이다. 태평양 한가운데, 뉴질랜드와 멕시코 사이에 있는 이 섬은 사방 수천 킬로미터가 물과 작은 환초로 둘러싸여 있다. 쿡 제도 중 하나로 길이가 가장 긴 지점이 5킬로미터, 폭은 2킬로미터에 불과하다. 청록색 바다, 끝없이 펼쳐진 해변 그리고 세상 반대편에 있는 낙원에 대한 생각이 엄마의 머릿속을 떠나지 않았다.

내 어린 시절에 엄마는 언제든 그냥 이 섬으로 도망갈 수 있다고 말하곤 했다. 하지만 진짜 가게 되리라고는 엄마 자신도 결코 믿지 못했다. "차라리 예수님을 만나지!"라며 엄마는 항상 웃었다. 하지만 시간이 얼마 남지 않은 지금, 우리는 그곳에 가야만 한다. 엄마는 아프고 다시 건강해지지는 않을 테니까.

진단을 받았을 때, 가까운 가족이 모두 모여 앉아 있었다. 아빠, 형, 엄마 그리고 나. 부모님은 이미 수년 전에 이혼하셨다. 전형적인 이야기였다. 유년 시절에 상처 입은 두 영혼은 상대방 내면의 공허함을 채우려 노력을 다했지만 결국 자기 삶의 모험에 더 집중했다. 가지지 않은 것을 원하고, 자신에게 이로운 것을 결코 견디지 못하는, 밀고 당기는 전쟁이었다. 엄마 아빠는 결혼 생활을 유지하기에는 항상 너무 쿨했다. 드레스 없는 결혼식을 올렸고 결혼반지에 냉소했다. 두 분 모두 끊임없이 새로운 모험을 찾았다. 가끔은 가능할 수도 있었겠지만, 늘 가능할 수는 없었다. 내가 열

한 살 때 두 분은 서로 으르렁거리며 헤어졌고, 장미의 전쟁 최전방에서 서로의 잘못을 찾았다. 하지만 결국 찾지는 못했다. 몇 년이 흐른 후 둘은 서로에게서 잘못을 찾는 일을 포기했고, 그사이 아빠에게는 새로운 연인이 생겼다. 하지만 다행히 우리 가족은 작게나마 지속되었다.

엄마가 진단을 받은 후, 아빠는 엄마에게 아직 무엇인가 할 수 있을 때, 하고 싶은 것은 없는지 물어보았다. 이루어야 할 꿈이 있다면 지금 바로 해야 하기 때문에. 낭비할 시간이 없다. 엄마는 잠시도 머뭇거리지 않고 바로 이 섬 이름을 이야기했다. 천국을 위한 완벽한 이름, 세상 반대편의 아주 작은 땅.

"아이투타키로 가야만 해."

"파인애플 좀 먹을래?" 트렁크를 끌고 힘들게 복도를 걸어가는 내게 엄마가 묻는다. 나는 고개를 끄덕였다.

내가 이사를 나온 후, 집은 변한 것이 거의 없다. 내가 쓰던 방만 엄마의 사무실이 되었다. 책 수백 권으로 앉을 자리도 남지 않은 작은 공간이다.

엄마가 겪고 있는 질환의 첫 징후 중 하나는 사무실이 점점 너저분해진 것이었다. 엄마가 의식하지 못한 채 책상은 서류철과 종이로, 그리고 특이하게도 누구도 정확한 용도를 알지 못하는 각기 다른 프린터 세 대로 점점 가득 찼다. 가지각색으로 구겨진 종잇조각도 언젠가부터 방 곳곳에 흩어져 있었다. 종이에는 짧은 문장만 쓰여 있을 때도 있고, 긴 문단이나 짧은 이야기가 적혀 있을 때도 있었다. 엄마는 이야기나 책에 관한 아이디어가 떠오를 때면 어딘가에 적어 두고 때로는 몇 년이고 보관하다 마침내 적절한 순간이 오면 사용했다.

오늘은 복도 바닥에서 엄마가 지저분하게 찢어 놓은 작은 신문 기사 조각을 발견했다.

청소기로 질식사에서 구하다

진공청소기로 일본인 남성을 질식사에서 구했다. 70세 남성이 새해를 맞이하여 악명 높은 전통 음식인 '오모찌' 떡을 먹다 목에 걸렸다. 그러자 딸이 청소기를 들고 목구멍에 단단히 붙어 있는 떡을 빨아들였다. 모든 일본인이 떡으로 인한 사고 위험을 알고 있지만, 올해 역시 많은 노인이 특산품을 섭취하다 치명적인 질식 위험으로 고통을 겪었다.

나는 안타까운 마음으로 엄마가 어떤 이야기에 이 기사를 필요로 했을지 생각해 보았다. 또 다른 종이에는 한 문장만 쓰여 있다. 엄마는 필체가 늘 해독이 거의 불가능해서 의사가 되어도 좋을 정도였다. 하지만 몇 번 시도한 끝에 나는 의미를 이해했다. 거기엔 "오늘은 동물원의 판다가 하는 정도로만 섹스를 한다. 즉, 전혀 하지 않는다."라고 쓰여 있었다. 이 문장을 읽자 웃음이 새어나왔다. 지저분한 농담은 항상 엄마 몫이었다.

각양각색의 그림을 지나 엄마를 따라 부엌으로 갔다. 엄마 집의 벽 곳곳에는 여러 그림이 걸려 있는데, 그 그림들은 다르다 못해 일부는 혼란스러울 정도이다. 엄마는 새로운 책을 집필할 때마다 시작의 의미로 그림을 사는 습관이 있었다. 집필이 끝날 때면 대부분 지겹도록 본 상태가 되어, 이후로는 창고에 보관한다. 그중 좋아하는 그림들만 거실에 남았다. 엄마가 쓴 소설과 어린이책이 다양했던 만큼 집에 있는 그림도 다양했다. 예를 들면 거실에는 팔을 벌린 큰 천사가 그려진 초록색 그림이 있다. 그 바로 옆에는 피아노 앞에 있는 오리 사진이 걸려 있는데, 사진 아래에는 '음악 하는 오리 살바토레'라고 적혀 있다.

엄마는 내게 등을 돌린 채 싱크대 앞에 서 있다. 잠시 망설이다 용기를 내어 엄마의 여권을 물어보았다.

"여권 저에게 주실래요? 제가 둘 다 가지고 있을까요?"

"아빠가 그러래?"

엄마가 당황한 듯 물어보더니, 파인애플을 이리저리 자른다.

"여권을 줄 수는 있는데, 잃어버리지는 않았어."

엄마는 나를 야유하고는 여권을 찾는 듯 주위를 둘러본다.

"어디에 있는 거지? 제기랄, 어떻게 된 거야?"

엄마의 질환은 엄마를 비롯해 우리 모두의 삶으로 갑자기 들어왔다. 엄마는 사실 항상 너무나 건강한 분이었다. 그전까지 우리는 그냥 건강하다는 것이 얼마나 좋은 것인지 전혀 몰랐다. 엄마의 친한 친구가 엄마 집에 놀러 와서 하룻밤 자고 간 적이 있다. 우리가 여행을 하기 1년 전쯤의 일이다. 이른 아침 두 사람은 복도에서 마주쳤고, 잠에 취한 채 인사를 주고받았다.

"잘 잤어? 좋은 꿈 꿨어? 난 무슨 꿈을 꿨는지 기억이 안 나."

잠옷을 입고 머리가 헝클어진 채, 두 친구는 함께 있음에 즐거워했다. 완전히 평범했던 이 장면은 갑자기 서류에 기재되었다.

퀼른대학병원 신경과 교수가 엄마에게 보낸 편지

분류
환자 번호: 04188808
사건 번호: 011643110219

2018년 2월 28일 귀하의 친구분께서 저에게 연락을 해 왔으며, 친구분이 함께 있는 상황에서 귀하께서 실신했던 상황에 관해 알려 주었습니다. 친구분의 설명에 따르면, 두 분은 꽤 이른 아침에 일어나셨으며, 귀하는 차를 끓이기 위해 부엌에 있었고, 이후 복도로 이동하여 속이 매스껍다고 했습니다. 이후 친구분은 끙끙 앓는 소리를 들었고, 귀하는 갑자기 바닥으로 쓰러졌습니다. 나무처럼 세로 형태가 아닌, 힘이 빠지며 쓰러지셨고 친구분은 귀하를 일부 받칠 수 있었습니다. 귀하는 등을 아래 방향으로 하고 쓰러졌으며, 약 2분간 조용히 눈을 감은 채 누워 있었습니다. 친구분이 도움을 청하기 위해 전화기를 손에 들었

> 을 때 귀하는 다시 눈을 떴고 그 즉시 대화가 완전히 가능했습니다. 이에 친구분은 귀하에게 무엇을 해야 할지 조언할 수 있었고, 담당 의사에게 전화하기로 결정하였습니다. 분명한 것은 귀하께서 이날 실신한 것입니다.

되돌아보면 당시 잠시 겪은 실신이 병의 시작이었을 수도 있다. 무슨 일이 일어났었다는 것 자체를 나는 수일이 지나서야 들었다. 의사들은 '실신'이라고 했다. 이 사건이 정말 그 후에 일어난 모든 일과 관련이 있는지는 지금까지도 명확하지 않다.

엄마는 항상 일을 많이 했다. 처음 문제가 나타났을 때는 그저 일진이 좋지 않은 날이라고 좋게 생각했다. 잠을 좀 설쳤다거나, 독감 때문에 일이 뒤죽박죽이 되었다거나, 그날은 유난히 낭독회가 매끄럽지 않았다는 식으로 설명했다.

처음에는 별생각이 없었다. 엄마는 실신 때문에 병원을 방문했지만 병원에서는 아무것도 찾지 못했고 엄마는 건강해 보였다. 의사는 혈액 순환, 혈액 수치 모두 좋다고 했다. 그렇다면 스트레스 때문일까? 엄마는 꽤 힘든 소재를 다루는 새로운 소설의 마지막 단계에 와 있었고, 이는 엄마에게 스트레스를 줄 수 있었다. 엄마는 운동을 많이 했고, 식사도 잘했으며, 건강에 신경을 썼다. 심각하게 아팠던 적이 없는데, 뭐가 있을 수 있겠는가? 우리는 아무 걱정을 하지 않았다.

엄마는 30년이 넘도록 작가와 기자로 일했다. 소설과 어린이책을 열 권가량 집필했다. 그중 성공을 거둔 책도 있고, 그러지 않은 책도 있다. 하지만 엄마가 쓴 책 중 『행복한 엠마 행복한 돼지 그리고 남자』*라는 책은 2006년 위르겐 포겔(Jürgen Vogel) 주연의 영화로 제작되었다. 아주 큰 성공을 거두었고, 이는 모든 작업을 가치 있게 만들었다.

엄마는 자주 책 낭독을 위한 여행을 떠났다. 작가로서 낭독회에서 작품을 읽을 때 그냥 읽어만 주는 것이 아니라 자신만의 톤으로 인물을 흉내 내어 연기했다. 엄마는 다른 사람들에게 책을 읽어 줄 때 항상 조금 앞서 생각한다고 말했었다. 한 문장을 소리 내 읽으면서, 머릿속에서는 그 뒤에 나올 단어나 문장을 떠올리며 어떻게 읽을지 생각하는 것이다.

진단을 받은 지 몇 달이 지나고서야, 엄마는 언젠가부터 책 낭독이 예전처럼 원활하게 되지 않는다고 이야기했다. 당시에는 왜 그런지까지는 아직 몰랐지만. 크게 소리 내어 읽고 있는 지점과 머릿속에서 앞서 예측하는 지점 간의 거리가 점점 짧아졌다. 엄마는 그냥 잘 풀리지 않는 시기라고 생각했다. 누구에게나 낭독이 매끄럽지 않을 때가 있다. 하지만 나아지지 않았다. 점점 더 많은 여백이 곳곳에 생기기 시작했다. 엄마는 단어, 약속, 날짜, 이름을 찾기 시작했다. 빌어먹을, 노트북이 어디에 있었지? 새로 산 신발은?

---

*   원제는 '엠마의 행운(Emmas Glüeck)'으로 2005년 국내에서 『행복한 엠마 행복한 돼지 그리고 남자』라는 제목으로 번역 출간되었다. ─옮긴이

시리얼만은 몇 년 전부터 같은 자리에 있어 찾지 않아도 되었다.

병은 몰래 다가왔다. 처음에는 느리고, 거의 눈에 띄지 않았
다. 하지만 첫 실신과 함께 혼란스러운 틈을 타 처음으로 잠복하
고 있던 곳에서 과감히 밖으로 나왔고 다시 재빠르게 숨었다. 그
러고는 갑자기 눈에 띄게 나타나기 시작했다.

엄마의 새로운 소설이 출판된 지 일주일 되는 날이었다. 낭독
회 수십 개는 물론이고 독자와의 만남도 여럿 예정되어 있었다.
화요일 아침 8시였다. 나는 칫솔을 입에 물고 다시는 기억하지 못
할 팟캐스트를 듣고 있었다. 그때 휴대폰 화면에 엄마 이름이 나
타났다. 이른 아침부터 온 전화에 당황스러웠지만, 휴대폰으로 달
려가 기분 좋은 인사를 건넸다. "좋은 아침이에요." 하고 휴대폰에
대고 소리쳤다.

조용한 숨소리와 아주 긴 침묵 후, 엄마는 내가 필요하다고 말
했다. 지금 당장. 엄마가 그렇게 말한 건 처음 있는 일이었다.

집에 도착했을 때, 엄마는 소파에 푹 파묻혀 누운 채 숨을 무
겁게 내쉬고 있었다. 엄마는 무슨 일이 일어났는지, 심지어 몇 분
전 우리가 통화했다는 것도 전혀 기억하지 못했다. 카펫 위에 토
를 게워 낸 흔적이 있었다. 엄마는 한쪽 다리는 쭉 뻗고 다른 쪽
다리는 소파 아래로 구부린 채, 거친 바다에서 미끄러져 나가는
배를 탄 듯 팔걸이를 붙잡고 있었다. 엄마는 재차 토를 게워 냈고,
나는 친하게 지내는 의사에게 전화했다. 의사는 최대한 빨리 우리

에게 왔다. 그리고 몇 가지 짐을 챙겨 병원으로 가라고 말했다. 시간이 소요될 수 있으니 며칠을 계획하고 먹을 것도 챙기라고 했다. 우리를 걱정스럽게 바라보지는 않았지만 불안해했다.

병원 접수 데스크 직원이 대기실로 가라며 퉁명스럽게 대했지만 화를 낼 수는 없었다. 데스크 옆에서 환자 두 명이 분노로 이마를 찡그린 채 팔짱을 끼고 서서 뭔가를 요구하고 있었다. 우리는 응급실에 몇 시간 동안 앉아 있었다. 대기실에는 소화에 좋은 무엇인가가 있는 듯한 냄새가 났다. 주유소 냄새나 아스파라거스를 먹은 후 배출되는 소변 냄새처럼 고약했지만, 싸우지 않고 그러려니 할 만큼 특이했다.

"증상이 없어지지 않으면 어떡하지? 나 아무것도 기억할 수가 없어." 엄마가 계속해서 물어보았다. 나는 아직 불안하지는 않았지만 몸은 굳어 버렸고 머릿속은 텅 비었다. 나는 이런 종류의 책임을 좋아하지 않는다. 그냥 누군가가 몰래 나를 여기서 데리고 나갔으면 좋겠다고 생각했다. 지금 상태가 계속되면 어떻게 해야 할지 엄마가 세 번째로 물었을 때, 나는 새로운 답을 더는 찾지 못했고 다시 처음 대답으로 돌아갔다. "일단 기다려 봐요." 그리고 "회복될 거예요." 하고 말했지만 나 스스로도 내 말을 믿지 못했다. 마치 처음인 것처럼 내가 반복해서 이야기하는 건 내게 처음 있는 일이었다. 엄마와의 관계에서, 어쩌면 이 순간이 병이 시작되는 순간이었을지도 모른다. 처음으로 엄마를 더 이상 다른 사람처럼 대하지 않은 순간이었다. 우리 둘 사이에 완전히 새로운 관계가 시작되었다.

몇 시간이 지난 후 간호사가 우리를 방으로 불렀다. 엄마는 초조한 듯 나를 바라보았다. 나는 엄마 손을 잡고 함께 일어섰다. 엄마 손을 마지막으로 잡은 것이 언제인지 기억나지 않았다. 간호사는 매우 친절했다. 나는 간호사에게 엄마가 기억을 잘하지 못한다고 이야기했다. 간호사는 엄마에게 오늘이 무슨 요일인지 물었다. 엄마는 쉽게 대답하지 못했다. 간호사는 엄마의 혈압을 재고, 눈에 불빛을 비추고는 계속해서 질문을 이어 갔다.

"오늘이 며칠인지 기억하시나요?"

"음…… 월요일요?"

"아니요, 날짜요."

"아, 9월."

"그리고 며칠인가요?"

"아, 젠장…… 알아요……아니 잘 모르겠어요."

"괜찮아요. 그럼, 이틀 전은 무슨 요일이었나요?"

엄마는 앉은 채 안절부절못하며 불안해했고, 마치 기억에서 요일을 털어 내려는 듯 머리를 흔들었다.

"뭐라고요? 같은 질문이에요? 아…… 그건…… 잘 모르겠어요."

엄마는 울기 시작했고 어깨 너머로 나를 바라보았다.

"괜찮아요, 엄마. 괜찮을 거예요!"라고 말했지만, 나는 그 순간 내 말이 얼마나 틀렸는지 아직 모르고 있었다.

간호사는 우리에게 한 번 더 대기실에서 잠시 기다리라고 했다. 엄마의 가장 친한 친구가 복도에 서 있었고, 나는 잠깐 그곳에서 벗어날 수 있었다. 나는 엄마를 꼭 안고 오후에 다시 오겠다고 약속했다. "걱정 마요. 몇 시간이면 돼요. 바로 올게요."

2019년 늦여름 나는 석사 논문을 쓰고 있었다. 그때는 아직 몇 달 뒤 엄마와 함께 세상 끝으로 여행을 가게 될 것을 알지 못했다. 엄마는 약 2주간 병원에 입원했다. 나는 주치의가 아침 회진을 돌 때 자리에 함께 있으려고 매일 아침 6시에 일어나 병원으로 갔다. 엄마는 의사들이 하는 말을 더 이상 기억하지 못했다. 형 모리츠는 휴가 중이었고 아빠 피터는 1년 중 상당 부분을 포르투갈에서 생활했다. 아빠와 형은 무슨 일인지 궁금해하며 걱정했다. 나는 병원에 들렀다가 도서관으로 가서 논문을 잠시 쓰고 면회 시간이 끝나기 전에 다시 빨리 병원에 들렀다.

의사는 우리가 지금껏 전혀 들어 보지 못한 말을 던졌다. 이 모든 것이 무엇을 의미하는지 엄마도 나만큼이나 이해하지 못했다.

"항체 음성인 자가 면역 뇌염"이라고 레지던트가 말한다. 아 네, 정말 감사합니다. 이제 우리도 알겠네요. 그럼 안녕히 계세요. 레지던트는 피곤해 보였다. 나와 이야기하지 않고 그냥 가볍게 우리를 지나치고 싶어 하는 것 같았다. 주치의가 옆에 서 있으면 레지던트에게는 시험을 치는 상황과 같았다. 나는 어느 정도 이해할 수 있었지만 두 사람이 우리와 같은 공간에 있지 않은 것 같아 화가 났다.

모든 새로운 진단은 오래 지속되지 않았다. 의사들은 이것을 작업성 진단이라고 불렀다. 아무도 이 여정이 어디로 가는지 알지 못하는 동안, 의사들이 병원에서 하는 알아맞히기 퀴즈 게임이다. 작업성 진단은 상대방에게 무엇인가를 원하는 사람이 짓는 친절한 미소와 같다. 예술이라고 둘러대는 광고 포스터와 같다. 처음에는 심각하지 않으나, 시간이 지나면서 누적되는 부정직함은 참을 수 없게 된다. 그리고 나는 진짜 웃음, 진짜 예술, 진짜 진단이 무엇인지 전혀 알지 못한다. 의사는 모든 외국어를 다섯 개의 새로운 외국어로 설명한다. 엄마는 눈이 커져서는 한 단어도 이해하지 못한 채 나를 바라본다. 나도 어깨를 들썩이는 것 외에 할 수 있는 게 없다. 의사는 한숨을 쉬며 새로 설명을 시작하지만, 복도에서 들리는 어느 환자가 울부짖는 소리에 설명이 중단된다. 의사는 웃으며 문을 닫고 더 크게 말한다. 병원은 불확실성에 좋은 장소는 아니다.

수천 번의 진료에도 우리는 한 발짝도 나아가지 못했다. 엄마는 몇 달째 아팠고 낭독회는 모두 취소해야 했다. 엄마는 실신하기 일주일 전에 출판된 새로운 소설을 소개할 수 없었다. 재앙이었다. 예정대로라면 엄마는 이 서점에서 저 서점으로 차례차례 방문했을 것이다. 책을 읽고 사인을 해 주며 그해 수입의 상당 부분을 벌었을 것이다. 엄마가 새 책을 홍보하지 못하는 날이 계속되면서 소설은 존재감을 잃어 갔다. 큰 문제지만, 이 상황에서는 그조차 무의미해 보였다.

어디에서도 종양은 찾을 수 없었고, 의사들은 빨리 암을 배제할 수 있었다. 우리는 잠시 간질 발작이기를 바랐지만, 아니었다. 의사들은 드디어 확신했고 신경과 전문의는 우리에게 직접 말해 주었다.

엄마는 알츠하이머병에 걸렸다.

이제 엄마는 환자가 되었고 이는 끝까지 변함없을 것이다.

진단을 받은 후, 엄마는 이 병에 관해 글을 쓰려고 했다. 하지만 시간이 지난 후 엄마는 알파벳이 점점 작아진다고 이야기했다. 무엇에 관해 썼으며 그다음에 어떤 내용이 오게 될지 이해하기가 점점 더 어려워졌다. 엄마는 컴퓨터를 예전처럼 다룰 수가 없었다. 자판은 점점 더 낯설어졌다. 지금껏 본 적 없는 창이 나타났고 길을 찾는 일은 점점 드물어졌다.

엄마는 처음부터 내게 질환과, 그로 인해 발생하는 제약에 대해 솔직하게 털어놓았다. 하지만 다른 사람들 앞에서는 다르게 행동했다. 모르는 사람들은 엄마가 이 질환으로 인해 지금 장애를 갖게 되었다고 생각할 수 있다. 어쨌든 엄마는 이 병이 두려웠다. 가능하면 아무에게도 들키고 싶지 않았고, 그래서 엄마의 상태가 얼마나 나쁜지 이야기하는 경우는 드물었다. 엄마는 자신의 기억력에 빈자리가 아닌 분화구가 생겼다는 것을 숨기고자 노력했다. 매주 수요일에 있는 합창은 여전히 정확히 기억했다. 악보를 프린트하는 것도 잊지 않았다. 엄마는 스스로 아주 건강한 여성이라는 것을 자기 기억 속에서 찾아다녔다. 외부적으로는 여전히 그랬다. 얼마 전까지만 해도 엄마는 트레이닝을 하는, 매우 건강하고 스포츠를 좋아하는 여성이었다. 하지만 진단이 내려지면서 이 질환은 이 모든 것이 끝났음을 엄마에게 선포했다.

혹시 미스터 알츠하이머는 오랫동안 우리 모두에게 숨어 있었던 걸까? 한참이 지난 후에 나타나고 싶었던 걸까? 어떤 이들은 알츠하이머병은 발현되기 수십 년 전에 이미 둥지를 튼다고 말한다. 엄마는 평생 우울증과 싸워 왔다. 이는 놀라운 일이 아니다. 엄마는 많은 것을 경험하고 목격했다. 그래서 오랜 시간 동안 심리 치료를 받았다. 이것이 미스터 알츠하이머였을까? 그가 완전한 슬픔으로 숨어 있었던 걸까? 미스터 알츠하이머는 숨바꼭질을 즐기는 것처럼 보인다. 지금은 신분을 드러냈고 우리는 그에게 어찌할 도리가 없다.

미스터 알츠하이머! 매일 우리와 동행하는 이 질환의 이름을 만든 사람을 찾아본 후, 다부진 남자의 모습이 내 머릿속을 떠나지 않는다. 알로이스*라는 이름…… 얼마나 아름답지 못한 이름인

---

* 알로이스 알츠하이머는 독일의 정신과 의사이자 신경 병리학자로, 알츠하이머병을 처음으로 발견했다. 친구인 에밀 크레펠린의 병을, 자신의 이름을 따서 알츠하이머라고 명명했다.―옮긴이

가? 알츠하이머병은 나이 많은 사람의 병이다. 엄마는 이제 겨우 예순이 되었다. 진단 후 엄마는 공식적인 알츠하이머병 환자가 되었고, 의료 보험에서 모든 치료비를 지불한다. 심리 치료, 신체 치료, 작업 치료, 심지어 아쿠아 피트니스 비용까지. 정말 감사한 일이 아닌가!

우리는 의사에게 정말 알츠하이머병이 맞는지 여러 번 물어보았다. 지인들 역시 우리에게 여러 차례 물어보았다. "가능한 일이야? 예순인데? 그 병을 앓기에는 너무 젊잖아!" 그리고 사람들은 저마다 자신의 친척, 지인 또는 그 누군가의 끔찍한 이야기를 마음대로 펼쳐 놓는다. 그런데도 우리는 이 모든 진료 끝에 드디어 병명을 알게 되어 기쁠 지경이었다.

내가 처음부터 붙잡고 있는 질문이 하나 있었다. 엄마는 왜 이 병에 걸린 것일까? 스트레스가 너무 과했던 것일까? 육체적으로 너무 무리해서일까? 아니면 불행을 잊으려고 너무 많은 술을 마셨기 때문일까? 수많은 나쁜 남자가 엄마를 망가뜨렸다. 그중 몇 명은 나도 알고 있다. 아들들은 대부분 이렇게 이야기하겠지만, 나의 아빠는 훌륭했다. 하지만 그 이후의 남자들은! 말도 안 되는 사람들이었다!

이제 엄마는 알로이스와 함께…… 또 남자다. 모두가 그를 알지만, 그가 어떻게 느껴지는지는 아무도 모른다.

엄마의 예리했던 지성은 뒤죽박죽이 되어 가고 있다. 엄마는 여행을 예약하고 하루가 지나면 예약한 것을 더 이상 기억하지 못한다. 엄마가 여행하고 싶은 것인지 아니면 다른 누군가가 엄마와 함께 여행하기를 기대하고 있는 것인지 그렇다면 그 사람은 도대체 누구인지 기억하지 못한다. 엄마는 자신의 생각이 제멋대로라고 묘사했다. 엄마의 기억력에 바퀴가 달려서, 모든 생각이 엄마에게서 달아나서는 마지막 출구를 놓치거나 교통 체증에 걸려 있다.

보험 회사는 엄마가 죽는 날까지 비용을 부담해야 한다. 알츠하이머병은 단지 망각의 병이 아니다. 알츠하이머병은 치명적이다. "이 병이 나를 죽일 거야." 진단받은 주부터 엄마는 매일 이렇게 말한다. 그날이 언제가 될지 정확하게 아는 이는 아무도 없다. 인터넷에서는 6년 또는 7년이라고 한다. 20년이라고 말하는 의사도 있다. 하지만 모든 데이터는 일흔 또는 아흔이 넘은 노인을 대상으로 한 것이다. 엄마와 같은 예순 초반은 없다. 이런 경우에 대해 아는 사람은 아무도 없다.

한번은 엄마에게 해 줄, 무엇인가 좋은 일이 없을지 물어보았다.

"나를 다시 건강하게 만들어 주겠니?"

멍청한 질문과 멍청한 대답이었다. 나는 도대체 무엇을 기대한 것일까?

2. 엄마의 평생소원인
   아이투타키섬 여행의 목적은 행복

아이투타키로 가는 길은 너무 멀어서, 비행기 연결 편을 선택할 때 지구 어느 방향으로 비행할지를 먼저 결정해야만 했다. 북미를 경유하여 태평양을 건너거나, 완전히 반대 방향으로 두바이를 경유해 뉴질랜드로 간 후 다시 태평양을 건너야 한다. 인도를 찾는 콜럼버스처럼 세상 반대편으로 갈 때 방향은 중요하지 않다.

가장 빠른 비행 연결 편도 45시간 이상 이동해야 했다. 나도 엄마도 그렇게 할 수는 없었다. 그래서 우리는 단계별로 여행하기로 했다. 런던을 잠시 경유해 로스앤젤레스로 가서 이틀 동안 머문다. 그다음에 태평양을 건너 쿡 제도에서 가장 큰 섬인 라로통가로 가는 또 한 번의 긴 여정을 시작한다. 라로통가에서는 아이투타키행 경비행기가 하루 두 번 운행된다. 비용을 조사하고 여행을 예약하는 데에만 거의 사흘이 걸렸다.

집을 떠날 때, 밖은 여전히 너무 어두웠다.

"산불을 걱정해야 할까?" 엄마는 두 주 전부터 거의 매일 이 질문을 했는데, 지금 또다시 물어본다.

"아니요, 로스앤젤레스 주변에 아직 산불이 계속되고 있지만, 우리가 불 한가운데로 날아가는 건 아니니까요."

"소방대는 독일 소방대가 세계 최고인데 거긴 없잖아. 그런데 어떻게 해결이 되겠어?"

"하지만 독일 소방대를 그곳까지 어떻게 데려가죠?"

"그건 소방대에 맡기자. 내가 말했잖니, 독일 소방대가 세계 최고라고." 하며 엄마는 웃는다.

세상 끝으로 가는 긴 여정의 시작부터 엄마는 자주 방향을 잃었다. 우리가 아이투타키로 떠난다는 것을 알고는 있지만, 엄마에게 공항은 큰 미로와 같았다.

"한 번만 더, 지금 어디로 간다고 했지?" 런던에 도착한 후, 다음 비행을 위해 짐을 다시 체크인할 때 엄마가 물어보았다. 그러고는 재빨리 "내가 이미 물어봤지, 그렇지?"라고 덧붙였다. 엄마의 목소리는 피곤하고 짜증이 난 듯했다.

엄마는 우리가 정확히 어디에 있는지, 내가 어떤 비행기를 예약했는지 반복해서 물었고 나는 처음에는 대답을 하지 않았다. 인내심을 가지고 엄마를 대하고자 노력했지만 가끔은 쉽지 않았다.

"다른 터미널로 가야 해요. 우리 짐을 자동으로 연결해 주지는 않아요." 나는 조용히 한숨을 내쉬며 할 수 있는 한 최대한 부드럽고 사랑스럽게 전달하려고 애썼다.

"정말 미안해." 하고 말하며 엄마는 창피한 듯 어린아이처럼 바닥을 내려다보았다.

"괜찮아요. 얼마든지 묻고 싶은 만큼 물어봐요. 미안해요."

마치 우리 역할이 바뀐 것처럼 느껴졌다. 예전에는 엄마가 모든 것을 계획하는 사람이었다면, 지금은 나에게 달려 있다. 엄마는 과거의 독립성과 현재의 의존성 사이의 간극을 견딜 수 없어 했다. 나 역시 마찬가지였다. 엄마는 예전에는 혼자서 해냈는데, 지금은 혼자서 할 수 있는 게 아무것도 없는 것 같다는 말만 반복했다. 엄마에게는 그냥 여행을 즐기는 것이 불가능했다. 엄마를 혼란스럽게 만드는 것이 도처에 널려 있었다. 표지판 수천 개가 어디론가로 이끌고 있었다. 사람들은 다들 바쁘고, 대부분 스트레스를 받은 채 낯선 세상을 향해 캐리어를 끌고 있었다. 엄마는 더 이상 수하물 검사에서 무엇을 해야 하는지, 게이트가 어디에 있는지, 어떻게 그곳으로 가는지 알지 못했다. 자신의 기억과 내 팔에만 매달려 있었다. 같은 대화가 계속 반복되었다. 상황을 알아차리거나 단어가 떠오르지 않으면 머리를 강하게 흔들며 스스로 나무라기도 했다. 나는 때로 엄마를 격려하거나 화제를 돌리고자 노력했다. 하지만 가끔은 나도 더 이상 아무런 대꾸를 할 수가 없었다.

"엊그제 아니카와 통화했어요." 게이트 앞 회색 플라스틱 의자에 앉아 로스앤젤레스행 비행기 탑승을 기다리고 있을 때 이야기를 꺼냈다. 나는 전형적인 언론인 자녀로 항상 시간을 엄수했다. 시간 여유가 충분하도록 계획을 세웠기 때문에, 우리 앞의 텅 빈 공간에서 보딩까지는 아직 80분이나 남아 있었다.

"아니카는 정말 아름다운 사람이야." 아니카에 관해 이야기할 때면 엄마는 항상 이렇게 말했다.

"아니카가 아주 멋있는 말을 했어요. 아니카가 이번 여행에서 내가 맡은 임무가 뭔지 설명해 주었어요. 저의 유일한 임무는 세상 끝에서 엄마를 행복하게 만드는 것이래요."

엄마가 웃으며 말했다. "정말 아름다운 말이구나. 우리가 여행을 떠나는 건 정말 굉장한 일이야. 내가 아직 완전히 정신이 나간 건 아니야. 알고 있니? 불안한 건 사실이야. 하지만 아직 뇌가 있어."

"그게 정확히 무슨 뜻이에요?"

"글쎄, 장애가 있는 여행이긴 하잖니. 아직 완전히 정신이 나간 건 아니야. 여기 일들을 이해는 하고 있어." 엄마는 활주로를 내다본다. 멀리서 비행기 한 대가 구름 덮인 하늘로 떠오르고 있다. "가끔 자폐증 환자가 나오는 멋진 영화의 한 장면이 떠올라."

"〈레인 맨〉요?"

"그래, 〈레인 맨〉! 맞아. 레인 맨은 항상 동생 뒤에서 비틀거리면서 걸었어."

"뒤에서 비틀거리면서요?"

"응. 나도 병아리처럼 네 뒤에서 비틀거리며 걸어가게 될까 봐 가끔씩 좀 겁이 나. 하지만 아직 비틀거리진 않아." 엄마는 웃으며, 플라스틱 의자 안으로 미끄러져 들어가서는 몇 분간 눈을 감았다.

세상 끝에서 엄마를 행복하게 만드는 것이 이번 여행에서 나의 유일한 미션이다. 이때만 해도 내게는 아직 많은 것이 어려웠다. 남들처럼 그냥 아들로서 엄마와 여행할 수 없다는 것이 슬펐다. 엄마의 질환으로 그런 건 더 이상 가능하지 않다. 엄마를 공항에서 안내하는 것은 그렇게 문제는 아니다. 하지만 엄마가 목이 마르면 마실 것을 사 드려야 한다. 화장실을 가야 할 때면 화장실까지 모시고 가서 문 앞에서 엄마를 기다린다. 엄마가 질문을 하면 나는 답한다. 여행을 떠나기 전까지는 엄마가 얼마나 나를 의지하고 있는지 불분명했다. 엄마와 하루 종일 시간을 보내 보지 않으면 이런 제약들을 이해하지 못한다. 그냥 엄마가 몇몇 단어를 잊어버리거나 약속을 놓치는 정도의 결손만 있을 것이라 생각한다. 나는 이런 상황들이 엄마에게 어떨지 전혀 상상할 수가 없었다. 아침부터 저녁까지 끝없이 찾고, 늘 힘에 부치고, 늘 잃어버린다. 잠시 답을 찾지만 그것도 이내 사라져 버린다. 알로이스는 엄마에게서 매번 다시 빼앗아 간다.

아홉 시간의 비행 끝에 우리는 로스앤젤레스에 도착했다. 영어가 서툰 엄마는 비행기에서 내리자 독일에서보다 훨씬 더 헤맸고 무방비 상태가 되었다. 나를 제외하면 엄마 주변에는 온통 낯선 사람밖에 없었다.

"지금 여기 네가 없다면 난 죽을 거야. 난 여기서 죽을 거야." 엄마는 계속 중얼거린다. 도착 직후 느끼는 흥분인지 아니면 정말 두려운 것인지 모르겠다. 아니면 관용구일 수도 있다. 엄마는 예측할 수 없다. 특히 지금은 더더욱 그렇다. 엄마는 한없이 창조적이고 동시에 정확한 사람으로, 그것을 항상 엄마만의 언어로 표현했었다.

미국에 입국하기까지 몇 시간이 소요되었다. 우리는 거대한 홀을 가로지르는, 끝이 없는 듯한 줄에 수백 명과 함께 서 있었다. 엄마는 갈증을 느꼈다. 하지만 우리는 줄을 벗어날 수 없었고, 나는 물도 갖고 있지 않았다. 엄마는 점점 견딜 수 없어 했고 기력을 잃어 갔다. 어지럽고 속도 좋지 않았다.

"나 마실 것이 필요해. 더는 안 되겠어." 엄마가 속삭였다.

드디어 줄이 몇 걸음 앞으로 움직였고, 엄마는 안도의 한숨을 내쉬었다. 하지만 그러고는 사람들 무리가 또 몇 분간 1센티미터도 움직이지 않았다. 마치 더운 날, 그늘 한 점 없는 사막에 있는 것만 같았다. 엄마 등을 쓰다듬으려고 손을 뻗었지만, 엄마는 나를 뿌리치고 혼자서 이 상황을 해결하겠다고 굳게 결심한 듯했다. 하지만 결국 더는 어찌할 수가 없었다.

"나 여기서 나가야겠어. 화장실에 다녀올게. 그래도 될까?" 엄마가 나에게 물었다. 나는 엄마가 나에게 화장실에 다녀와도 되냐고 묻는 것에 잠시 충격을 받았다.

"저기 앞 보여요?" 나는 사람들 무리를 가로질러 복도를 가리키며 그곳에 화장실이 있기를 바랐다.

"아무것도 안 보이는데……" 엄마가 속삭이더니 비틀거리며 걸어갔다.

엄마는 스무 살은 더 나이 든 할머니처럼 허리를 굽히고는 눈에 띄게 느리게 걸어갔다. 나는 엄마가 콘크리트 기둥 뒤로 사라져 더 이상 보이지 않을 때까지 눈으로 좇았다. 몸을 쭉 뻗어, 사람들 줄 너머로 엄마를 찾으려고 했지만 흔적도 찾을 수가 없었다. 1분, 5분이 지나고 10분이 지나자 불안해졌다. 내 주변에는 영어를 하지 못하는 한국인 관광객들이 서 있었는데, 나는 잠시 자리를 벗어났다가 곧 다시 돌아오겠다고 손발을 이용해 미안해하며 설명했다. 그때 크고 익숙한 중얼거림이 들렸다. 엄마는 홀 옆에 서 있었고, 누가 봐도 화가 난 국경 담당 공무원이 엄마의 팔을 잡고 있었다. 나는 바로 가방을 내려놓고 사람들을 헤치고 엄마에게 뛰어갔다. 엄마는 화장실을 찾던 중 통제 구역을 지나쳤는데 국경 담당 공무원의 눈에는 엄마가 줄에서 새치기를 하려는 것처럼 보였다. 엄마는 덩치 큰 남자 옆에서 주눅 든 채 겁먹고 서 있었다.

나는 순간 엄마에게 화가 났다. 왜 이러는 걸까? 왜 그냥 보안 검사대를 통과할 때까지 기다릴 수 없었던 걸까? 나는 혼란스러운 갈등 속에 있었다. 엄마를 보살펴야 하지만, 동시에 엄마를 내가 아는 성인 여성처럼 대하고 싶다. 엄마는 항상 강하고 자신감이 있었지만, 이곳에서는 꼬마 아이처럼 헤매고 있다. 내가 엄마를 성인 여성으로 보지 않고 예전과 다르게 대하는 모든 순간에 나는 마음이 아주 좋지 않았다. 마치 내가 엄마의 자주권을 빼앗는 것만 같다. 하지만 이런 순간은 대부분 오래가지는 않았다. 국경 담당 공무원 옆에서 슬프게 주눅 들어 있는 엄마를 본 순간, 그냥 엄마를 이 상황에서 구하고만 싶었다.

나는 공무원에게 상황을 설명했다. 엄마의 질환을 듣자 그의 표정은 바로 누그러졌다. 나는 엄마가 내가 말하는 것을 이해하지 못하도록 고급 영어를 구사했다. 엄마가 내가 자신을 위해 변명하고 있다는 느낌을 받아서는 안 된다. 돌아서서 엄마를 화장실로 데려다 주기 전까지 엄마는 내 팔을 움켜쥔 채 꼭 끌어안고 있었다. 한국인 관광객들은 우리가 다시 제자리로 돌아온 것을 말없이 이해해 주었다. 나이 든 여성 한 분은 엄마 손에 작은 물병을 쥐여 주며 어깨를 쓰다듬었다.

여권에 도장을 받고 공항을 떠나기까지는 더 이상 오래 걸리지 않았다. 담배 두 개비를 피우고 물 한 병을 더 마시고 난 후 엄마의 컨디션은 눈에 띄게 좋아졌다. 호스텔로 가는 우버에 앉자, 나는 엄마 손을 잡았다. 엄마는 나를 보지 않고 창밖만 응시했다.

"괜찮아요?"

엄마는 침묵으로 대답을 대신했지만 나는 이 침묵을 '아마도'라고 이해했다. 엄마의 머리가 천천히 내 어깨 위로 내려앉더니 엄마는 잠이 들었다. 엄마가 편안해지자 동시에 내 안에 나도 잘 알 수 없는 엄청난 불안감이 엄습해 왔다.

3. 엄마는 끝까지 지적인 여성이고 싶었다

로스앤젤레스에서의 첫날 밤, 나는 너무 불안해서 잠을 제대로 자지 못했다. 마치 저녁에 싸운 후 바로 잠에 든 것 같은 상태였다. 잠에 푹 들지 못하고, 잠에서 깨는 짧은 순간마다 머릿속에 생각이 가득 차오르고 갈등이 자리 잡아 피로감을 쫓아 버렸다. 시차 때문에 침대에서 무엇을 해야 할지 혼란스러웠고 동시에 완전히 녹초가 되었다. 이 호스텔에서 우리 방은 아주 작았다. 싱글 침대 두 개가 나란히 붙어 있고, 욕실은 유스 호스텔처럼 방 안이 아닌 복도 끝에 있었다.

엄마는 밤에 여러 번 일어나 침대에 바로 앉더니 잠시 머무른 후 밖으로 나갔다. 화장실에 간 것이 분명했지만, 나는 매번 반쯤 깨서는 놀라 벌떡 일어났다. 엄마에게 필요한 것이 있는지 물어보려 했지만 매번 엄마가 이미 나가 버린 후였다. 나는 다시 잠들지 못하고, 엄마가 방으로 돌아올 때까지 기다렸다. 그리고 혹시 길을 찾지 못할까 계속 걱정했다. 하지만 엄마는 매번 방으로 돌아왔고, 나는 여전히 안정을 찾지 못한 가운데 해가 떴을 때는 코를 크게 골았다.

다음 날 아침, 우리는 할리우드 한가운데에 있는 호스텔 정원의 작은 나무 그늘에서 블랙커피가 가득한 커다란 컵을 들고 앉아 있었다. 기온은 25도로 쾌적했지만, 하늘은 산불로 인해 짙은 안개가 끼고, 우윳빛을 띠었다. 호스텔 앞 거리에는 차가 많지 않았다. 우리는 유명한 할리우드 블러바드에서 100미터밖에 떨어져 있지 않은 곳에 있었다. 나는 무릎 위에 노트북을 펼쳐 놓고 기사를 몇 개 스크롤했다. 엄마는 책 한 권을 손에 쥐고 내 옆에 앉아, 손톱 밑이 완전히 하얘지도록 검지로 페이지를 세게 누르며 책을 읽었다. 아랫입술 안쪽도 힘주어 씹고 있다. 엄마는 나를 연거푸 바라보며 말을 시작하려다 다시 조용히 책으로 향했다.

"엄마, 필요한 게 있으면 물어봐요."

엄마는 나를 다시 바라보더니 부끄러운 듯 아랫입술을 위로 올린다. "아, 끔찍해. 정말이지 너무 부끄러워."

"무슨 일이에요?" 나는 노트북을 닫으며 물었다.

"더 이상 읽히지가 않아. 잘 보이는데, 왜 알파벳을 알아볼 수 없는 걸까? 최소한 위치는 유지하려고 빌어먹을 손가락으로 구절을 따라 누르는데, 단어가 뒤로 미끄러져 나가. 빌어먹을, 왜 이런 거야? 너는 키보드를 따라 손가락을 움직이고 있는데, 나는 종일 내 문제로 바빠." 엄마가 읽는 데 어려움을 겪는 건 처음이 아니었지만, 포기한 건 처음이었다.

"루카스…… 내가 기대한 건 이런 게 아니었어……."

엄마가 앞을 응시하며 속삭였다. 엄마는 크게 숨을 내쉬고는 온몸을 뒤흔들었다.

"넌 모든 게 계속 그렇게 유지될 거라고 생각할 거야. 머릿속에 뭔가가 떠오르고 그게 처리되는 과정은 너무나 평범해 보이겠지. 더 어린 아이일 때는 영원히 죽지 않을 것처럼 느끼고. 머릿속에서 하루 종일 뭔가가 작동해. 어떤 것에 대해 네가 어떻게 반응하든 무엇을 읽고 배우고 느끼든 모든 게 저절로 이루어져. 하지만 추락하지 않을 때까지만이야. 그 뒤엔 그냥 사라져 버려. 정말 끔찍해."

엄마는 커피를 크게 한 모금 마신 후, 나를 바라보았다. 나는 엄마를 바라보며 엄마가 다시 말을 이어 가기를 기다렸다. "사실 나 자신이 멍청하다고 느끼진 않아. 루카스, 난 내가 멍청하지 않다는 걸 알고 있어. 하지만 끊임없이 어떤 단어가 생각이 안 나. 너와 정치적 문제를 두고 분개하고 싶은데, 갑자기 단어들이 사라져. 그리고 사람들 앞에서 한 문장도 만들어지지가 않아. 나는 정말 예전에는…… 이것 봐, 알겠니?" 엄마는 말을 멈추고 허공을 바라보며 단어를 찾았다.

"유창한?"

"그래, 그 비슷한 거. 아, 제기랄. 이젠 상관없어. 나는 단어를 찾고 또 찾지만 못 찾아. 정확히 그게 내 큰 장점이었는데 말이지! 적합한 단어를 찾는 게 내 직업이었잖아. 그 일 덕분에 내가 많은 것에서 해방됐었지. 그런데 이젠 문장 하나를 정확하게 말하거나 어린이책을 읽는 것조차 할 수가 없어. 나는 어떻게 되는 걸까?"

이 순간 나는 무슨 말을 해야 할지 전혀 알지 못한다. 몇 달 전까지만 해도 나는 그냥 아들일 뿐이었고 솔직히 말하면 기꺼이 계속 그렇게 남아 있고 싶다. 20대 후반에 나 자신이 아닌 다른 누군가를 돌보고 싶지 않다. 더욱이 엄마는. 하지만 더 이상 이 상황에서 빠져나올 수 없다.

"그거 아니? 난 아직도 기억해⋯⋯. 모든 것이 어떻게든 준비가 되어 있고 매사 빠르게 반응하는 걸 내가 얼마나 매력적으로 느꼈는지 아직도 기억나. 하지만 지금은 마치 아침마다 새로 설정되는 것 같아. 내가 어디에 있는지, 여기서 뭘 하고 있는지, 지금 왜 이것저것을 가지고 있는지 고민해야 해. 가장 힘든 건 끊임없이 뭔가를 찾는 거야. 모든 것을 찾고 또 찾고 그리고 잠시 찾고 난 후에 또다시 잃어버려."

나는 고개를 끄덕였다. "맞아요. 가끔씩 제게도 그래 보여요. 조금 전 방에서도 그랬어요. 엄마는 방에 들어와서 아무것도 있을 수 없는데도 꼭 뭔가를 찾는 것처럼 둘러보더라고요. 왜 우리도 가끔 방에 들어갔는데 갑자기 뭘 하려고 했는지 아무 생각이 안 날 때가 있잖아요. 그런 순간 같을 거라고 상상해요."

엄마도 고개를 끄덕이며 말한다. "이 순간의 단편이 내 삶이 되었어. 방은 다 뒤죽박죽이고, 매 순간 방향을 상실해. 그냥 팔이 부러진 거면 너도 그걸 볼 수가 있잖아. 어디에 상처가 났는지, 잘 회복되는지. 그리고 다시 괜찮아질 거고. 하지만 이 병은 내리막길밖에 없어."

"네, 저도 뭐가 잘못된 건지 볼 수 있었으면 좋겠어요." 하고 대답하며 나는 커피잔의 마지막 한 모금을 마신다. "저에게도 엄마의 혼란스러움이 보여요. 그리고 마음이 너무 아파요. 엄마에게 뭔가 좋은 일을 하고 싶고, 엄마를 돕고 싶어요. 하지만 사실 모든 게 소용없어요. 정원으로 가는 길을 얼마나 잘 설명하든 몇 시간이 지나면 또다시 설명해야 하죠. 이걸 깊이 생각할수록 저 자신을 탓하게 돼요. 마치 제가 충분히 잘 설명하지 못해서 그런 것 같거든요. 제가 더 노력했어야 했나 싶어요." 엄마는 나를 바라보며 허벅지 위에 손을 올려놓았다. 엄마의 눈에서 고통스러움이 보였다.

엄마는 아프고 난 후, 얼굴이 변했다. 엄마는 내 인생에서 본 가장 강하고 독립적인 여성 중 한 명이다. 나는 어떤 맥락에서든 말을 조심할 필요가 없었다. 생각나는 대로 말했고, 결론에 대해 깊이 고민하지 않았다. 그게 꼭 최고의 커뮤니케이션 전략은 아니었지만 우리 가족은 그렇게 지냈다. 지금은 엄마의 기분을 상하게 하지는 않았을까 하는 염려 속에 내가 한 말들을 머릿속으로 수천 번 되돌려 본다.

엄마는 아랫입술 안쪽을 너무 자주 씹어서, 입술이 심하게 눌리고 얼굴은 약간 일그러졌다. 얼마 전에 깨문 곳에는 염증도 생겼다. 연고와 알약을 시도해 봤지만, 어떤 문제들은 더 이상 해결되지 않는다. 엄마는 계속 혼란스러운 채 지낼 것이다. 계속해서 입술을 씹을 것이고 통증도 계속될 것이다.

"가끔은 엄마를 위해서 제가 다 찾아 주고 싶어요."

엄마가 내게 미소 짓는다. "가엾은 아들, 이건 네 전문 영역이 아니야. 내가 너에게 지나친 요구를 했네."

"어떤 일이 바로 되지 않거나 엄마가 확신이 없으면, 여전히 바보같이 좌절하거나 짜증이 나요. 엄마의 불확실함 때문에 혼란스러워요." 나는 솔직하게 말했다. 그리고 엄마의 눈을 바라볼 수가 없어, 바닥에 놓인 빈 잔만 응시했다. 커피 찌꺼기가 잉크 얼룩처럼 보인다는 생각이 들었지만 이를 두고 점쟁이처럼 운명을 점쳐 보는 비현실적인 잡념은 얼른 떨쳐 버리고 말을 이어 갔다.* "저에게 가장 어려운 건 엄마의 불확실함이에요. 엄마를 어딘가로 안내하고, 지금 무슨 일이 일어나고 있는지 설명하고, 같은 얘기를 두 번 세 번 말하는 건 전혀 힘들지 않아요. 하지만 엄마의 불확실함과 온종일 싸우는 건 너무 힘들어요. 이해할 수 있겠어요……" 나는 잠시 숨을 멈추고 엄마와 눈을 마주치려 했다. 내 말로 엄마를

---

* 커피를 마시고 난 뒤 잔에 남은 커피 찌꺼기의 형상을 통해 점이나 운세를 보는 풍습을 말한다.—옮긴이

아프게 하거나 압박하고 싶지 않았다. 차라리 안전한 길을 택하고 싶었다. 아직 엄마가 미소를 짓고 있길래 나는 말을 이어 갔다.

"엄마는 도와 달라고 할 때면 매번 나를 귀찮게 하는 건 아닌지 물어봐요. 전 정말 엄마를 돕고 싶어요. 엄마를 위해 무조건 그 자리에 꼭 있고 싶어요. 당연히 저한테 전화해야죠. 전 당연히 엄마를 도울 거예요. 엄마를 돕는 건 너무나 당연한 일이에요. 그냥 그렇다고 엄마한테 꼭 분명하게 이야기해 주고 싶었어요. 내가 정말 힘든 건 엄마의 불확실함이지, 엄마를 돕는 것 그 자체가 절대 아니에요."

"너무 옛 같아. 그렇지?" 하며 엄마는 웃었고, 나는 내 솔직함이 엄마를 혼란스럽게 한 것 같지 않아 안심했다.

"저도 제가 어떤 부분에서는 엄마의 질환에 현명하게 대처하지 못한다는 걸 알아요. 엄마에게 도움이 될 만한 걸 얘기했는데 엄마가 그걸 다시 물어보면 또 새롭게 고민해야죠. 그건 제 몫이에요."

"가끔은 뭘 물어볼 용기가 더 이상 나지 않아. 그냥 내가 이미 세 번 아니 열 번은 물어봤을 것 같아서. 이게 정확히 너를 짜증 나게 하는 부분일 거야. 나도 마찬가지고!"

우리 가족 중 누군가가 질문을 망설일 수 있다는 것이 얼마나 상상할 수 없는 일인지 이 순간 깨달았다. 질문을 망설인다는 것은 우리 가족에게는 있을 수 없는 일이었다. 오히려 완전히 반대였다. 우리 집을 방문한 많은 사람이 오히려 우리가 하는 질문들에

놀랐다. 엄마와의 대화를 추억해 보면 엄마는 내가 어릴 때부터 항상 내 의견을 물어보았다. 그럴 때마다 나는 내 존재가 정말 진지하게 받아들여진다는 느낌을 받았다. 엄마가 질문을 부끄러워하는 것은 내가 아는 것과 모순된다.

엄마는 이맛살을 찌푸렸다. "문제는 내가 언제 뭘 물어봤는지조차 이제 모른다는 거야. 그것도 잊어버리니까. 네가 말해 준 것만 잊어버리는 게 아니라, 내가 이해했는지 아닌지도 기억이 안 나. 내 안에 모호함이, 안개가 너무 많아서 이미 모든 걸 세 번은 물어봤을 거라고 스스로 확신하고 있어. 젠장……." 엄마는 조용히 말했다. "내가 얼마나 민망할지 알겠니?"

"엄마, 부끄러워할 필요 없어요." 엄마에게 100번째 이야기한다. 하지만 솔직히 말하면 나는 엄마보다 나 스스로에게 훨씬 더 자주 이야기한다. 이미 어떤 말은 얼마나 관련이 없어졌는지, 지금도 깨닫고 있다. 엄마와 나의 관계를 인지할 수 있는 기간이 점점 짧아지고 있다. 지금 일어나는 일이 더 중요해지고 어제와 내일은 차츰 완전히 그 중요성을 잃어 간다.

우리가 이곳에 앉아 있을 때 나는 엄마를 어떻게 대해야 할지 도무지 모르겠다. 나는 엄마를 아이투타키로 데려가고 싶을 뿐이다. 나는 완전히 지쳤다. 슬퍼하고 싶지만 슬퍼해서는 안 된다. 엄마가 여기 내 앞에 앉아 있는데도 나는 엄마가 미치도록 그립다. 엄마에게 전화해 조언을 구하고 싶지만, 엄마는 지금 나를 도울 수 없는 유일한 사람이다. 나는 자주 엄마를 무심코 예전처럼 대한다. 이것은 별로 도움이 되지 않는다. 가끔은 엄마와 예전처럼 대화하다가, 다시 아빠와 딸 같은 대화를 이어 간다. 엄마에게 필요한 건 일관성과 평온함인데 이것을 엄마에게 어떻게 주어야 할지 모르겠다. 지난 몇 주간 엄마가 질문을 반복했을 때, 나는 가끔 내가 뭐라고 대답했었는지 알아맞게 했다. 마치 엄마의 기억력을 트레이닝하는 것처럼 말이다. 엄마는 그때 정확히 이 능력을 상실해 있었다. 엄마는 새로운 것을 배울 수 있는 상태가 아니었다. 알아맞게 하는 것은 엄마에게 스트레스만 줄 뿐이었다. 어떻게 이렇게 오랫동안 이 사실을 확실히 모르고 있었는지 이해할 수가 없다. 이 순간 부끄러운 건 나 자신이다.

잠시 침묵이 흐른 후 엄마가 말을 이어 간다. "상실과 반복이 나는 느껴지지 않아. 나한테 망각은 마치 흘러가는 물 같아. 생각들은 무조건 머리 밖으로 흘러 나가. 이 구멍을 막고 싶지만⋯⋯ 막을 수가 없어. 도무지 기억나는 게 없어. 내가 반복하고 있다는 걸 느낄 수가 없어."

엄마의 명석한 머리가 정보 유지 능력을 상실했다. 세상은 엄마 품에 사물을 수천 개나 던져 놓았는데 엄마는 이것을 더 이상 버틸 수가 없다. 우리가 느끼는 것, 우리가 삶이라고 인지하는 모든 것은 우리 머릿속에서 일어나는 일이다. 우리는 단지 그것일 뿐이다. 엄마는 내가 알 수 없는 세계로 끌려가고 있다.

엄마는 깊게 심호흡했다. "아, 루카스⋯⋯ 너와 수준 있는 주제에 관해 너무나 이야기를 나누고 싶어. 곰곰이 생각해 볼 만한 주제들 말이야. 하지만 내가 더 이상 많은 걸 이해하지 못한다는 걸 아니까 시도조차 하지 않는 거야. 그게 내가 혼자 있고 싶은 이유이기도 해. 이해하겠니? 난 혼자 있어야 안정이 돼. 혼자 있으면 아무것도 물어볼 필요가 없고, 대답할 필요는 더더욱 없으니까. 혼자 앉아서 어린이 프로그램을 보면서 즐거워하는 거야."

엄마가 〈마우스〉*를 어떻게 보고 있을지 상상하면 웃음이 나왔다. 평화롭지만 슬픈 장면이다.

지난 몇 달간 엄마의 환경은 엄마가 어떻게 점점 바보가 되어가고 있거나 이미 바보가 되었는지에 포커스가 맞추어졌고, 이를 지켜보는 것은 고통스러웠다. 엄마의 친구들은 호의를 가지고 엄마를 방문했지만 곧 상황에 압도당했다. 친구들은 너무 무리한 나머지 계획보다 일찍 집으로 돌아갔다. 모두가 핑곗거리가 있었지만 그중 좋은 핑곗거리를 가진 사람은 거의 없었다. 매번 엄마에게 모욕감을 선사했다.

"예전에는 범죄물을 즐겨 봤어. 하지만 그것도 더는 힘들어졌다는 걸 깨달았어. 이런 프로그램에서 재미를 느끼려면 함께 추측할 수 있어야 하거든. 집중해서 보고 단서를 찾고, 어떤 사람은 남들이 모르는 걸 알고 있다는 걸 형사보다 먼저 알아야 해."

"엄마는 아무것도 못 발견하는 거예요?"

"웬만한 사람들보다 더 모르지." 하며 엄마는 웃었다. "범죄물

---

* 오래된 독일 어린이 애니메이션 방송 프로그램.—옮긴이

의 매력은 항상 해답이 있다는 거야. 하지만 내가 미리 예측할 수도 없고 스토리를 따라갈 수도 없어지니까 이제 더는 재미가 없어. 시청자들은 이런 얘기도 했다가 저런 얘기도 했다가 하면서 이 것저것 추론하잖아. 그런 게 이제 불가능해졌어. 내 마음 깊은 곳에서야 내가 멍청하지 않다는 걸 알지. 내가 멍청하지 않다는 건 알아." 엄마는 내 눈을 똑바로 바라본다. 이 순간 엄마는 그 어느때보다도 절망스러워 보인다. 나는 숨을 삼켜야만 했다.

"난 정치적인 문제에 크게 흥분할 수 있어. 그게 어떤 이슈인지도 알고. 하지만 지금은 내 말이 이해가 안 되어서 이름을 댈 수가 없어. 단어를 찾으려고 마구 뒤져 보지만 그냥 못 찾아. 내가 이렇다는 걸 아직은 다들 눈치채지는 못했어. 내가 그냥 침묵하고 있으면 눈에 많이 띄지 않는다는 걸 깨달았거든. 내가 마지막으로 집필한 소설을 더는 완성하지 못했어. 편집자가 연락이 와서, 왜 이렇게 같은 내용을 자주 반복하는지 물어보더라고. 너무 이례적인 일이니까. 긴 이야기를 쓸 때는 어디에 어떤 내용을 썼는지 아주 정확하게 기억하고 있어야 해. 하지만 이젠 스토리 라인부터 주변 모든 걸 잊어버려. 이해하겠니? 난 더 이상 소설을 쓸 수 없어. 아마 쓰고 싶으면, 짧은 이야기에 특화해야 할 거야. 아…… 루카스." 엄마는 마치 나를 위로하려는 듯 내 어깨 위에 손을 내려놓는다. 마치 내가 운명을 잃은 사람인 것처럼.

"글을 쓴다는 건 나에게 항상 너무나 중요했어. 그리고 지금 나는 그걸 잃어버리고 있어. 과연 나에게 어떤 미래가 있을지 자문해 봐. 앞으로 점점 더 잃어버리기만 할 텐데 말이야. 절대 나아지지는 않을 거야. 나는 악화만 되는 병에 걸린 거야. 이제 요양원에 가는 일만 남은 걸까? 그걸 겪지 않으려면, 어떻게 죽어야 할까?"

엄마가 자살에 대해 말한 건 이 순간이 처음이었다. 우리가 앞으로 자주 다루게 될 주제다. "내 몸은 꽤 건강했어. 하지만 이젠 완전히 엉망이야. 오늘의 미래는 더 이상 내 것이 아니야. 여기에 관해 더 이상 말할 수 있는 게 없어. 이건 내 미래가 아니야." 우리는 잠시 아무 말도 하지 않았다. 나는 뭐라고 대꾸해야 할지 모르겠다. 엄마가 무슨 말을 하는지 이해하지만, 아무 말도 떠오르지 않는다. 엄마는 계속 말을 이어 갔다. "나는 너와 네 형 그리고 너희 세대의 미래에 대해 더 자주 걱정해. 하지만 나 자신에겐 더 이상 미래가 없어. 내 시선은 오직 안으로만 향해 있어. 관조적이고, 무디지는 않지만 고요해. 넌 아직 너의 온 인생을 앞두고 있는데, 나는 완전히 다른 여행을 준비하고 있어. 너를 거기로 데려가서 너무 미안해."

"미안해하지 마요. 이건 우리의 여행이에요. 우리 둘 다 이 병을 선택한 게 아니잖아요."

"나는 어떻게 마지막을 맞이하게 될지 그 모든 걸 다르게 상상해 왔어. 아니, 다르게가 아니라…… 그냥 그걸 상상해 본 적이 없어. 난 여전히 내 장점인 의지와, 이 빌어먹을 정신력을 느끼기는 해. 하지만 다른 선택지가 없어, 전혀 없어. 망각의 길로 가는 것밖에 없어. 내게 일어난 모든 일이 사라져. 난 너와는 완전히 다른 여행을 하는 중이야." 내가 조용히 고개를 끄덕일 때까지 엄마는 내 눈을 똑바로 바라보았다.

"나는 완전히 혼자 있을 때만 진정이 돼. 나 자신에게 아무것도 묻지 않아도 되고, 아무 대답도 하지 않아도 되니까. 발코니에 앉아서 담배를 피우거나 소파에 누워서 티브이를 보는 게 좋아. 이제 더는 어딘가를 혼자 갈 용기가 없어. 우리 호텔 방에서 정원으로 가는 빌어먹을 작은 길도 난 계속 찾고 있잖아. 매번 돌아다니면서 찾아. 난 종일 내 문제로 바쁘고 나 자신을 조롱하고 있어. 나 자신만 조롱하고 있어. 이건…… 그래, 이건 끔찍해." 엄마는 꾹 참았다.

엄마를 진정시킬 변명과 단어가 다 떨어졌다.

엄마는 일어나서 몇 걸음 걸어갔다. 나는 곧바로 엄마가 이 순간 호스텔로 돌아가는 길을 알고 있는지 생각해 본다. 그때 엄마가 멈춰 서더니 다시 한번 나를 돌아보았다.

"나는 그냥 지금 이걸 받아들인다고 말할 수도 있어. 이 병을 참아내 보겠다고. 하지만 내가 결정할 수는 있는 걸까? 병은 내 안에서 점점 더 퍼져 나가고 심해지고 있는데. 그렇지 않니? 그런데 죽을 수도 있는 병인 거니?"

엄마가 나에게 뭔가를 처음으로 질문하는 일은 이제 드물어졌다. 그래서 엄마의 질문을 들을 때 나는 숨을 들이쉰다.

"네……" 나는 조용히 대답한다.

"그런데 뭣 때문에 죽는 거니?"

"저도 잘 모르겠어요. 예전에는 사람들이 그냥 어느 날 갑자기 잊어버린다고…… 그러니까, 그냥 숨 쉬는 걸 잊어버린다고 생각했어요."

엄마는 목을 위로 빼고는 숨을 세 번 깊이 들이마신다.

"자! 아직은 괜찮아."

4. 엄마의 아픈 과거와의 전쟁이 가져온 깊은 상처

아침 일찍 일어났을 때 엄마는 침대에 없었다. 베개는 바닥에 놓여 있고 시트는 매트리스 발치에 구겨져 있었다. 잠시 걱정이 들어서 바지를 입고 엄마를 찾으러 호스텔 정원으로 갔다. 하지만 엄마는 그곳에 없다. 부엌에서도, 욕실에서도 보이지 않는다. 리셉션으로 가는 길, 할리우드의 무미건조하고 진부한 엽서를 지나칠때, 갑자기 엄마 목소리가 들렸다. 엄마는 서툰 영어로 호스텔 여자 사장과 아이투타키에 관해 이야기하고 있었다. 세상의 다른 끝에 있는 섬. 영원한 꿈. 오직 아들과 함께.

"좋은 아들이네요." 호스텔 사장이 말했다.

"좋은 아들이에요!" 엄마가 대답했다.

이 순간 나는 내가 좋은 아들인지 확신할 수가 없다.

"아, 얘야! 여기 있었네!" 엄마가 나를 향해 소리쳤다.

우리는 거의 하루 종일 할리우드 블러바드를 따라 걸었다. 엄마는 더 화려한 곳일 거라 상상했었고, 나 역시 그랬다. 그러나 거리는 지저분했다. 인도 위 별에 새겨진 이름 중 우리가 들어 본 이름은 거의 없었고, 기껏해야 애매하게 아는 수준이었다. 대마초 냄새가 사방에서 풍겼고 정상처럼 보이는 사람이 없었다. 모든 것이 약간 이상하고 시끄럽고 지쳐 있었다. 걸어서는 아무것도 발견할 수 없지만, 우리는 그냥 큰길을 따라 인도가 끝날 때까지 느릿느릿 거닐었다. 그리고 그곳에서 유명한 이름을 하나 발견했다. '우피 골드버그'. 우리는 의례적인 사진을 찍고, 와츠 앱에 있는 가족방에 전송했다.

"드디어 이제 여기를 벗어나도 돼요." 스마트폰을 다시 가방에 넣었을 때 나는 홀가분해졌다. 이곳에 있으면 피곤해졌다. 난 쉬고 싶고, 친구들과 아니카에게 가고 싶고, 더욱이 엄마를 돌보고 싶지 않았다. 웃어 보이려 하지만, 엄마는 마음이 너무 여렸고, 직감은 너무 좋았다. 엄마는 뭔가 부자연스럽다는 것을 바로 알아차렸다. 엄마는 안절부절못하고 불안해하더니 사랑받지 못한다고 느끼는 어린아이처럼 굴었다. 엄마는 자신이 나를 짜증 나게 하는 건 아닌지, 내가 다른 데로 가고 싶은 건 아닌지 물었다. 엄마의 불안은 나를 미치게 했다. 내가 구글 맵으로 호스텔로 돌아가는 길을 찾는 동안 엄마는 괜찮은지 다섯 번째 같은 질문을 반복했다.

"엄마! 괜찮다고요! 그만 좀 물어봐요." 엄마에게 소리쳤다.

"나한테 소리 지르지 마." 엄마가 작은 목소리로 말했다.

"소리 지르는 게 ……." 나는 말을 하려다 결국 멈추었다.

가끔 엄마가 어땠는지 거의 잊어버린다. 엄마가 아픈 지는 그리 오래되지 않았다. 하지만 내가 가진 엄마의 이미지가 햇볕 아래 놓인 사진처럼 점점 더 빛바래고 있다. 엄마는 내 눈앞에서 죽어 가고 있는데 나는 집에 있는 친구들이 뭘 하는지만 생각한다. 엄마 탓이 아니다. 엄마는 정말 어쩔 도리가 없다.

엄마를 안고 이마에 뽀뽀를 하며 말했다. "미안해요. 스트레스를 받았어요. 엄마 때문이 아니에요. 사랑해요." 엄마를 더 강하게 끌어당겼다.

"나도 어찌할 수가 없구나, 루카스." 엄마가 미안한 듯 나를 바라보았다. "너를 힘들게 하는 걸 내가 바꿀 수가 없어. 네 마음이 어떤지 나도 느껴진단다. 하지만 나도 어떻게 할 수가 없어." 엄마가 고통스러운 목소리로 흐느껴 운다.

"나도 알아요. 미안해요."

나는 엄마가 이 순간 내 사과를 받아들일 수 없음을, 그리고 내 사과가 더 이상 엄마에게 닿지 않음을 알고 있다. 특정 지점을 넘어가면 나쁜 감정은 엄마 안에 오래 머물렀다. 어떤 긍정적인 경험이나 답변보다 훨씬 오래 여운을 남겼다. 아주 큰 하이라이트는 몇 주간 엄마의 기분에 흔적을 남기기도 했다. 하지만 이런 소수의 일을 제외하고는 엄마의 기분을 며칠 몇 주간 물들일 수 있는 것은 무엇보다 부정적인 순간들이다. 남은 일과 동안 엄마는 불확실해할 것이고, 내가 할 수 있는 것은 아무것도 없을 것이다. 우리를 구제할 수 있는 것은 하룻밤의 깊은 잠뿐이다. 갈등이 크지 않다면 우리는 내일 다시 제로에서 시작할 수 있다.

엄마가 여전히 나의 엄마임을 기억하는 데에는 힘이 많이 든다. 아주 오랫동안 우리는 평등한 관계를 유지했고, 나는 내가 듣는 것을 엄마가 듣지 못한다는 것을 이해할 수 없다. 내가 보는 것을 엄마가 볼 수 없다는 것을, 우리가 느끼는 것이 다르다는 것을 이해할 수 없다. 나는 아직 더 회피할 수 있지만, 어느 순간 현실이 우리를 따라잡았고, 우리 둘 모두 더 이상 예전 같지 않다. 가끔은 우리가 두 개의 다른 행성에 있고 벼룩시장에서 산 워키토키로 이야기하는 것만 같다. 가끔은 계속 이야기하는 것이 시간 낭비같이 느껴질 정도로 시그널이 좋지 않다. 무엇을 위해 이 모든 걸 해야 할까? 왜 노력을 해야 할까? 인생이란 결국 치매, 암 또는 다른 심각한 것을 위한 기다림 아닌가? 마지막이 이렇게 불공평하다면 왜 노력해야 할까? 엄마는 잘못한 것이 없다. 만약 엄마가 병에 걸릴 만한 이유가 있다면, 그런 이유가 없는 사람은 아무도 없을 것이다.

이 시기에는 엄마가 어떤 사람이었는지 자주 번쩍하며 지나갔다. 엄마가 자신에 관해서나 경험한 것에 관해 이야기할 때 특히 그랬다. 우리 둘 다 함께 여행하지 않는 제3의 인물에 관해 이야기하고 있다는 것을 재차 깨달으며 각자의 방식대로 놀랐다. 여기 내 앞에 앉아 있는 여성은 다른 사람이다. 이분도 훌륭하지만, 나를 키운 분보다는 훨씬 불안하고 조심스럽다.

여기 내 앞에 앉아 있는 여성은 겁이 많고 나에게 완전히 의지하고 있다. 만약 내가 여기서 이분을 잃어버린다면, 이분은 절대 혼자서 집으로 돌아갈 수 없으며 이야기로 남을 것이다. 내 안의 모든 것이 이 책임을 지는 것을 거부하고 있다. 나는 내 의견을 말하고 싶고, 짜증이 나면 짜증을 내고 싶다. 평생 해 온 것처럼. 하지만 나는 더 이상 그냥 솔직할 수 없다. 나는 더 이상 그냥 아들일 수 없다. 그런데도 여전히 아들 역할에 가장 친숙하다. 조건 없는 사랑의 평온함, 무조건적인 관심. 정서적 풍요, 이 모든 것을 당연시하는 것. 성인이 되어 그러한 것에 더는 의지하지 않아도 되지만, 그런 안식처가 있다는 걸 알고 있는 것은 좋다.

하지만 이 모든 것이 갑자기 사라지고 나는 관심과 보살핌을 주어야 하는 역할이 되었다. 그냥 아들로서만 존재할 수 있는 특권이 흔적 없이 사라졌다.

"왜 다른 사람이 아니라 내가 이 빌어먹을 병에 걸려야 하지?" 한동안 말없이 거리를 따라 걷고 있다가 엄마가 물었다. 빈정대는 것이 아니었다. 엄마는 이 불공평함에 대한 형식적인 대답이 아니라 설명을 원하고 있었다.

"루카스, 내 삶을 되돌리고 싶구나."

"저도 알아요." 떠오르는 건 이 말밖에 없다.

엄마는 로또를 자주 샀지만, 한 번도 당첨되지 못했다. 그런데 지금은? 예순에 치매라니, 완전히 케이오 펀치를 맞았다. 이런 빌어먹을. 엄마는 다른 사람들처럼 그냥 평범해지길 원할 뿐이다. 행복할 때도 그렇지 않을 때도 있는, 자주는 아니지만 가끔 성공을 거두기도 하는, 어느 정도 평균적으로 만족스러운, 그냥 보통의 사람처럼 건강하다면 이미 충분하다.

엄마 뇌에 있는 모든 정보는 물론 생각과 느낌조차도 매시간 칠판을 지우는 알로이스의 스펀지를 두려워해야 한다. 엄마는 인생에서 수많은 나쁜 남자를 만났지만, 우승자는 단연코 알로이스다. 알로이스는 꽃 대신 압지를 선물한다. 엄마에게서 전부를 가져가고, 마음에 작은 것들만 드러내 놓는다. 애정은 크리스마스 같다. 단호한 말은 마음속 깊은 곳까지 뒤흔든다. 큰소리는 조심해 주세요! 빠르게 움직이면 안 돼요. 동정하는 눈빛도 조심해 주세요. 어떤 경우에도 심술궂은 말은 절대 안 되며, 거절은 모두 세상이 무너지는 것과 같다. 엄마는 어린 왕자가 되어 풀이 자라는 소리를 듣는다. 좋지 않은 기분을 맡을 수 있고, 모든 엄격한 말은 엄마를 뒤흔든다. 알로이스는 우리 삶 속으로 그냥 들어오더니, 엄마의 모든 세포 속으로 기어 들어간다. 아무에게도 묻지 않고 그냥 엄마 속으로 파고들어 간다. "마치 강간범처럼!" 엄마가 한 번 꾸짖는다.

엄마는 이에 대해 잘 알고 있다.

엄마는 마지막 소설에서 모든 것을 공공연하게 드러냈고 의도적으로 금기를 깨트렸다. 나는 엄마가 성폭력을 당한 사실을 전부터 이미 알고 있었다. 우리는 가족으로서 모든 것에 관해 이야기를 나누었고, 이 역시 그중 한 부분이었다.

"우리가 여기서 하는 걸 말하면 안 돼. 네 엄마에게도 말하면 안 돼. 다 잊어버려." 그는 엄마를 협박했다. 혹시 엄마가 이 말을 너무 문자 그대로 받아들인 것일까? 그래서 엄마는 지금 이 모든 것을 그냥 잊는 것일까?

나는 항상 할아버지가 무서웠다. 할아버지는 공격적이고 싸움을 좋아했다. 사람들은 할아버지가 빈 공중전화 부스에서 수화기를 들지 않고도 싸움을 시작할 수 있다고 말했다. 나는 할아버지를 안은 기억도, 할아버지라고 부른 기억도 없다. 언젠가 그랬던 적이 있을 수 있겠지만, 할아버지에 대한 기억이라고는 달아나거나 숨은 기억뿐이다.

내가 대여섯 살쯤 되었을 때의 일이다. 할아버지 할머니는 농사를 지으셨고, 이를 통해 큰 성공을 거두셨다. 그런 두 분이 언젠가 통조림 공장을 지었을 때, 온 마을은 미쳤다고 했다. 하지만 몇 년 뒤 두 분은 부자가 되었고 더 이상 웃는 사람은 없었다.

당시 나는 통조림 공장에서 몇몇 작업자를 새 물총으로 쏘고 있었다. 나는 웃고 있었고 벨트 컨베이어에서 일하던 친절한 폴란드 남자도 웃었다. 그때 할아버지가 들어와 이 친절한 남자에게 소리를 질렀고 남자는 일하러 돌아가야 했다. 그러고 나서 할아버지는 나를 가리키더니 빠른 걸음으로 나에게 다가왔다. 나는 도망가서 집에 숨었다. 할아버지는 나를 찾지 못했다.

이것이 정말 내가 아는 할아버지에 관한 유일한 기억이다. 그 외에는 사진으로만 알고 있다. 이 남자는 내 엄마에게 성폭력을 저질렀다. 엄마에게 트라우마를 유발했고, 수십 년간 심리 치료를 받게 했다. 그건 또한 부모님이 이혼하게 된 큰 이유 중 하나였다. 어쩌면 내가 그냥 그렇다고 믿어 버렸을 수도 있다. 다른 이혼 가정 자녀들처럼 내 순진한 희망일 뿐인지도 모른다. 하지만 성폭력이 일어나지 않았다면, 어쩌면 결혼 생활을 유지했을 수도 있지 않을까?

할아버지는 처벌받지 않고 돌아가셨다. 당연히 나는 오랫동안 할아버지가 어떤 잘못을 했는지 이해하지 못했다. 할아버지는 사셨던 마을의 교회 공동체 지도자로 존경받았다. 나는 당시 아주 어렸지만 할아버지의 장례식을 기억한다. 목사님은 할아버지가 얼마나 신앙심이 깊고 훌륭한 사람이었는지 이야기했다. 하지만 할아버지는 앞에서는 신실하고 뒤에서는 파괴적인 사람이었다. 북(北)헤센 출신의 작고 뚱뚱한 남자가 저지를 수 있었던 일들은 가히 미칠 정도였다고 할 수 있다. 이 일은 할아버지보다 몇십 년을 더 오래 살아남았다.

우리는 외가와 별로 교류하지 않았고 항상 일정한 거리를 두었다. '우리'란 항상 모스크바, 브뤼셀 또는 그 어딘가에 머물렀던,

슈라이버라는 성을 가진 우리 가족 네 명을 뜻했으며, 그리고 나머지 일가친척이 있었다. 가끔 엄마의 고향을 방문하더라도 변하는 건 아무것도 없었다. 북혜센의 작은 마을은 한 시간에 한 번씩 버스가 다니고, 오른쪽에도 왼쪽에도 들판이 펼쳐지며 뒤로는 다시 집과 들판이 계속되는 곳이었다. 젖소를 한 번도 가까이서 본 적 없는 나 같은 도시 아이에게는 낯설게 느껴지는 곳이었다. 마을뿐 아니라 사람들도 마찬가지였다. 이곳에서 내게 무슨 일이 있었던 것도 아닌데 나는 진심으로 편안했던 적이 없다. 우리가 방문했을 때 상대방도 마찬가지였다. 마치 우리가 함께할 수 있는 것이 거의 없음을 서로 받아들인 것만 같았다. 우리를 연결하는 유일한 끈은 엄마였다. 외삼촌, 이모, 사촌 등 외가 쪽 친척들은 거의 모두 바로 이웃한 세 마을 중 한 곳에 살았다. 이곳이 독일 내에서 유독 볼 것 없는 지역은 아니었지만, 우리 가족이 친척들의 결혼식이나 생일 때문에 이곳을 방문해야 한다는 의무감에 사로잡힐 때면, 나는 항상 이상하게도 내 자리가 아닌 곳에 있는 것 같은 느낌이 들었다. 어쩌면 독특한 방식으로 방어하며 이곳에서 불편한 시간을 보낸 것은 나뿐이었을지도 모른다. 형은 이와 관련해 문제가 있었던 적이 없다. 하지만 나는 할아버지가 이곳에 남긴 그림자를 항상 느낄 수 있었다. 엄마는 시기별로 달랐다. 때로는 가족의 곁을 찾아 이야기를 나누고 싶어 했지만, 또 다른 때에는 할 수 있는 힘껏 최대한 멀리 그곳에서 도망가려 했다.

엄마가 아프고부터 나는 자주 할아버지를 생각해야 했다. 매일 조금씩. 내가 할아버지에 대해 아는 것은 돌아가시고 몇십 년이 지난 후까지 남겨 놓은 고통 가득한 흔적뿐이었다. 엄마 집에 있는 상자 안에서 할아버지 사진 한 장을 찾았다. 사진 속 할아버지는 겨우 열아홉 살 정도 되어 보였다. 각진 얼굴은 엄마와 매우 닮아 있었고 팔에는 갈고리 십자가가 그려진 완장을 차고 있었다. 이것으로 나는 할아버지의 이미지를 완성했다. 추측건대 호감이 가는 타입은 절대 아니었을 것이다.

엄마는 가족 중 처음으로 김나지움에 입학한 똑똑한 아이였다. 크고 둥근 얼굴, 짧고 빽빽한 머리 그리고 온 마을이 아는 미소를 가진 아이였다. 엄마는 처음으로 할아버지가 한밤중에 자신을 찾아온 날을 기억하지 못한다. 계속 기억을 못 했다.

엄마는 오랫동안 성폭력을 잊으려 애썼고 잊고 있었다. 하지만 우리가 모스크바에서 몇 년간 머무른 후 다시 독일로 돌아왔을 즈음, 그 기억은 더 이상 무시할 수 없을 만큼 엄마의 삶에 몰려왔다. 나는 당시 겨우 일곱 살이었다. 엄마의 기억은 오랫동안 완전한 어둠 속에 갇혀 있었는데, 갑자기 뇌에 반짝 불이 켜졌다. 엄마는 이제 할아버지가 다가왔던 모든 거리를 센티미터 단위까지, 모든 접촉, 모든 순간, 모든 디테일을 기억해 냈다.

불 켜진 복도에서 들어온 가느다란 한 줄 불빛이 가혹할 정도로 천천히 엄마의 방문 틈으로 퍼져 나갈 때는, 이미 모두가 잠든 후였다. 할아버지의 그림자가 바닥 위로 밀쳐졌다. 무거운 발걸음 소리와 술 냄새가 방 안을 가득 채웠다. 할아버지가 침대 매트리스 모서리에 앉으면, 그 자리는 무게로 인해 푹 꺼졌고 엄마는 할아버지 품속으로 거의 굴러 들어갔다. 할아버지는 담배와 돼지 똥 냄새가 나는 작고 뚱뚱한 남자였다. 일요일에는 교회에 가기 전에 발랐던 싸구려 면도 거품 향이 났다. 술에 취했을 때는 거칠게 숨을 내쉬었다. 엄마는 눈을 꼭 감고 자는 척했다. 하지만 할아버지는 대부분 조급해하며 엄마의 어깨를 무뚝뚝하게 흔들었다.

처음에는 그의 애무가 허용할 수 있는 애정의 선을 넘은 것인지 알기가 종종 불가능했다. 하지만 모든 규범이 무효가 되기까지는 얼마 걸리지 않았다. 가끔은 엄마에게 키스를 했는지 아니면 엄마를 때렸는지 알기도 전에 몇 분이 흘러가 있었다. 엄마 얼굴을 손으로 잡고, 두꺼운 손가락으로 인중을 따라 쓰다듬었다. 따뜻한 입 냄새가 엄마의 목으로 돌진했다. 할아버지의 애정이 얼마나 고통스러웠는지를 떠나서 어떤 순간에는 자신을 주목하는 누군가가 있다는 것이 고마울 지경이었다. 그 방은 맞거나 무시만 당하는 작은 소녀에게 약간의 친밀감이 있는 유일한 장소였다. 적어도 누군가가 소녀에게 관심을 보였다. 적어도 누군가가 소녀가 존재한다는 것을 입증했다. 엄마는 이것을 자책하는 동시에 아버지를 실망시키고 싶지 않았다. 결국 아버지가 가장 좋아하는 사람은 자신이지 않은가? 사랑하지 않는다면 이런 행동을 하지 않을 것이다. 할아버지는 항상 엄마에게 너는 아주 특별하다고 말했다.

애정을 보여 주기 위해 서로 몸을 비비고 문지르는 농장의 돼지처럼, 할아버지는 엄마에게 몸을 비볐고 엄마도 자신에게 그렇게 하게 했다.

할머니는 남편이 한밤중에 딸의 방으로 사라진다는 것을 알아차렸다. 사람들은 할머니가 딸을 보호하고 싶었으리라 생각하겠지만, 할머니는 보호하는 대신 딸에게 분노했다. 모든 이성을 빗나가는 반응이었다. 엄마가 숙제하고 있을 때면, 엄마 곁을 가끔씩 지나가며 말없이 얼굴을 때렸다. 시간이 가면서 엄마는 잔인한 할머니보다 자신이 할아버지에게 더 나을 것 같다는 느낌이 들었다. 그렇지 않다면 할머니가 왜 이렇게 분노하겠는가?

그리고 엄마는 밤에 할아버지를 기다렸다. 할아버지가 자기 침대에 앉기를, 자정이 지난 시간에 아주 비밀스럽게 그냥 몸을 문지르기 위해.

당시 할아버지가 침대 위 엄마 곁에 누운 것처럼, 알츠하이머병이 오늘 엄마 곁에 눕는다. 엄마의 머리를 쓰다듬고 잠시 몸을 문지른다. 처음에는 아주 부드럽게, 조금씩만, 그러고는 선을 넘는다. 파괴적인 방식으로 원하는 것을 가져가 버린다.

캘리포니아의 뜨거운 오후, 할리우드 블러바드에서 호스텔로 돌아가는 길에 나는 엄마 손을 살포시 잡았다. 기분을 좋게 유지할 수 있으면 엄마는 걱정으로부터 멀어진다. 하지만 내가 그걸 해

내지 못한다면? 내가 잠깐이라도 스트레스를 유발하면, 걱정과 과거의 고통이 일순간에 찾아온다. 그러면 엄마는 거의 모든 것을 후회한다. 엄마의 흘러간 연애 생활, 관계, 교회에서의 시간이나 탈퇴, 진정한 기자로 거듭났던 SWF* 퇴사. 알츠하이머병은 당시 할아버지처럼 엄마를 악용하고 있다. 원하지 않는 곳을 건드리고, 그 과정에서 모든 용기, 명석함, 지성을 앗아 간다. 이것들은 엄마가 북헤센의 더러운 곳에서 자유로워질 수 있었던 유일한 수단이었다. 엄마의 지성이 엄마를 그곳에서 구했다. 엄마의 이성이 엄마를 지옥에서 자유롭게 했다. 그리고 지금 엄마의 이성은 점점 잘게 부서지고 있다.

"왜 내가 알츠하이머병에 걸린 걸까?" 우리가 길을 따라 걸을 때, 엄마가 다시 물었다.

"제 생각에 그 질문에 좋은 대답은 없는 것 같아요."

"혹시 소설이 정말 너무 무리였던 건 아닐까? 나 자신에게 너무 많은 걸 요구한 걸까? 과거의 모든 것을 책 속에 넣으려고?"

"그럴 수 있어요. 책이 출판되고 정확히 일주일 후에 엄마는 실신했잖아요. 어쩌면 엄마 몸이 그 전부터 신호를 보냈는데 엄마는 목표 지점에 도달할 때까지 끌고 갔을지도 몰라요. 그리고 일이 끝나자 모든 것이 심해진 거죠."

---

* 1946년부터 1998년까지 라인란트팔츠주 및 바덴뷔르템베르크주 남쪽 지역에 있던 지역 공영 방송사.—옮긴이

"있잖아, 루카스. 학대를 당했는데 그 사실을 숨기고 입을 닫아야 한다면 정말 그렇게 하게 돼. 가해자는 이게 아주 명확해지도록 만들어. 하지만 나는 소리 내고 싶었고, 처음으로 제대로 상세하게 학대가 뭘 의미하는지 이야기하고 싶었어. 책에서 더 이상 숨기고 싶지 않았어. 그래서 드디어 모든 것을 소리 내서 말했어. 어쩌면 너무 많았을 수도 있어. 하지만 난 글을 써야만 했어. 그래서일까? 나 자신에게 너무 많은 걸 요구해서일까?" 엄마는 답을 구할 수 없는 질문에 답을 찾고 있다.

"하지만 나는 그를 죽였어." 하고 엄마가 말하며, 기쁨에 찬 미소를 짓는다. "가해자의 목을 한 손으로 졸라 죽이는 게 너무 멋졌어. 작가만이 할 수 있는 거야. 이 일로 나는 결코 감옥에 가지 않아. 하지만 복수를 했어. 아주 합법적으로."

"우리 엄마는 살인자예요." 하고 나는 말했고, 엄마의 눈에서 아이 같은 즐거움을 보았다.

"작가는 모든 걸 할 수 있어. 그건 선물이야." 엄마는 대답하며, 갑자기 다시 진지해졌다. "나는 인생에서 왜 이렇게 남자들과 스트레스가 많았는지 모르겠어. 물론 어떻게 발생했는지 일부는 나도 알아. 하지만 남자들과의 관계에서 제대로 훌륭하게 해낸 적은 한 번도 없어."

내가 엄마를 불쌍히 바라보자 엄마는 벌써 머리를 가로젓는다. "나를 위해 이미 정리했어. 하지만 다시 한번 기회가 있다면, 그렇게 많이 싸우지 않아도 되길 바라. 너무 많이 싸웠어. 내가 태어난 가족은 싸움 그 자체였어. 내 부모님은 세계 대전을 두 차례 겪었는데 그건 공포였을 거야. 우리 집에는 공격과 분노가 가득했어. 사람들은 사랑이 가득한 집이 얼마나 중요한지에 대해 항상 이야기하는데." 엄마는 잠시 크게 웃었다. "우리 집엔 그런 건 전혀 없었어. 우리 집에 있는 건 다 절대 끝나지 않는 아주 작은 전쟁이 었어."

이 작은 전쟁과 학대의 고통은 엄마에게 씻을 수 없는 큰 상처를 남겼다. 엄마는 여러 차례 심각한 우울증에서 다시 빠져나오기 위해 투쟁했지만, 깊은 스트레스는 남아 있었다.

"어쩌면 집에서 받은 스트레스가 내 병의 시작이었을지 몰라. 끝없는 스트레스. 더 이상 견딜 수 없는 정서적 스트레스. 어쩌면 이 병이 나에게 단어 그대로 약속한 것을 정확하게 선물하는 것인지도 모르겠어. 망각." 우리는 잠시 멈춰 섰고 엄마는 큰 눈으로 나를 바라보았다. "무슨 말인지 이해하겠니? 간단하고 효과적인 망각. 이건 거의 은총이야. 이 병이 나에게 주는 선물. 나는 마침내 잊을 수가 있어."

5. '웰컴 투 아이투타키'
    엄마는 표지판을 보는 순간 눈물을 흘렸다

우리는 아주 오랫동안 태평양을 가로질렀다. 다시 독일로 돌아가는 건가 싶을 만큼 비행시간이 아주 길었다. 하지만 정말 독일로 돌아가는 것이었다면, 한참 전에 도착했을 것이다. 이곳은 30년 전부터 엄마를 불러온 곳이다. 한 번도 와 본 적은 없지만 몇십 년 전부터 엄마가 그리워한 곳이다. 도착할 때가 다가올수록 나는 더 불안해졌다. 내 몸은 한밤중이어야만 하지만 그마저도 더 이상 확실치 않다. 시차 때문에 불안한 걸까? 눈을 감을 수가 없다. 아이투타키가 나를 불러 깨어 있게 하고, 엄마는 꿈속에서 노래한다. 엄마 쪽으로 몸을 돌릴 때마다 엄마는 눈을 감고 있는데 얼굴은 너무나 평화롭다. 엄마에게 많은 제약이 생겼지만 불면증은 그 제약에 포함되지 않았다.

　엄마는 마치 돌같이 숙면을 취하고 있다. 다행이다!

안전벨트 표시등이 핑 하는 작은 소리와 함께 켜지고 착륙 접근 안내 방송이 비행기에 울려 퍼지자, 나는 창문 밖을 내다보았다. 약 열 시간 동안 우리 아래에는 구름과, 넓고 깊은 검은색 표면만 있었다. 수평선에서 수평선까지 마치 어두운 유리 같은 판이었다. 보이지 않는 벽은 순식간에 깊은 검은색과, 엽서 제작자에게조차 너무 상투적일 밝은 청록색으로 나누어졌고, 첫 번째 초록색 점들이 나타났다. 점들은 점점 더 많아지고 커지더니, 선이 아주 가느다란 해변으로 둘러싸인 초록색 언덕이 나타났다. 여기 위에서 바라보면 물은 깊이가 1미터도 되지 않는 것처럼 보였고, 그런 바다 표면 아래에서 모래가 밝게 반짝였다.

돌아보니 엄마는 완전히 깨어나 있었다. 입을 손으로 막은 채 창문 밖을 응시하고 있었다. 엄마에게 무엇인가 말하고 싶었지만 참았다. 엄마는 플라스틱 유리창에 이마를 대고 아랫입술을 질끈 깨물고 있다. 30년 넘게 와 보고 싶었던 곳은 바로 이런 모습이어야 한다.

우리는 쿡 제도에서 가장 큰 섬인 라로통가에서 몇 시간 머문 뒤 아주 작은 프로펠러 비행기를 타고 아이투타키로 출발하게 되었다. 라로통가까지는 큰 에어버스를 타고 왔지만, 다음에 탑승하게 될 비행기는 완전히 다르다. 비행기에 탑승하려 하자 엄마는 비행기가 안전한지 물었다. 그냥 집으로 돌아갈 수도 있다고 했더니 엄마는 웃으며 계단 세 개를 결연하게 오른다.

비행기는 각각 좌석 두 개로 이루어진 줄이 열 줄 있었고, 프로펠러 소리는 믿을 수 없을 정도로 시끄러웠다. 우리를 제외하고는 몇몇 현지인과 은퇴한 미국인 부부 그리고 마지막 줄에 마치 경기장에서 바로 비행기에 탑승한 듯 유니폼을 입은 럭비 선수 몇 명이 앉아 있었다.

마지막 비행은 한 시간가량 소요되었고, 나는 계속되는 소음을 견디기 어려워 중간중간 귀를 막아야 했다. 엄마는 창문 밖만 계속 응시한 채 거의 말이 없었다. 내가 뭔가 물어도 대답하지 않았다. 밝은 파란색이 엄마 얼굴에서 타오르고, 엄마는 마치 다시는 잊지 않으려는 듯 모든 장면을 빨아들였다.

프로펠러 비행기는 활주로의 콘크리트 위로 거칠게 착륙했고, 내가 아는 큰 비행기보다 훨씬 빠르게 브레이크를 밟았다. 아이투타키에는 브레이크를 밟을 공간이 많지 않다. 활주로라고는 섬의 북쪽 전체를 따라 뻗어 있는 짧은 콘크리트뿐이다. 키는 보통이지만 덩치는 큰 거대한 럭비 선수 셋이 비행기의 작은 문을 밀치며 하차했다. 몸집이 작은 엄마 옆에 있으니 우습게도 그들은 거인같아 보인다. 활주로는 밝은 파란색으로 칠한 목재 방갈로가 있는 지점에서 끝났다. 그 앞에는 표지판이 세워져 있었다. 햇볕 때문에 글자는 완전히 바랬지만, 읽는 데는 전혀 문제가 없었다. 우리는 세계 일주를 마치고 마침내 도착했다.

웰컴 투 아이투타키

엄마는 표지판 속 글을 읽는 순간 눈물을 흘렸다. 마침내 아이투타키에 와 있다는 것을 믿을 수 없었다.

아이투타키는 활주로에서부터 이미 이름과 똑 닮아 있었다. 커다란 태평양 파도는 석호가 시작되는 지점보다 훨씬 뒤에서 부서졌다. 해변가 자체는 아주 작았다. 많은 섬을 보았지만 아이투타키는 단연코 압도적이다.

로거 빌렘젠(Roger Willemsen)*은 세상에서 가장 좋아하는 장소로 에우아섬을 꼽았다. 에우아섬은 아이투타키에서 불과 1,500킬로미터밖에 떨어져 있지 않은, 태평양에 비교하면 거의 바로 이웃에 있는 섬이다. 그는 이 섬에서 가장 멀리 있는 곳이 가장 아름다운 곳이라는 것은 가장 어리석은 클리셰라고 말했다. 아이투타키에 첫발을 내디딜 때 그 말이 떠올랐다. 그리고 그 말의 의미를 이해했다.

더욱이 이렇게 세상의 반대편이 아니더라도, 너무 아름다워서 포기할 수 없는 어리석은 클리셰가 하나 더 있다. 한 여성이 우리를 환영하며 목에 걸어 주는 화환도 이 중 하나이다. 여성은 우리에게 미소 지으며, 자신이 아이투타키의 유일한 에어비엔비 주인인 밀라라고 소개했다. 밀라는 품에 아기를 안고 있고, 그 옆에 꼬마 숙녀 두 명이 서 있었다. 나중에 알게 된 바로는 아홉 살, 열한 살이었다.

---

* 독일의 작가 겸 방송 진행자.—옮긴이

나는 TUV*에서 시행하는 모든 차량 검사를 면전에서 비웃을 것만 같은 밀라의 오래된 지프차에 가방을 실었다. 어디서 빨간 페인트가 끝나고 녹이 시작되는지 불분명했다. 엄마는 곧장 이 차와 사랑에 빠졌다. 우리는 활주로 반대편 끝 바로 옆에 있는 작은 오두막집으로 갔다. 처음에는 비행장과 너무 가까운 데에 머무는 것이 문제가 될까 걱정했지만, 매일 작은 프로펠러 비행기 두 대 이상은 운영되지 않았다.

오두막집은 크지 않았지만 우리에게는 충분했다. 엄마와 나는 각각 방 하나씩을 사용했는데, 각 방은 바깥에 있는 테라스로 나갈 수 있도록 유리 미닫이문으로 연결되어 있었다. 방의 다른 쪽 문은 욕실과 화장실로 갈 수 있는 복도와 연결되어 있었다.

우리가 머무는 오두막집 바로 옆에 작은 집이 하나 더 있는데, 이곳에서 밀라와 밀라의 부모님 그리고 세 아이가 함께 살았다. 밀라의 두 딸은 섬의 모든 야자나무에 올라갈 수 있다며, 내가 배우고 싶다면 시범을 보여 주겠다고 자랑스럽게 말했다. 나는 분명 배우고 싶을 것 같다. 밀라의 아빠는 우리에게 환영의 인사말만 속삭였다. 그는 우리가 머무르는 내내 우리와 한마디도 하지 않았지만, 엄마에게는 연거푸 담배를 권했다. 첫날 오후 밀라의 아버지와 엄마는 거의 세 시간 동안 베란다에 앉아 말없이 담배만 피웠다. 이후에 엄마는 자신이 나누었던 최고의 대화 중 하나였다며

---

* 독일의 글로벌 시험 인증 기관. 산업계의 안전에 관한 다양한 인증 업무를 담당한다.—옮긴이

미소 지으며 이야기했다.

한 시간 후에 해가 졌고 우리 위로 이제껏 본 적 없는, 별이 가득한 하늘이 펼쳐졌다. 우리는 작은 베란다에 앉았다.

"드디어 아이투타키에 왔어요." 내가 말했다.

"드디어 아이투타키에 왔구나, 루카스. 난 정말이지 믿을 수가 없어." 엄마도 반짝이는 하늘을 올려다보았다. "라디오 기자로 일할 때 이 섬은 그냥 다른 뉴스 수천 개 중 하나였어. 출근하는 사람들에게 소개하는 간단하고 재미있는 뉴스일 뿐이었지. 그런데 뉴스 에이전시가 아이투타키에서 방금 여성 시장이 나왔다고 우리에게 알려 왔어. 그리고 꿈 같은 해변을 배경으로 마치 교회에 예배를 드리러 온 것 같은, 머리에 화관을 쓴 나이 지긋한 여성의 사진 한 장이 함께 있었어."

나는 이 이야기를 100번째 듣지만 지금 이곳에서처럼 즐긴 적은 없다.

"당시에는 여성이 이런 관직에 선출되는 건 무척 드문 일이었어. 그래서 그녀는 내게 항상 롤 모델이었어." 엄마는 잠시 침묵한다. "내가 이곳에 오게 되리라고는 생각해 본 적이 없어. 이건 상상을 초월한 일이야. 차라리 예수님을 만나지. 내가 원하지 않아서가 아니라 한 번도 과감하게 시도할 수 없었기 때문이야. 절대." 엄마가 머리를 흔들며 말했다. "그래서 이렇게 감동적인 거야, 루카스. 여기 도착해서 '웰컴 투 아이투타키'라는 표지판을 봤을 때 나는 정말이지 너무나 감동을 받았어. 그냥 눈물만 나왔어."

"드디어 여기에 오게 되어서 너무 기뻐요." 나는 엄마의 꿈을 이뤄 드렸을 뿐 아니라 며칠간의 고된 여행을 드디어 마칠 수 있어서 기뻤다. 나는 휴가가 필요하다. 이곳이 휴양지가 되지 않을 것임을 당연히 알고 있음에도 불구하고 말이다.

"혼자서는 떠나지 못했을 거야. 그건 더는 가능하지 않았을 거야." 엄마는 고개를 가로저었다. "나는 감히 용기를 내지 못했을 거야. 내가 겁쟁이이기도 하지만 아프기 때문에. 하지만 지금 여기에 있잖아. 너도 같이 있고. 정말이지 너무 기뻐."

6. 엄마에게 완전히 새로운 사랑의 방식을 보여 준 사람

밀라네 아이들은 아침 일찍 일어나, 내가 일어나기도 전에 문 앞에서 나를 기다리고 있었다. 칠순도 안 된 사람들이 아이투타키로 오는 것은 흔하지 않은 일이라 아이들은 야자나무에 오르는 것을 보여 줄 누군가가 있다는 것에 흥분했다. 이곳은 1년 내내 따뜻하다. 평균 온도는 28도로 몇 달이 지나도 겨우 1도 정도 변할 뿐이다.

아이투타키에 사는 현지인 대부분은 쿡 제도에 특화된 마오리 방언를 쓴다. 하지만 영어도 함께 사용해서 나는 아이들이나 가족 그리고 아이투타키의 거의 모든 사람과 소통하는 데 문제가 없었다. 밀라네 꼬마 숙녀들은 나에게 이야기도 들려주고, 집 옆에 살고 있는 돼지들도 보여 주었다. 비좁은 양철 판잣집에서는 코코넛으로 배를 채우는 큰 암돼지와 새끼 돼지 다섯 마리가 옹

기종기 누워 하루 대부분 잠을 잤다. 새끼 돼지 중 한 마리는 눈에 띄게 작아서 무리에 끼지 못했다. 그 대신 집 주변을 자유롭게 돌아다녔다. 우리가 쪼그리고 앉아 그쪽으로 손가락을 튕기면, 우리에게 달려와 흥분한 채 코를 킁킁거리며 지저분한 입으로 우리 손에 파고들었다. 엄마는 새끼 돼지에게 매료되어 말을 걸기도 했다. 엄마는 어릴 때 돼지 농장에서 자랐고, 돼지들과 함께 축사에서 밤을 보낸 적도 있다.

"왜 내가 어릴 때 돼지들은 이런 걸 경험하지 못했을까? 왜 항상 어딘가로 끌려가야만 했을까? 네가 얼마나 행복한지 좀 봐봐." 하고 엄마가 우리 앞 잔디밭에서 킁킁대고 있는 새끼 돼지에게 말했다.

아이투타키에서는 매일이 똑같이 흘러간다는 것을 빨리 깨달았다. 아침에 일어나서 낙원을 만끽하고 항상 미소 짓고 있는 듯한 몇몇 같은 사람에게 "안녕하세요? 좋은 하루입니다." 하고 인사를 건넨다. 가끔 하늘에 구름이 끼고 보슬비가 내리지만, 방해가 되지는 않는다. 어차피 아이투타키에서 할 수 있는 것은 많지 않다. 우리는 항상 산책하러 가거나 야자나무 사이를 지그재그로 걸으며 떨어지는 코코넛 열매에 맞아 죽지 않으려고 애쓴다. 내가 이런 이야기를 할 때면 엄마는 웃으며 적어도 이런 그림의 죽음이라면 그리 나쁠 것 같지 않다고 대답했다.

알츠하이머병의 장점 중 하나는 재미없는 농담을 매일 새롭게 최선을 다해서 할 수 있다는 것이다. 내 목표는 분명하다. 나는 세상 끝에서 엄마를 행복하게 해 주고 싶다. 엄마가 매일 새롭게 소리 내 웃는 이야기와 지저분한 일화로 맞춤형 코미디 종합 세트를 만들었다. 엄마가 이해하지 못하거나 재미없다고 느끼는 이야기는, 다음 날 제외했다. 여행한 지 닷새쯤 지나자, 나는 꽤 높은 명중률을 자랑했고 엄마는 배를 잡고 웃었다. 우리는 10대처럼 손에 맥주병을 들고 해변가를 따라 어슬렁거리며, 정치에 관해 토론하거나 옛날 이야기를 하며 웃었다. 엄마도 항상 같은 이야기를 반복해서 꺼내 놓지만, 아직은 예전처럼 잘 설명할 수 있었고 그렇게 만들어진 일화들의 세 번째 버전도 꽤 재미있었다. 가끔씩은 새끼 돼지가 해변가를 따라 100미터가량 우리를 좇아왔고, 그러다 싫증이 나면 집으로 되돌아갔다.

아이투타키는 많은 것이 훌륭하지만, 미식가적 측면은 포기한 듯했다. 여기서는 모든 것을 기름에 튀겼는데, 튀길 수 있다고 생각지 못한 음식까지 튀겼다. 아이투타키에 온 지 나흘째 되는 날 점심에 해변 현지 식당에 앉아서, 엄마는 메뉴판을 들춰 보며 어떤 디저트를 먹을지 10여 분간 고민하고 있었다. 결정에 속도를 내기 위해 나는 엄마가 매번 새롭게 감격했던 디저트로 조심스럽게 유도했다. 그러면서 엄마가 매일 같은 디저트를 선택한다는 것을 말하지 않는 편이 낫겠다 싶었다.

"아, 루카스. 그로일리히도 이곳을 정말 마음에 들어 했을 거야." 엄마는 주문한 후 이렇게 말하며 바다를 둘러보았다. "그 사람은 이미 오래전에 세상을 떠났지만 그 사람을 그리워하지 않은 날은 단 하루도 없었어. 내 인생에서 너무나 중요한 사람이야." 그러면서 맥주를 마셨다. "인간은 자신을 생각하는 이가 더 이상 아무도 없을 때 진짜 죽음을 맞이한대. 그러니까 7월 30일에는 항상 촛불을 켜 줘야 해. 알겠지? 그냥 잠깐 인사하기 위해서 말이야."

"그게 무슨 의미예요?"

"그날이 내 생일이잖아요, 어르신!" 엄마가 놀린다.

"알아요. 하지만 왜 꼭 엄마 생일날에만 엄마를 생각해야 해요?"

"꼭 그날만 그러라는 말은 아니야. 하지만 초는 내가 가장 사랑하는 친구, 그로일리히에게 일종의 전통 같은 거였어. 그로일리히는 내 생일에 항상 초를 켰는데, 늘 너무나 아름다운 표현이었어. 사실 생일이라고 사람들에게 큰 선물을 할 필요가 없어. 그냥 상대방을 생각하는 초 하나면 충분해. 나는 그로일리히에게 다른 어떤 것도 바라지 않았어. 그는 나에게는 정말 아빠 같은 최고의 친구였지. 그 사람이 없었다면 난 결코 기자가 되지 못했을 거야. 더군다나 작가는 생각도 못 했을 거야."

나는 고개를 끄덕이며 동의했다. "제게 유일한 할아버지이기도 해요. 진짜 할아버지 할머니와는 깊은 관계를 맺어 보지 못했는데 그로일리히는 제가 늘 존경한 분이에요."

"그래. 그 사람을 알게 된 건 정말 행운이었어. 문학에서는 이런 인물들이 실제 삶에서보다 자주, 훨씬 자주 있지. 이런 사람들을 '거리를 둔 친구'라고 불러. 항상 약간의 거리를 두지. 책임은 없지만 친절하고 격려하는, 이해하겠니?"

그로일리히는 엄마가 대학 공부를 막 시작했을 때 엄마의 저널리즘 담당 교수였다. 당시 기자들은 서로를 부를 때 이름 대신 성으로만 불렀다. 아빠는 '슈라이버' 엄마는 '지베르트' 그로일리히는 '그로일리히'였다. 이후 친한 친구 사이가 된 후에도 엄마는 그로일리히를 이름으로만 부른 적이 없다. 그로일리히에게는 엄마와 동갑인 딸이 한 명 있었는데, 그로일리히와 엄마가 서로 알게 되기 몇 년 전에 자살했다. 아무런 예고 없이, 친한 친구들이 보는 앞에서 다니던 대학교의 창문 밖으로 몸을 던졌다. 친구들은 그로일리히 부부에게 연락을 시도했지만, 두 사람은 그때 하필 몇 주 동안 여행하고 있었다. 당시에는 휴대폰이 없어서 그로일리히가 딸 친구의 전화를 받기까지는 꽤 오랜 시간이 걸렸다. 그리고 독일로 돌아왔을 때, 그로일리히는 딸의 무덤 앞에 설 수밖에 없었다. 장례식마저 놓치고 말았다.

추측건대 이 사건이 엄마와 그로일리히가 조우한 바탕이 되었다. 그는 딸이 남기고 간 고통스러운 빈자리를 슬퍼하고 있었고, 엄마는 결코 가져 본 적 없는, 애정과 배려심 넘치는 아빠를 찾고 있었다. 두 사람은 엄청난 고통으로 남은 빈자리를 서로 채워 줄 수 있었다.

엄마는 어디에서도 그로일리히로부터 받은 것과 같은 많은 지원을 받아 본 적이 없다. 드디어 엄마에게도 사랑이 넘치는 가까운 사람이 생겼다. 그로일리히는 오랫동안 엄마 삶의 활력이자 중심이었고, 엉망이 된 유년 시절을 회복시켜 줄 수 있는 깊은 사랑과 진실한 아버지의 배려심을 가지고 육신으로 나타난 빛이었다.

나는 그가 만족하지 못하는 모습을 본 적이 없다. 내 기억 속에서 그는 늘 웃고 있었다. 그는 변덕스러웠던 적이 없으며, 매우 섬세하고 관대했다. 빨리 친해질 수 있는 분이었지만 깜짝 놀랄 일이 가득한 성격이기도 했다. 그는 자기 시간 대부분을 세상을 설명하고 자신이 알게 된 것을 다른 사람과 나누는 데 썼다. 그의 평생은 아이디어와 사랑의 삶이었으며, 그는 언제나 여행하거나 책을 읽거나 웃으며 지냈다. 그런데도 굉장히 섬세했다.

그로일리히는 이야깃거리가 많았음에도 엄마의 이야기에 먼저 귀 기울였다. 엄마가 자기 마음을 움직이는 모든 것에 관해 이야기하도록 해 주었다.

"그는 나에게 완전히 새로운 사랑의 방식을 보여 주었어. 이걸 명심해. 누군가를 사랑하는 가장 아름다운 방법은 그냥 들어 주는 거야." 엄마가 집게손가락을 들어 강조한다.

엄마는 이후 기자로 일할 때부터 자주 허구의 이야기를 써 보고 싶다고 말했다. 당시 아빠는 해외 특파원으로 일하고 있었는데, 구소련이 붕괴한 지 몇 년 되지 않았을 때 무조건 러시아로 가고 싶어 했다. 우리 가족이 여전히 혼란이 가득한 모스크바로 이사 갔을 때, 나는 태어난 지 겨우 두 달밖에 되지 않았다. 그에 앞서 그로일리히는 엄마에게 이제 직장을 그만두고 과감히 첫 번째 소설을 쓰라고 설득했다.

"그건 감히 상상할 수 없는 도전이었어. 난 안전한 길을 가고 있었어. 정규직 기자로 일하고 있었고, 기자를 평생 계속할 수 있었지. 하지만 용기를 내야만 했어. 모험해야만 했어. 그로일리히가 없었다면 해내지 못했을 거야."

모스크바로 이사한 지 거의 30년 후, 우리는 모스크바와 다를 바 없는 곳에 와 있다. 터키블루색 석호가 우리 앞에 펼쳐져 있고, 우리는 모래사장에 불과한 작은 해변가에 앉아 있다. 자전거 도로처럼 좁은 모래사장은 바다와 빽빽한 야자나무 숲을 나눈다. 우리가 디저트를 비웠을 때, 엄마는 만족스러운 듯 의자에 등을 기대고 말을 이어 갔다.

"지금까지도 내가 소설을 쓰겠다고 용기를 낸 게 자랑스러워. 처음 두 권은 실험 같은 것이었어. 당시 모리츠와 넌 둘 다 너무 어렸고, 우리는 모스크바로 이사 온 지 얼마되지 않았지. 주말이 되었다고 갑자기 글이 써지지는 않아. 하려면 제대로 해야 해. 그리고 이걸 가능하게 한 것도 그로일리히였어. 당시 그가 내 글에 관해 말한 그 멋진 문장을 내가 이야기했었니?"

당연히 이야기했었다. 그것도 자주.

"이야기해 봐요. 너무 궁금해요." 그래도 나는 엄마를 격려했다.

"당시 나는 드디어 내 첫 번째 소설을 쓰기 시작했어. 그래서 그로일리히에게 편지를 썼지. 당시에는 우편 배달이 너무 오래 걸렸어. 이메일은 아직 아는 사람도 없고 사용되지도 않았어. 모스크바에서 편지를 보내면 정말 너무너무 오래 걸렸어. 몇 주씩이나! 끔찍했어. 어쨌든 나는 그에게 편지를 썼어.

사랑하는 그로일리히,
이제 나의 첫 번째 이야기를 쓰고자 해요.
이미 글을 쓰기 시작했고, 당신에게 30페이지를 먼저 보냅니다.
어떤지 한번 읽어 봐 주세요.

일에 있어 이런 교류는 늘 해 왔고, 우리에게는 아주 당연한 과정이었어. 하지만 내가 소설을 쓴 건 처음이었어. 난 너무나 불안했어. 당연히 그 사람에게 깊은 인상을 남기고 싶었고, 나에게는 그 사람에게 받는 인정이 정말 중요했어. 하지만 우편 배달은 또 한참 걸렸어. 드디어 답장을 받기까지 분명 한 달은 족히 걸렸을 거야."

나는 웃음을 머금은 채 이야기에 계속 귀 기울였다. 이야기가 곧 핵심에 도달할 것을 당연히 알기 때문이다.

"그리고 드디어! 우편함에 그의 편지가 도착해 있었어. 나는 정말 흥분한 채 편지를 열었어. 좋은 친구이자 아버지 대신이며 멘

토인 그가 나의 훌륭한 글에 이런 코멘트를 남겼어. 그가 쓰길 '이 텍스트가 말이었다면 나는 쏘아 죽였을 거야.'" 엄마는 웃음을 터트렸다.

"나는 내가 잘못 읽었다고 생각했어! 그로일리히는 나를 항상 칭찬했었어, 항상! 하지만 그때는 완전 반대였어. 그는 내가 마치 '지금 소설을 써야만 한다고 생각하는 그레벤슈타인에서 온 리셴 뮐러'*처럼 글을 쓴다고 했어. 어쩌면 그때 난 나 자신이 아니라 내 옆에 있는 다른 누군가였나 봐! 그 편지를 읽고 웃어야 할지 울어야 할지 모르겠더라고." 엄마는 다시 한번 크게 웃으며 즐거워했다.

이미 이 이야기를 열두 번은 들었지만 함께 웃을 수밖에 없었다.

"하지만 그로일리히가 무슨 이야기를 하는 건지 이해했어. 그 과정으로 많은 걸 배웠어. 그 사람은 먼저 내가 누구인지 찾아야 한다는 걸 설명해 준 거야. 그리고 정확히 그렇게 글을 써야 한다고 했지. 다른 기회는 없다고. 오직 그 방법뿐이라고. 다른 사람처럼 글을 쓸 수는 없다고. 나는 오직 나 자신처럼만 쓸 수 있다고. 다른 사람이 쓴 건 그 사람 거고 여기 이건 내 것이 되어야 한다고. 내 소설이 어떻게 들려야 하는지, 다른 사람들이 내 소설을 어떻게 생각해야 하는지만 계속 상상하면 잘될 수가 없다고. 정말 중요한 조언이었어. 얼마나 훌륭하고 솔직하게 비판하던지." 하고

---

* 개인이 아니라 특정 유형의 사람을 지칭하는 말이다. 평균적인 여성, 평균적인 시민을 의미하는데 종종 부정적인 어감이 들어 있다.-옮긴이

말하며, 엄마는 해변 식당 카운터 뒤에 있는 남자에게 건배했다. 그리고 단숨에 맥주를 비우고는 웃으며 빈 병을 가리켰다. 바텐더는 친절하게 고개를 끄덕이더니 엄마에게 윙크하고는 몇 초 후 우리 테이블에 새로운 맥주 한 병을 가져다주었다.

그것이 엄마가 처음으로 시도한 소설이었다. 그 후 몇 년 동안 엄마는 그로일리히에게 많은 원고를 보냈다. 처음 출판된 책 두 권은 그리 좋지 않았다. 책이 나왔지만 성공을 거두지는 못했다. 그 뒤 엄마는 『행복한 엄마 행복한 돼지 그리고 남자』라는 책을 썼다. 이 작업을 통해 엄마는 작가의 꿈을 이루었다.

"난 사실 소설을 쓸 용기가 거의 없었어. 솔직히 말해서 '나는 이제 소설을 쓸 거야' 이런 말을 하는 사람이 아니었어. 난 샤흐텐 출신 시골 여자애잖아. 샤흐텐 출신 사람들이 몇 문장이라도 반듯하게 쓸 수 있으면 너는 기뻐해야 해. 하지만 책은 아니야. 책은 내 요람 속에 없었어. 확실히 없었어."

엄마는 자주 이렇게 설명했다. "글을 쓰는 데에 있어 어려운 점은 처음에는 좋게 들리지 않는 것을 견디는 거야. 책은 머릿속에서 그냥 나오는 게 아니야. 그건 하나의 과정이야." 가장 중요한 것은 매일 책상에 앉아 종이에 무엇인가를 쓰는 것이다.

"책은 엉덩이로 쓰는 거야." 엄마가 집필에 진척이 없을 때면 그로일리히는 항상 이렇게 말했고 엄마는 이 말을 가슴에 새겼다. "빈 페이지가 있으면 정말이지 절망하게 돼. 특히 초반은 너무 어려워. 그러니까 그냥 어딘가에서 시작을 해. 그래도 그게 어느 장면에 속하는지 알잖아. 뭐가 됐든 먼저 적어. 그리고 나면 구축할 수 있는 토대가 생겨. 척추를 세우는 거지. 나머지는 훨씬 더 쉽게 써져. 책을 쓸 때 초반부터 시작하는 사람은 아무도 없어. 이리저리 사방으로 써 봐. 앞으로, 뒤로 상관없이. 중요한 건 뭔가 적었다는 거야. 행동으로 옮기는 게 가장 중요해. 이야기를 할 수 있는 사람은 많지만 마무리, 이걸 할 수 있는 사람은 거의 없어."

엄마는 소설 『행복한 엠마 행복한 돼지 그리고 남자』의 아이디어를 이미 오래전부터 가지고 있었다. 이미 모스크바에서부터 기본 구상은 되어 있었다. 하지만 마무리하기 위해서 이야기에 제대로 몰두해야만 했다. 그 몰두는 고요 속에서만 가능했다.

"나는 '엠마'를 몇 년이 지난 후에야 썼어." 내 앞에도 새 맥주가 놓이자 엄마가 말을 이어 갔다. "오랫동안 진척이 없었고, 고요가 필요하다는 것을 깨달았어. 당시에는 너무 벅찼어. 남편과 아이들이 있어서 제대로 집중할 수가 없었거든. 그때 한 친구가 이탈리아에 있는 자기 별장을 제안했어. 가족에게서 떨어져 있어 보라는 거야. 피터는 탐탁지 않아 했고, 그것 때문에 우리는 많이 싸웠어. 하지만 피터가 싫어해도 나는 가야만 했어. 피터도 나중에는 내가 글을 쓰는 걸 많이 도왔지만, 당시에는 너희와 셋만 남아 있는 걸 정말 꺼렸어."

바 바로 옆에 있던, 미국식 억양이 강한 나이 지긋한 남자가 옷을 다 입은 채 바닷속으로 들어가자, 엄마는 이맛살을 찌푸렸다. 남자는 회갈색 버킷 해트를 쓰고, 그에 어울리는 카고 바지와 조끼를 입고 있었다. 아이투타키는 수심이 제대로 깊은 곳이 거의 없다. 설령 수영이 가능할 정도로 수심이 깊은 곳을 찾더라도 곧바로 다시 서 있을 수 있는 모래톱에 도착한다. 미국인은 물이 가슴까지 차오를 때까지 석호로 곧장 들어가더니 손에 '셀카 봉'을 들고 해변가를 향해 손을 흔들었다. "내가 지금 제정신이 아닌 거니, 아니면 저기 저 사람이 제정신이 아닌 거니?" 엄마가 미소를 지으며 물어보고는 눈을 돌렸다.

『행복한 엠마 행복한 돼지 그리고 남자』는 훔친 재규어를 타고 농장에 불시착한 남자와 사랑에 빠진 외로운 돼지 농장 처녀의 이야기다. 남자는 이름이 막스로, 암이 위중하여 살날이 몇 달 남지 않았고, 실은 자동차 사고로 생을 마감하려 했다.

엄마는 글을 쓰러 이탈리아로 떠나기 전에 모든 친한 의사에게 주인공에 어울릴 만한 병에 대해 자문했다. "고통스럽고 확실히 치명적이지만, 틈틈이 뭔가 할 수도 있는 병이 필요해. 하지만 정도가 심해야 하고, 때때로 이루 말할 수 없는 통증이 동반된다면 이상적이야."

이런 단어를 선택하는 것은 엄마에게 자연스러운 일이다. 엄마는 좋은 스토리를 찾을 때 수단과 방법을 가리지 않았다. 당시 이웃에 우리를 담당했던 소아과 의사가 있었는데, 그가 해답을 가지고 있었다.

"췌장암! 네게 필요한 거야!"

"췌장암? 훌륭해! 이름도 너무 멋져! 정확히 내가 필요한 거야."

사람들은 이렇게 자기 주인공에게 어울리는 병을 찾는다.

도입부 사건과 몇몇 핵심 장면은 모스크바에서 이미 썼다. 몇몇 드라마틱한 전환점과, 막스와 엠마의 첫 만남 후 생긴 재미있는 오해들도 완성했다. 소설은 드디어 서로 가까워지고 사랑의 밤을 함께 보내는 지점까지 왔다. 하지만 아직 좋은 결말이 없었다.

엄마는 모든 반대에도 불구하고 소설의 빈자리를 채우고 무엇보다 어울리는 결말을 찾기 위해 남편과 아이들에게 작별 인사를 하고 외로운 이탈리아 산 위에 있는, 아무도 사용하지 않는 교회로 갔다. 주위에는 쓸쓸한 언덕뿐이었다. 엄마가 머문 작은 집과 그 옆에 있는 쓸쓸한 예배당 외에는 아무것도 없는, 글을 쓰기에 완벽한 곳이었다. 엄마는 그곳에서 완전히 혼자였다. 아침마다 탱크 한 대만이 엄마가 머물던 집을 지나갔다. 언덕 두 개를 넘어가면 이탈리아 군사 훈련장이 감추어져 있었기 때문이다. 지금까지도 엄마는 탱크 위에 앉아 매일 아침 엄마에게 한 손 가득 키스를 보내던 잘생긴 이탈리아 군인 이야기를 하며 웃는다. 그때 엄마는 군인에게 매료된 채 손을 흔들고는, 다시 글을 쓰러 예배당 안으로 자리를 옮겼다.

두 달간 매일 엄마는 그곳에 앉아 있었다. 어느새 결말을 열 개쯤 썼지만 그중에 제대로 어울리는 결말은 하나도 없었다. 날이 갈수록 글을 쓰는 것이 힘들어졌고, 양심의 가책은 엄마를 점점 더 무겁게 짓눌렀다. 엄마는 예배당의 완전한 고요 속에 앉아, 아빠와의 갈등을 견디고 이곳에 오기까지 얼마나 많은 것을 극복해야 했는지에 관해 생각했다. 정말 그럴 만한 가치가 있는 일이었던가? 집에 가족을 두고 홀로 온 것이 이기적이었던 것은 아닐까?

엄마는 어린 시절을 생각하며, 싸움이 났을 때면 때때로 축사에 있는 돼지들에게 도망갔던 순간들을 떠올렸다. 엄마는 돼지우리에서 많은 밤을 보냈고, 그곳에서 가족들이 있는 집에는 없던 평온과 애정을 찾았다.

엄마 농장에 있던 돼지들은 다른 농장주의 돼지들보다 나은 삶을 살았다. 할아버지 할머니의 농장에서는 돼지들을 유대교 관습에 따라 도살했다. 마취하지 않은 채 돼지 목 아래쪽을 길고 가는 칼로 완전히 끊어 버리는 도살 방식이었다. 모든 혈관과 기도와 식도가 단 한 번의 컷으로 절단되었고, 동물은 그 자리에서 피를 다 쏟았다. 잔인하게 들리지만, 엄마는 이웃 농가 돼지들이 볼트 샷으로 도살되기 전 축사에서 억지로 끌려 나올 때 내던, 귀가 먹먹할 정도로 두려움에 가득 찬 울음소리를 자주 들었다. 유대교식 도살은 빨리 진행되어서 고통이 없어 보였고 무엇보다 동물들이 지독한 두려움을 느끼지 않아도 되었다.

갑자기 책을 어떻게 끝내야 할지 아주 정확한 아이디어가 떠올랐다.

엠마와 막스는 드디어 서로 가까워지고 외딴 농가에서 결혼한다. 하지만 막스는 점점 위독해진다. 통증과 구토가 점점 더 심해진다. 처음에는 엠마가 지극정성으로 위독한 남편을 돌본다. 하지만 통증이 너무 심해지자, 엠마는 서로의 동의 아래 막스를 유대교식 도살 방식으로 죽인다. 빠르고 고통 없는 죽음을 약속한 돼지들에게 하듯, 엠마는 긴 칼로 막스의 경동맥을 절단하고 막스는 엠마의 품에서 피를 흘리며 죽는다.

완전히 쓸쓸한 예배당에 앉아, 이것이 얼마나 좋은 아이디어인지 느낀 그 순간은 엄마 인생에서 가장 중요한 순간 중 하나였다. 소설의 결말에 관한 아이디어는 너무나 갑자기, 온몸을 떨 정도로 강렬하게 찾아왔다. 눈물이 얼굴을 타고 흘러내렸고, 엄마는 큰 소리로 울기 시작했다. 온전히 홀로 너무나 행복하게.

다시 한번 그때 이야기를 하는 지금도 그 순간이 얼마나 감동적이었는지 엄마의 눈에 나타난다. "인간으로서 이렇게 창조할 수 있다는 것, 책을 쓰는 것은 아이를 낳는 것처럼 느껴져. 오직 나 자신으로부터 무엇인가를 창조해 내는 거야. 성공은 전혀 중요하지 않아. 성공은 기준이 아니야. 내 마음에 드는지만 중요한 거야." 그러고는 엄마는 크게 웃음을 터뜨렸다. "하지만 나는 돈을 거의 벌지 못했어. 이것만은 지금 이야기해야 해. 그건 소득이 생기는 일이 아니라 파산을 지연시키는 일이었어."

서른 중반이 되어서야 엄마는 마침내 작가가 될 수 있었다.

"나는 나만이 쓸 수 있는 책을 썼어. 정확히 그로일리히가 말한 것처럼 나는 나 자신만 온전히 느끼며, 그렇게 써야만 했어. 그렇게 하면 생각하고 작업하는 방식이 완전히 달라져. 너무나 많은 사람이 제대로 된 아이디어를 기다리고 또 기다려. 하지만 그냥 귀를 기울이면 돼. 그리고 그걸 바탕으로 뭔가 만들면 돼. 아이디어는 내 주변에 있으니까. 그로일리히와 나는 가끔 까페에 앉아서 몇 시간이고 침묵했어. 그냥 거기서 주변 사람들이 하는 이야기를 들었어. 그리고 메모하고, 이어서 서로 이야기를 만들었어. 우리 가족도 가끔 한 것, 아직 기억하니?"

나는 고개를 끄덕인다. "그로일리히가 없었다면 이 모든 일은 일어나지 않았을 거야. 단 한 사람이 주변에 얼마나 많은 영향을 끼칠 수 있는 것인지. 나는 항상 그 사람을 내 롤 모델로 삼았어. 정말 대단해."

엄마는 눈물을 참으려 애쓰며 나에게 미소를 지었다. "그 사람이 매일 그리워. 그가 죽기 얼마 전에 그를 만나러 병원에 갔었어. 그 사람은 너무나 지치고 피곤한 채로 누워 있더라. 불쌍한 그로일리히는 너무 안 좋아 보였어. 기진맥진한 채 눈이 움푹 들어가 있고 곧 죽을 것같이 보였지. 얼굴에는 희끄무레한 노란 가죽만이 남아 있었어. 차라리 좀비가 더 생기 있어 보였을 거야. 당시 그로일리히는 이미 통증이 심했어." 엄마는 멀리 바라보며 잠시 추억 속에 완전히 잠긴 듯했다. "나는 그의 거친 손을 쓰다듬으면서 그의 뺨에 키스하려고 그의 몸 위로 숙였어. 그는 이미 더 이상 제대로 움직일 수가 없었고 나는 손을 짚고 일어서야만 했는데 내 가슴이 그로일리히 가슴 위에 정면으로 놓였어. 그때 그가 나를 보더니 '침대로 갈까?'라고 속삭였어." 엄마는 다시 반짝이는 눈으로 나를 바라본다. "나는 정말이지 많이 웃었어. 이런 태도와 유머를 가지고 죽음을 향해 가려면 정말 많은 힘과 용기가 필요해. 나는 정확히 이런 사람이 내 삶에 필요했어. 이런 사람들이 진주 같은 사람들이야. 이해하겠니? 네 곁에도 이런 사람들이 있길 바라. 정말 흔하지 않은 일이야. 사람들은 항상 '아, 그게 뭐' 하며 대수롭지 않게 생각하지. 하지만 이건 단연코 가장 중요한 일이야. 네가 사랑하는 것들이 너야. 들리니? 내가 그걸 좀 더 일찍 알았더라면 좋았을 텐데."

7. 엄마는 자주 좋은 죽음이 무엇인지 물었다

쇼펜하우어는 젊은이와 노인의 주된 차이는 젊은이는 삶을 바라보고, 노인은 죽음을 바라보는 데 있다고 했다. 젊은이는 짧은 과거와 긴 미래를 가지고 있는 데 비해, 노인은 정확히 그 반대쪽에 있다. 아마도 우리가 젊을 때는 상황이 강요하지 않는 한 존재하지 않는 것, 즉 죽음에 관해 깊이 생각할 수 없을 것이다. 엄마와 함께 세상 반대편 벤치에 앉아 낙원을 바라보며 쇼펜하우어의 말을 떠올렸다.

우리는 스쿠터를 타고 섬을 돌아다니며 하루 종일 시간을 보냈다. 아이투타키는 특별히 크지 않아서 소풍은 그리 오래 걸리지 않았다. 우리는 목적지 없이 오른쪽 왼쪽으로 달리며 마주치는 것들을 살펴보았다. 어떤 만은 다른 만보다 더 아름답기도 하고, 작은 길 위에는 큰 나무들이 나란히 빽빽하게 자라 초록 터널을 이루고 있어 길을 어둡게 만들었다. 흰 돌로 지은 집도 있고, 해상 컨테이너 몇 개를 용접해 이어 붙인 집도 있다.

아이투타키에서는 가장 큰 도로조차 1차선이다. 갈림길에서 섬의 중심으로 가는 자갈길에 '쓰나미 대피로'라고 쓰인 표지판이 눈에 띈다. 오늘 이른 아침 엄마 담배를 사러 슈퍼마켓에 갔을 때, 나는 나이 지긋한 남성과 함께 이 표지판과 여전히 존재하는 위험에 관해 이야기를 나누었다. 그는 평생 아이투타키에서 살고 있다며, 낙원에서 사는 게 얼마나 즐거운지 웃으며 이야기했다. 위협적인 파도조차 이를 바꾸지는 못할 것이다. "처음 있는 일이 아닐 거예요. 그리고 분명 마지막도 아닐 거예요." 하고 말할 뿐이다.

엄마가 분데스리가 경기 결과를 궁금해서 우리는 작은 카페에 들렀다. 카운터 맞은편 텔레비전에서는 럭비 경기만 나오고 있었지만, 친절한 바텐더는 엄마와 실없이 이야기하며 컴퓨터로 경기 결과를 찾아 주었다. 엄마는 바텐더에게 큰 소리로 두 아들이 얼마나 실망스러운지 이야기했다. 엄마는 열렬한 축구 팬이지만, 두 아들은 스포츠에 전혀 관심이 없고 규칙조차 잘 모른다고. 이에 두 사람은 큰 소리로 웃었다. 엄마는 나에게 팔을 둘렀고, 나는 물 한 병을 더 샀다. 그리고 감사의 작별 인사를 나누고 다시 스쿠터에 탔다.

엄마는 더 이상 직접 운전할 수 없어서 우리는 스쿠터를 한 대만 빌렸다. 내가 엄마를 뒤에 태우고 다녔다. 처음에는 혹여 사고가 날까 걱정되어 고민이 많았다. 엄마는 평생 겁 많은 동승자였다. 집에서 내가 운전할 때면 엄마는 계속해서 놀라 움찔했다. 그래서 나는 대부분 엄마가 운전하게 했다. 하지만 이곳 아이투타키에서 엄마는 완전히 편안하게 스쿠터에 앉아 있다. 내 허리를 잡은 엄마 손은 아주 가볍다. 엄마는 때때로 커브 길에서 몸을 기대기도 했고, 내 어깨에 머리를 기댄 채 바람에 미소 짓기도 했다. 엄마가 담배를 한 대 태울 수 있도록 섬 남쪽에 있는 벤치에서 휴식을 취할 때, 나는 갑자기 왜 이렇게 달라졌는지 물어보았다. 엄마는 잠시 고민하더니 끝난다는 확신이 큰 평온을 가져올 수도 있다고 말했다.

우리는 거의 매일 죽음에 관해 이야기를 나눈다. 엄마는 자주 죽어 가는 것에 관해 이야기했는데, 병 때문에 처음으로 그러는 것은 아니다. 나는 엄마의 이런 면을 알고 있다. 내가 열다섯 살쯤 되었을 무렵이었다. 엄마는 어느 날 저녁 식탁에서 책 한 권을 구했다고 자랑스럽게 말했는데, 그 책은 출판된 후 금서 목록에 올라 시장에서 판매 금지된 책이었다. 엄마는 잘 아는 서점을 통해 겨우 한 권 받았다. 자살을 다룬 책이었다. 책에는 어떻게 하면 고통 없이 죽을 수 있는지 아주 정확히 설명되어 있었다. "책을 구하기가 정말 쉽지 않았어." 당시 엄마는 만족스럽게 말하며 빨간색의 작은 포켓북을 머리 위로 흔들어 보였다. 죽음은 이미 당시에도 존재했던 주제지만, 오늘은 그때와는 다르다.

"좋은 죽음이 있을까?" 엄마가 물었다. 엄마는 다시 한번 담배를 빨아들이고는, 벤치에 대고 불씨를 끈 다음 담배꽁초를 담뱃갑에 밀어 넣었다. 엄마는 15년 동안 담배를 끊었었지만, 진단과 함께 다시 피우기 시작했다. 엄마 말에 의하면 그냥 너무나 큰 즐거움을 주기 때문이다. 끝난다는 것을 알면 이렇게 분명 변하는 것들이 있다. 엄마는 지금 필연적으로 자신의 죽음이 어떤 모습일지 생각한다. 존재하지 않을 미래를 계획하는 데는 관심이 없다. 드디어 아무런 양심의 가책 없이 담배를 피우는 것을 나는 이해할 수 있다.

엄마는 담뱃갑에서 담배 두 개비를 더 꺼낸 후, 바로 한 대에 불을 붙였다. 그리고 다른 한 대는 내 얼굴 앞에 내민다. 사실 나는 비흡연자지만 엄마와 함께 이 낙원에서 담배 한 개비를 나누는 감성적인 유혹을 이겨 낼 수 없어 승낙한다. 내가 더 잘 알고 있어야만, 무슨 일이 있든 내 미래를 계획할 수 있다.

"그러니까 좋은 죽음은?" 엄마가 다시 물었다.

나는 이제 겨우 스물여덟 살이고 삶을 전혀 알지 못하는데 죽음에 관해 무엇을 이해하겠는가? 나는 담배에 불을 붙이고 한 모금 빨아들인 후 야자나무를 향해 담배 연기를 내뿜었다.

"나도 알면 좋겠어요. 하지만 죽음이 뭔지 알아낸 사람은 다 죽었어요. 만약 좋은 죽음이 있다면, 추측건대 흔하지 않을 거예요." 이렇게 말하며 엄마에게로 시선을 돌렸다. 엄마도 동의한다. "문학조차도 짐작만 할 수 있을 뿐이지. 신앙심이 깊은 사람들은 그걸 안다고 믿어. 아름다운 천국 같은 걸."

하지만 엄마는 이를 더 이상 제대로 믿을 수 없다. 나 역시 마찬가지다.

엄마의 멋진 인생이 마지막 장을 쓰고 있고, 나는 너무나도 사랑하는 사람이 지금 내 옆에 앉아 숨 쉬고 있음에도 불구하고 그 사람과 작별해야 한다는 것이 정말 무엇을 의미하는지 이해하기 위해 고군분투하고 있다.

해가 뜨고, 해가 지고, 나는 마치 죽지 않을 것처럼 인생을 살고 있다. 여기저기서 전혀 알지 못하는 반려동물이나 친척이 죽음을 맞이하면 나는 잠시 인생의 무상함을 생각한다. 하지만 그로부터 시선을 돌릴 틈도 없이 나의 불멸에 대한 환상으로 돌아간다.

나에게 죽음은 너무 추상적이며 기술적으로 주어지는 어떤 것일 뿐, 사실 상상할 수 없다.

하지만 지금은 죽음에 관한 생각에서 도망칠 기회가 더 이상 없다. 그리고 깨달았다. 나는 죽음이 두렵다. 죽을 때 분명 나는 혼자일 것이다. 사람들과 이에 관해 이야기하면 사람들은 죽음과 죽어 가는 것의 차이에 관해 지성을 가장한 답을 떠올린다. 또는 무상함을 통해 처음으로 생겨나는 존재의 가치에 관해 이야기한다. 죽음은 삶의 필연적인 요소이며 무상함은 존재를 가치 있게 만든다고들 한다. 누군가가 나에게 진실을 이야기하는 경우는 아주 드물다.

죽어 가는 것은 아름답지 않다. 그걸 아름답다고 믿는다면 우리를 속이는 것이다. 죽음은 거의 항상 너무나 힘든 일이며, 아마도 우리가 직면해야 하는 가장 힘든 과제 중 하나일 것이다. 모든 커다란 계획을 이제는 아이디어로만 남겨 두어야 한다는 것을 이해하기 위해 엄마가 어떻게 노력하고 있는지를 보고 있으면 마음이 아프다. 엄마의 질환과, 매일 계속되는 죽음에 관한 대화로 낯설었던 죽음에 얼굴이 생긴다. 마치 나도 죽으리라는 것을 지금에서야 정말 이해한 것처럼 말이다. 나도 죽을 것을 당연히 알고 있었지만 내 상상 속에서 죽는 것은 항상 다른 이였다. 나는 사랑하는 사람들로 둘러싸인 노인을 상상해 본다. 하지만 나 역시 그런 노인이 되리라는 것을 결코 이해하지 못했다.

우리는 우주적 복권의 결과이자 믿을 수 없는 만남에서 비롯된 고마운 유전자 변이의 결과, 즉 무의미한 우연의 산물이다. 사실, 우리의 존재는 프랑스 수학자 에밀 보렐(Emile Borel)이 선험적으로 배제했던, 믿을 수 없는 일이다. 결국 이를 위해 수많은 세대가 후손을 계속 낳았고 그들의 조상이 되어 갔다. 그 우연이 일어날 확률은 현기증을 일으킬 정도로 낮다. 그럼에도 불구하고 우리는 여기에 있다. 그럼에도 불구하고 나는 엄마와 지구 반대편에 앉아 죽음에 관해 이야기하고 있다. 그럼에도 불구하고 삶은 우리 모두에게, 우리가 알고 지냈거나, 알게 되거나, 알 수 있는 모든 사람에게 일어난다. 모든 프로젝트, 가치, 관계나 다툼은 우리에게 너무나 중요해 보이지만 우주는 그것에 전혀 관심이 없다. 다음에 일어날 우연을 통해 뒤엎어질 우리의 계획을 신중하고 꼼꼼하게 끝내기에, 인생은 미친 듯이 짧다.

이 얼마나 부조리한가.

"나는 사는 데 지치지 않았어." 우리가 함께 바다와 저 멀리 뒤에 있는 수평선을 응시하는 동안 엄마가 말했다.

"알고 있어요."

"나는 삶을 사랑해. 하지만 칼자루를 빼앗겨 버렸어. 견딜 수 없는 미래가 나를 기다리고 있어. 더 이상 행동할 수 없는 존재. 나는 그걸 그냥 상상할 수가 없어." 엄마는 정말 도움을 청하듯 나를 바라보았다. "나는 일평생 사색을 했고, 사색할 때 항상 너무 행복했어. 나 같은 시골 소녀에게는 사실 많은 것이 필요하지 않았어. 나는 그냥 북헤센에 머물면서 계속해서 딸기를 재배할 수 있었어. 하지만 난 사색하는 게 훨씬 더 좋았어. 오로지 사색하기 위해 온전히 혼자 힘으로 가족에게서 빠져나온 건 정말 혁신적인 일이었어. 내 부모님도 생각할 거리야 당연히 많았지. 매우 똑똑했고 좋은 사업가였고. 하지만 교육은 받지 못했어. 나는 공부하는 게 너무나 즐거웠어. 하지만 지금은 이 모든 것을 잃게 되는 병에 걸렸네. 나에게 정말 중요한 모든 것을 말이야. 그렇다면 묻고 싶어. 삶이란 무엇을 의미하는 것일까? 그냥 어느 요양원에 가서 좋아하지도 않는 음식을 누군가가 내 앞에 차려 주는 것을 바라만

봐야 한다면 그것도 삶일까? 누군가가 나에게 나쁜 짓을 하려 하는데 나는 아무 저항도 할 수 없다면 어떻게 해야 하지? 이건 너무 견디기 힘든 미래야. 그냥 바보가 되어서, 먹고 싸기 위해서만 존재하는 것, 그게 내 마지막이 될 수는 없어! 그게 내 인생이 될 수는 없어! 하지만 난 다른 선택지가 없어."

죽어 가고 있다는 것을 아는 것이 얼마나 힘든 일일지 생각해 본다. 게다가 이 사실과 함께 잘 지낼 수 있는 방법을 찾고 태도를 유지하기란 얼마나 어려운 과제인가.

2021년 9월 캐나다의 전설적인 코미디언 놈 맥도널드(Norm MacDonald)가 61세에 암으로 세상을 떠났다. 그는 9년 동안 대중은 물론 심지어 가족에게도 자기 병을 숨겼다. 그 이야기를 들었을 때 나는 그를 전혀 이해할 수 없었다. 죽음의 여행에 오로지 홀로 발을 내딛는 것, 그러기 위해 필요한 용기를 짐작조차 할 수 없다. 아니면 이것은 절망에 지나지 않을까? 심지어 자기 가족 앞에서도 죽음을 부정하는 마지막 행위? 그는 자기 아이들 눈에 담긴 고통을 보는 것을 견딜 수 없었을까? 어쩌면 아이들은 마지막으로 대화를 나눌 기회를 바랐을 것이다. 나는 그가 다르게 기억되길 원했을 거라고, 가족의 기억에서도 그러길 원했을 거라고 짐작해 본다. 병을 고백하면 기억이 바뀌었을 것이다.

맥도널드는 죽기 몇 년 전 팟캐스트에서 왜 자기 죽음에 대해 절대 공개적으로 이야기하지 않을 것인지에 관해 이야기했었다. 당시 그의 병세가 이미 심각하다는 것을 아무도 몰랐다. 그는 자신의 죽음을 화제의 중심에 밀어 넣어 이야기하며, 공감을 요구하는 것은 나르시시즘의 절정으로 보인다고 말했다. 그의 롤 모델은 미국 배우 리처드 판즈워스(Richard Farnsworth)였다. 판즈워스도 중증 암 환자였지만 모두에게 병을 숨겼다. 판즈워스는 그의 마지막 영화로 오스카상 후보에 올랐다. 이것이 그의 마지막이 될 것이라고 솔직하게 말했더라면, 그는 당연히 상을 받았을 것이다. 하지만 그 대신 이른바 '스턴트맨의 죽음'을 선택했다. 가족에게 작별의 편지를 쓴 뒤, 입에 엽총을 넣고 발가락으로 방아쇠를 당겼다. 맥도널드에게 이는 진정한 용기를 의미했다. 혼자서 불속으로 걸어가는 것. 우리 모두 죽음에 대해 엄청난 두려움을 갖고 있음을 이해하는 것. 그런데도 그 두려워하는 마음을 멈추는 것.

나는 그때 그가 무엇을 생각해야 했는지 이해하지만 우리가 꼭 혼자 걸어가야 한다고는 생각하지 않는다. 죽어 가는 것에도 많은 방식이 있다. 죽음은 내 몫이라 하더라도 죽어 가는 경험을 나누는 것은 가치 있는 일이다.

엄마는 나이가 그리 많지 않다. 이제 겨우 예순 초반으로, 놈 맥도널드가 죽었을 때와 나이가 같다. 운이 좋다면 나도 눈 깜짝할 사이에 같은 나이가 될 것이다. 그때가 된다 해도 나는 아마 스스로 나이에 비해 매우 젊다고 느끼며 아직 내게 미래가 있다고 생각할 것이다. 나는 죽음을 항상 가능하나 실제로는 일어나지 않을 것으로, 희미하게만 인식해 왔다. 나는 낭만적인 죽음을 맞이하는 사람은 거의 없다는 것을 완전히 잊으려 애썼다. 고통이나 예고도 없이 노년의 어느 날 그냥 평화롭게 잠이 드는 사람은 거의 없다. 나는 나 자신을 속여 왔다. 삶에 있어 매년 마지막 해인 것처럼 살아야 한다는 쾌락주의 광고는 우스꽝스럽다. 자기 삶의 마지막 해를 살고 싶어 하는 사람은 아무도 없다.

눈부시게 푸른 남태평양 하늘 앞에서 눈을 감고 나의 마지막을 상상해 본다. 늙고 약해진 나를 본다. 관절은 더 이상 예전처럼 움직이지 않는다. 어쩌면 나는 이미 산소통으로 숨을 쉬고, 이틀에 한 번씩 병원으로 가 세 시간씩 투석을 받을지도 모른다. 그것도 혼자서는 할 수 없으며, 재미는 더더욱 없다. 이는 살 가치가 있는 존재와는 양립할 수 없다.

우리 가족은 너무 힘들어서 나를 요양원으로 보낸다. 내 마음에는 들지 않지만 이성적인 판단 같다. 모두가 요양원이 나에게 얼마나 좋을지 이야기하고, 때로는 이야기가 잘 풀려서 나는 마치 선택권이 있는 것처럼 관여한다. 안개가 자욱하다.

나는 몸져눕게 되고 더 이상 걸을 수도, 돌아누울 수도 없다. 다른 사람에게 전적으로 의지한 채 혼자 있거나 아니면 욕창이 생기지 않도록 하루에도 몇 번씩 나를 돌아눕혀야 하는 요양사들로 둘러싸여 있다. 그런데도 욕창을 완전히 막을 수는 없어서 다시는 낫지 않을 고통스러운 상처가 생긴다. 내 팔다리에는 더 이상 어떠한 임무도 주어지지 않고, 운이 나쁘면 혈관 질환으로 인해 절단해야 한다. 어느 날 실금을 하게 되고 나는 매일 아침 오줌을 싼 채 앉아 있을지 아니면 카테터를 삽입할지에 관한 결정을 앞두게 된다. 이 지점에서 인공 영양 공급 단계까지는 더 이상 멀지 않으며, 내가 스스로 움직이거나 어떠한 방식으로든 나의 존재에 영향을 줄 모든 필요성은 사라진다.

대략 이쯤에서 사고력과는 점점 작별을 고하고, 중요하지 않은 부분부터 쇠퇴한다. 나는 잘 잊어버리게 되고, 무슨 일이 일어나는지 자신이 어디에 있는지도 잊어버리게 된다. 내 이름은 낯설어지고, 더 이상 거울 속의 자신을 알아보지 못하며, 어쩌면 이름, 장소나 거울의 개념도 잊어버릴 것이다. 매순간 나는 큰 바늘이 나를 찌르고 있거나 모든 구멍이란 구멍에 호스가 꽂힌 채 낯선 장소에 있는 자신을 발견한다. 당연히 나는 소리 지르기 시작하며 몸부림을 치고 호스들을 뽑으려 한다. 스스로 진정되지 않으면 의사들이 나를 침대에 묶거나 약물로 완전히 진정시켜야 한다.

내 존재에 안개가 짙어지고 있다.

털이 헝클어진 강아지가 갑자기 짖어 대며 야자나무 주위로 암탉을 쫓기 시작했고 암탉은 날갯짓 몇 번으로 작은 오두막집 지붕으로 달아났다. 암탉이 재차 울어 대며 강아지를 조롱하는 동안, 강아지는 실망한 듯 소리를 내며 걸어가 버린다. 이 모든 소란의 가운데에서도 엄마는 고요히 있으며, 무관심하게 눈을 감은 채 해바라기처럼 고개를 빛 속으로 계속 들어 올린다. 햇볕은 엄마의 머리를 쓰다듬고, 바람은 마치 다정한 연인처럼 엄마의 머리카락과 장난을 친다. 나는 파도가 넘실거리는 소리를 들으며 눈을 억지로 다시 감는다. 내 죽음이 어떤 모습일 수 있을지 억지로 상상해 본다.

언젠가 의사는 내 가족들과 이야기를 나누며, 이제 기계를 멈추고 내가 평화롭게 잠들 때까지 진통제를 줄 시간이 되었음을 조심스럽게 알린다. 가족들은 그를 쫓아낸다. "이 미친놈이 도대체 무슨 생각을 하는 거야? 이건 순전히 일을 좀 덜고 싶어서 게으름을 피우려는 거야." 가족들은 나를 도울 방법을 찾아 달라고 요구한다. 내 생명을 몇 주 더 연장할 복잡한 수술, 새로운 약이나 전도유망한 연구들. 하지만 그런 것으로 내 상태가 나아지지는 않을 것이다. 의사들은 새로운 시도 자체가 또 하나의 질병이 될 때까지 내 삶을 연장한다. 모든 새로운 조치는 의사들이 나를 보살피고 있다는 것을 보여 주고 가족들의 돈을 갉아먹는 형상일 뿐이다. 이 시점에 나는 이미 아무것도 이해하지 못한 지 한참이 되었다. 그들은 그들 자신을 위해 이런 것을 할 뿐이다. 어떤 병원에서든 더 이상 삶의 가치가 없는 상태의 단계라고 보기에 충분하다.

나는 의사가 아니지만 내가 어떻게 죽고 싶지 않은지는 안다. 그런데도 의사들은 내 가족들을 매일 다시 만나 같은 토론을 이어 간다. 내 상태는 마침내 나를 놓아주는 것이 더 낫다는 것을 정말 모두가 이해할 때까지 나빠진다. 가족들은 나를 완화 병동으로 옮기는 데에 동의한다. 하지만 내가 죽기까지는 그로부터 한참 더 걸릴 수 있다.

아플 때는 삶이 부서질 것처럼 느껴지지만, 실제로는 그렇지 않다. 우리의 육체는 모든 상황에서도 살아남아야 한다는 임무를 최우선으로 명령한다. 심장이 정말 포기하고, 폐에 물이 차고, 호흡이 멈추고, 독소가 충분히 쌓일 때까지는 한참 걸린다. 환자가 자신의 육신과 생명을 마지막까지 유지하려는 것은 세상의 자연스러운 흐름이다.

몇십 년 전 어느 날 내 심장은 뛰기 시작했고, 멈추지 않았다. 심장은 매일 뛰었다. 그러다 어느 순간 갑자기 영원히 멈춘다. 육신의 모든 과정은 영원히 멈추고, 혈액은 더 이상 순환하지 않으며 중력으로 돌아간다. 육신의 가장 깊은 곳까지 흘러 들어가 겉보기에 어둡고 부드러운 얼룩으로 보이는 웅덩이에 모인다. 생명이 내 몸을 떠나는 순간, 몸은 죽음의 것일 뿐이다. 내 몸은 처음에는 차가워지다가 뻣뻣해지며 굳어 간다. 로맨틱한 면은 더 이상 많지 않다. 내 장기들은 서서히 멈추고, 나는 땅에 묻히고, 내 삶은 끝난다.

모든 것이 평범하게 흘러간다면, 우리는 자기 죽음을 생각하지 않고서도 몇십 년을 보낼 수 있다. 오랫동안 나는 죽음에 대한 두려움을 밀어내며, 각주로 메모했지만 무시했다. 내 생각에 내 또래는 대다수가 그럴 것이다. 아마도 우리에게 사는 것이 무엇을 의미하는지 보여 주는 것은 부모님의 질환이나 죽음일 것이다. 그것은 또한 반대로 죽는다는 것이 무엇을 의미하는지도 보여 준다. 아마도 그것이 내 배움의 마지막 장이자 부모님이 우리에게 보내는 마지막 선물일 것이다. 당신들의 죽음으로 자녀들이 마침내 살아야 겠다는 확신을 갖는 것.

죽음에 대한 두려움은 의심할 여지 없이 생물학적인 것이기도 해서 일정 수준까지는 피할 수 없다. 우리가 이 상황과 계속 고군 분투하는 것은 놀라운 일이 아니다. 죽음을 피하는 것은 우리의 본성이지만, 죽음은 우리 모두에게 일어날 것이다. 그리고 내가 엄마를 사랑한다면 나는 질환과 관련된 모든 측면에서 엄마와 동행할 의무가 있다. 엄마는 혼자서 하지 않아도 된다. 나는 달갑지 않은 의사들, 장의사, 이상한 친척들과 대화를 나눌 것이다. 나는 엄마의 시체를 보고 어느 날엔가 엄마를 묻을 것이다. 알츠하이머 병은 이 의무를 하루아침에 내 삶에 가져다주었다. 나의 엄마, 엄마의 존재, 엄마의 지혜가 점점 사라지다 완전히 죽음을 맞이할 것이다. 남은 우리는 이후 허락되는 한 가능한 한 오래, 가능한 한 열심히 그냥 계속해서 살아야만 한다.

나는 또한 엄마의 이 길을 동행한다는 것, 맥도널드 가족처럼 완전히 어둠 속에 남아 있지는 않아도 된다는 것이 약간은 기쁘다.

엄마는 가끔 자신의 삶을 죽음의 예술로 묘사한다. 엄마의 삶의 장면들은 멀리서 보아야 아름다움을 발견할 수 있는 유화 같다. 가끔은 아주 멀리서 바라보아야 한다. 예를 들면 세상의 끝에서.

영원같이 느껴진 시간이 지난 후 엄마는 다시 머리를 숙이고 천천히 눈을 뜬다. 엄마는 저 멀리서 요란한 소리를 내는 장벽을 손가락으로 가리킨다. 아이투타키로만 이루어진 작은 행성에서는 세상 가장자리처럼 보인다. 그 뒤에서 태평양의 큰 파도가 부서지고 잔잔한 석호가 끝나면 끝없는 태평양이 시작된다. "나는 우리 모두를 위해 상황을 쉽게 만들 수 있어. 내가 더 이상 할 수 없을 때까지, 가능한 한 멀리 헤엄칠 수 있어. 완전히 지칠 때까지 그냥 계속 앞으로 수영하는 거야."

"엄만 할 수 있어요." 나는 건조하게 대답한다.

엄마는 마치 평평한 모래톱을 통해 그 장벽까지 가는 길을 찾는 듯 눈을 감는다. "내 생각에, 나는 불행한 고래처럼 그냥 해안에 좌초할 것 같아. 쉬어 갈 아름다운 장소를 찾지도 않고 그곳까지 갈 생각도 하지 않아. 이곳은 자살할 곳이 아니야."라며 엄마는 웃었다.

나는 함께 웃지만, 죽고 싶은 엄마의 마음에 관해 계속 논의할 힘은 없다.

엄마가 조심스럽게 이야기한다. "얼마나 미친 짓인지, 그렇지? 우리는 세상에 던져졌지만 그 이유는 몰라. 하지만 세상에서 나가는 건 어려워. 정말이지 너무 어려워."

엄마는 침묵한 채 바다를 바라보다 말했다. "어쩌면 죽음은 지금과 같을지도 몰라. 보렴. 찰싹거리는 소리, 아름다움, 큰 공간, 외부, 안전함, 아름다운 야자나무. 아무도 여기에 너도밤나무를 두지 않아!"

8. 우리 가족의 애환, 전쟁과 성

"작가에는 두 부류가 있어." 사람을 죽일 수도 있는 코코넛 야자 나무를 따라 산책하는 길에 엄마가 말했다. 그사이 이곳에 온 지 일주일하고도 반이 되었고, 우리의 하루하루는 거의 다름이 없다. 캔버스 위에 붓으로 그림을 그리듯 매일 다음 날로 흘러간다. 이곳에는 아무것도 없기 때문에 글자 그대로 아무 할 일이 없다. 사람들은 그저 웃고 좋은 날씨를 즐기고 럭비를 한다.

나는 아침 일찍 일어나지만 엄마는 거의 항상 나보다 먼저 일어나 내 창문 바로 앞에 있는 작은 베란다에서 담배를 피운다. 밖으로 나가면 마치 내가 여기가 어딘지 모르는 사람인 양 나를 향해 웃으며 크게 손을 흔든다. 그리고 몇 분 후에는 매일 잃어버리고 있는 자신의 칫솔을 보았는지 물어본다. 나는 마을 가게에서 새 칫솔을 사다 드리거나, 엄마의 방이나 가방 또는 욕실에서 칫솔을 발견한다. 이어서 우리는 풍성한 우리의 아침 산책 경로 중 하나로 출발하고, 해변가의 작은 현지 식당 중 한 곳에서 아침을 먹으며 산책을 마무리한다. 우리의 대화 역시 반복되지만, 모든 순간이 가치 있는 지금에 감사하게 만드는 새로운 생각이 대화를 통해 끊임없이 나온다. 이 순간과 대화는 우리가 섬을 떠나고 한참 지난 후에도 여전히 나와 동행할 것이다.

엄마는 잠시 멈추어 서더니 모래 속에 놓인 코코넛으로 몸을 굽히며 나를 올려다본다. "어떤 작가들은 돈이나 명예를 위해 글을 쓰지. 그리고 내가 좋아하는 다른 부류의 작가들은 어떤 특정 주제에 관해 묘사하지 않고는 단 1초도 견딜 수가 없어서 글을 써. 흥미롭게도 누가 어떤 부류의 작가인지 빨리 알아차릴 수 있어. 아무도 단어를 이해하지 못하게 쓰는 것보다 쉬운 건 없거든. 특히 유창해 보이는 건 전혀 어렵지 않아. 많은 사람이 외래어로 된 무기고를 던지지. 독자들을 단어를 찾아봐야만 하는 지점까지 데려왔다면 이긴 거야."

엄마는 쪼그리고 앉아 있다 일어나더니 손을 허리에 받치고 허공을 응시한다. "그건 결코 내 것이 아니었어." 엄마가 머리를 가로저으며 이야기한다. "어떤 것을 제대로 이해하고 싶다면 아주 쉽게 묘사할 수 있어야만 해. 하고 싶은 말이 있다면, 아무도 이해하지 못하는 혼란스러운 미사여구나 수수께끼 같은 암시는 필요 없어. 하지만 쉽고 명료하며 단순하게 표현하려면 용기가 필요해. 어떤 것이든 창의적인 작업에는 용기가 필요해. 사람들로부터 오해

받거나, 수년 전에 쓴 글에 대해 지적받을 수도 있어. 하지만 어차피 오해받게 돼. 모두가 그래 왔어. 그게 대단한 거야! 글 쓰는 사람은 오해받을 용기가 있는 사람들이야. 누가 이 말을 했었지? 또 모르겠어······." 엄마는 손으로 이마를 받치더니 모래를 응시하고는 마치 모래성을 짓듯 생각 속을 파헤쳤다. 몇 초 뒤 엄마는 머리를 흔들더니 지친 듯 숨을 내쉬었다.

"누군가는 그런 생각을 했을 거예요. 모두가 엄마처럼 생각하지는 않아요."

엄마는 나를 향해 미소 짓는다. "너는 생각이 너무 많아. 네겐 그런 면이 있더구나."

"그럴지도 몰라요. 어쩌면 때로는 생각을 너무 많이 하는지도 모르겠어요. 생각 속에서 길을 잃고 더 찾지를 못해요."

"그건 좋은 거야. 좋게 느껴지지는 않겠지만. 자신을 믿고 길을 좀 잃어 봐. 그리고 이야기 속에서 너의 길을 다시 찾아. 그로일리히는 항상 나에게 생각이 너무 많으면 글을 못 쓴다고 했어. 그리고 생각을 너무 안 할 때는 글을 읽으라고 했지."

엄마는 모래 속에 앉더니, 굵은 야자나무 조직 사이로 들어오는 밝은 햇빛 속에 기댄다. 손은 전 독일 총리 메르켈처럼 허리 앞으로 살포시 잡고 턱은 햇빛을 향해 높이 든다. 엄마는 마치 호흡할 때마다 이 낙원의 일부분이 엄마와 함께 머무는 듯 숨을 깊이 들이마신다. 나도 엄마도 아무 말을 하지 않고, 그렇게 우리는 한참 동안 조용히 앉아 있었다.

100번쯤 심호흡을 한 뒤에 엄마가 나에게 눈짓한다.

"이야기는 공유해야 해. 나는 그냥 사소한 이야기들을 더 많이 나누고 싶어. 그로일리히는 훌륭한 이야기를 많이 해 주었어. 이야기는 딱 한 문단일 때도 있었고, 낡은 포스트잇 위에 적힌 세 단어일 때도 있었어. 내가 읽은 것 중 가장 아름다운 편지일 때도 있었고. 정말 훌륭한 이야기가 많았어……." 엄마는 꾹 참더니 무엇인가를 던지는 듯한 몸짓을 했다. "아, 어차피 지금은 끝났어. 이런, 젠장. 하지만 넌 좋아하는 사람들이 있다면 꼭 그들과 이야기를 공유하렴. 알았지? 이상해 보여도 그것보다 더 좋은 것은 없어. 이야기는 나누기 위해 있는 거야. 그걸 위해 우리가 여기에 있고."

내가 기억하는 한 우리 가족은 항상 이야기를 나누었다. 모스크바에서 보내던 첫해, 우리는 거의 홀로였다. 겨울은 지루했고 주변에 독일어를 할 수 있는 사람은 아무도 없었으며 영어를 하는 사람도 거의 없었다. 아무 이야기나 해서 잔인하고 차가운 일상을 조금 다채롭게 만드는 것 외에 우리 가족이 할 수 있는 게 남아 있지 않았다.

내가 초등학교 4학년 무렵 우리는 다시 독일에 살았는데, 나의 방과 후 돌봄 지도 선생님이 엄마와 진지하게 나눌 이야기가 있다며 엄마를 학교로 초대했다. 나도 함께 가야 했다. 엄마와 나는 여자 선생님 넷 앞에 앉았고, 그분들은 엄마에게 나와 이렇게 계속 지낼 수 없다고 이야기했다. 내가 모든 아이와 선생님들께 너무 많은 거짓 이야기를 했으며, 그것이 우리 반을 들썩거리게 만든다고 했다. 나는 아빠가 헬무트 콜의 친구이며, 그래서 헬무트 콜이 우리 집에 정기적으로 저녁 식사를 하러 온다고 했다. 또 친구 중 한 명이 너무 오랫동안 버스 뒤에 서서 배기가스를 흡입한 나머지 목숨을 잃었다고도 했다. 우리가 모스크바에서 살았다고도 했는데, 나는 이 이야기로 정점을 찍었다. 사실 이 이야기는 내가 당시 말한 몇 안 되는 진실 중 하나였지만 더 이상 내 이야기를 믿어 주는 사람은 아무도 없었다. 선생님은 자세히 용건을 설명하고는 기대에 가득 찬 눈으로 엄마를 바라보았다. 엄마는 의자에서 잠시 몸을 곧게 펴더니 활짝 웃었다. 그리고 선생님들을 비웃었다.

"당신들 제정신이 아니군요! 나는 이 아이가 들려준 이야기로 돈을 벌고 있어요. 이 아이가 이야기를 멈추는 일은 평생 없을 거예요."

나는 일순간 맞벌이 부부의 자녀라는 왕관을 썼지만 더 이상 방과 후 돌봄 교실에서 단 하루도 시간을 보내지 않았고, 쫓겨났다고 해서 누구의 노여움도 사지 않았다.

우리는 슈라이버 가족이다. 우리 가족은 이야기를 나눈다.

높고 두터운 태평양 구름이 태양 앞으로 밀려오고 서늘한 바람이 분다. 엄마는 가슴 앞으로 팔짱을 끼고 팔을 비볐다. 나는 배낭을 뒤적여 가벼운 재킷을 찾아 엄마에게 건넸다. 재킷 왼쪽 주머니에서 밤 하나가 모래 위로 떨어졌다.

"이것 좀 봐. 아이투타키의 첫 번째 밤이 되겠다. 이 예쁜 밤이 너무 운이 좋구나." 엄마가 웃는다.

"네, 맞아요." 나도 웃는다. "아니카가 저에게 선물로 주었어요. 재킷에 들어 있는 줄 전혀 몰랐어요. 적어도 우리만큼 운이 좋은 밤이에요." 나는 바지 주머니를 뒤적이며 밤을 더 찾아본다.

"나도 내내 그 생각을 했어." 엄마가 나를 향해 생기 있게 미소 지었다. "어쩌면 좀 미화하는 걸 지도 모르지만 여기는 정말 황홀한 곳이야. 여기 사람들은 쾰른 사람들과 달라 보여. 뭔가 얼굴이 완전히 다른 것 같아. 어딘가 더 친절해 보여."

"낙원에서 친절하기란 정말 쉽기도 하죠." 나는 웃었다.

엄마는 내게 미소 지으며 내 어깨에 손을 살포시 얹었다. 그러더니 눈살을 찌푸렸다.

"루카스, 진짜 솔직하게 이야기해 봐. 내가 아프다는 게 이미 어느 정도 느껴지니?"

나는 숨을 고르고 대답하려다 멈추었다.

"그냥 이야기해 봐. 명확한 네 생각을!" 엄마가 재차 청하지만 나는 여전히 망설인다.

"그러니까, 그러니까, 엄마의 어떤 특징들이 사라져서, 그것 때문에 전체적으로 느껴져요."

"정확히 뭐가 사라졌다는 거야?" 엄마가 더 심각하게 물어본다.

"제가 생각했던 것처럼 삶과 죽음이 흑과 백은 아니에요. 저는 이 모든 걸 다르게 상상해 왔어요. 항상 죽거나 살거나로 생각했는데 이곳 아이투타키에서 죽음과 삶 사이에 회색 영역이 있다는 걸 알게 됐어요. 회색 영역이란 건 그냥 엄마에게 이미 사라진, 그리고 다시는 오지 않을 것들이에요."

엄마는 일어서더니 생각에 잠긴 듯 나를 바라보았다. 그리고 가방에 손을 뻗어 담뱃갑을 계속 만지작거렸다. 바지 바깥쪽을 두드려 보지만 라이터를 찾을 수 없다. 나는 엄마를 위해 항상 들고 다니는 여분의 라이터를 가방에서 꺼내 건넸다. 엄마는 미안한 듯 어깨를 으쓱하고는 나에게 윙크했다. 그러고는 담배에 불을 붙이고 눈을 감고 코로 숨을 내쉬었다.

"이제 얘기해 봐……." 엄마는 다시 한번 청했다.

"그러니까 예를 들면 민첩함이라든지 엄마의 유머 속에 녹아 있던 영민함 같은 거요. 예전엔 그런 게 있었잖아요. 그런 면에서 우리 가족은 항상 좀 특별했고요. 우리 가족에게는 금지된 주제가 없었어요. 제 친구 중에는 우리 집에서 저녁을 먹고 간 뒤에 우리 집이 얼마나 특이한지 이야기하는 애들이 많았어요."

"정말? 우리 집에 무슨 일이 있었는데?" 엄마는 호기심 가득히 물어보았다.

"저는 항상 우리 집 식탁에는 '전쟁과 성' 이 두 가지 주제밖에 없다고 묘사했었어요."

"그건 너무 끔찍하구나. 그런데 왜 전쟁이야?" 엄마가 웃는다.

이제 나도 웃음이 나왔다. "글쎄요, 우리는 인간관계, 섹스, 사랑 또는 삶이 근본적으로 무엇을 의미하는지에 관해 집중적으로 이야기를 나누었어요. 이게 성이에요. 그리고 우리는 정치적, 사회적 토론을 끊임없이 했는데 전쟁이란 그걸 말해요. 우리는 최근에 일어난 사건들을 다루고 그걸 어떻게 분류해야 할지 이야기했어요. 엄마와 아빠에게는 아주 명확한 좌파 의제가 있었고 우리에게도 자기 의견을 형성하도록 격려했어요. 세상에서 무슨 일이 일어나고 있는지 우리가 알고 이해하도록 했죠. 이것이 제 평생 식탁에서 나눈 대화였어요. 그리고 우리 중 그 누구도 그 순간 생각하는 것을 그냥 쉽게 말하지 않았어요. 우리는 격렬하게 토론했어요. 모두가 명확한 생각을 말로 표현하고 변호할 수 있어야 했어요. 그래서 전쟁과 성이에요."

나는 짧게 심호흡하고, 어떻게 내 의견을 마무리할지 고민했다. "그리고 엄마는 여기서 항상 최고였어요. 우리 가족 중에 엄마처럼 말을 잘하는 사람은 아무도 없었어요. 우리 가족은 모두 제나름 똑똑한 사람들이었어요. 하지만 토론에서만큼은 엄마를 결코 이길 수 없었어요." 나는 엄마를 향해 눈썹을 높이 치켜올렸다. "제 생각에 엄마의 이런 부분은 더 이상 존재하지 않는 것 같아요. 엄마의 눈빛에서 보여요. 어떤 주제에 관해 이야기할 때, 예전 같으면 벌써 세 번째 반격을 준비했을 엄마의 눈빛이 텅 비어 있어요. 제가 엄마가 알고 있는 걸 설명해도 엄마는 정리하지 못해요. 그렇게 저에게는 이런 부분들이 사라지고 다시는 돌아오지 않을 것이 분명해졌어요." 잠시 말을 멈추었지만, 엄마는 아무 말도 하지 않고 바다만 바라보고 있다. "그게 참 안타까워요. 엄마의 그런 면이 미치도록 그리워요. 그런 면이 이미 죽어 버렸죠. 하지만 엄마가 아직 여기에 계시기 때문에 저는 슬퍼할 수도 없어요."

우리는 잠시 침묵했다.

"이걸 지금처럼 나에게 설명한 적 있니?" 엄마가 조심스럽게 물어본다.

"아니요, 엄마가 물어본 건 처음이에요." 나는 거짓말을 한다.

엄마는 내게 들릴 정도로 숨을 내쉬더니 힘들게 고개를 끄덕였다. 엄마는 여전히 바다를 응시하고 있고 나는 이렇게까지 솔직했어야 했는지 고민한다. 하지만 고민하기에는 너무 늦었다.

"전쟁과 성……." 엄마가 속삭이며 다시 내 옆에 앉았다. "우리 같이 작고 평범한 독일 가정도 많은 전쟁을 겪었지."

"어떤 면에서요?"

"음, 네 아빠가 항상 전쟁터에 있었으니까. 나타샤가 죽었을 때 나는 더 이상 참을 수가 없었어. 너무나 끔찍했거든. 무슨 일이 있었는지 너도 알지?"

나는 그 이름을 자주 들었고 뒷이야기도 대략 알고 있지만 머리를 가로저었다.

"나타샤는 네 아빠와 내가 모스크바에서 알게 된 정말 좋은 친구였어. 주말마다 우리 집 소파에 누워 함께 보드카를 마셨지. 세상에, 내가 지금도 그때처럼 많이 마신다면 벌써 죽었을 거야. 사실 그게 알츠하이머병으로부터 도망가는 방법이 될 수도 있어. 그냥 다시 한번 목마른 러시아인 열 사람과 함께 저녁 시간을 보내는 거지. 그러면 내 문제에서 해방될 거야. 나는 살아남지 못할 테니까." 엄마가 크게 웃었다. 엄마는 몸을 펴더니 엄지와 검지로 문지르던 모래 속 조개를 잡았다.

"나타샤도 피터처럼 기자였어. 제1차 체첸 전쟁이 터졌을 때 모든 기자가 바로 그곳으로 내려가려고 했어. 나타샤도 기자였던 남편이랑 같이 최대한 빨리 출발했어. 그곳에 병력으로 점령한 학교가 하나 있었는데, 두 사람은 거기서 보도하려고 한 거야. 거기로 가려면 경비 초소를 여럿 통과해야 했는데 초소마다 멈춰서 서류를 보여 주어야 했어. 정말 많은 사람이 이동 중이었고 각 체크 포인트에 있는 군인들은 당연히 뇌물을 받고 싶어 했어. 나타샤와 나타샤 남편은 이미 경비 초소 몇 개를 통과했고 무척 서둘렀어.

검문소 중 한 곳에서 그 부부는 조금 공격적이었는데 그게 군인을 크게 자극했나 봐. 탱크 위에는 겨우 열일곱 살 정도 된 어린 군인이 앉아 있었어. 그 군인은 혼자서 엄청나게 큰 기관총을 담당했지만 전혀 다룰 줄을 몰랐어. 너무 작고 약했거든. 어쨌든 그 어린 군인은 귀찮게 하는 두 기자에게 겁을 주려고, 나타샤와 나타샤 남편이 검문을 벗어났을 때 자동차 위로 총을 쏘려고 했어. 실제로 위협 사격이어야만 했어. 그런데 이 어린 군인은 거대한 기관총을 제대로 받칠 수 없는 상태에서 방아쇠를 당겼고, 그 순간에 너무 깊게 겨눈 거야. 그래서 총알은 자동차 위가 아니라 정확히 뒤쪽 창유리를 통과해 나타샤의 목에 맞았어. 나타샤 목에 10센티미터나 되는 큰 구멍이 났고 나타샤는 즉사했어. 그 순간 나타샤 남편은 바로 나타샤 옆에 앉아 있었지." 엄마는 침을 삼켰다.

"나는 뉴스에서 이 소식을 들었어. 너는 아직 아기였는데, 뉴스에서 나타샤의 얼굴과 이름을 보았을 때 나는 너를 내 무릎 위에 앉혀서 밥을 먹이고 있었어. 너무나 끔찍한 순간이었고 소식을 들었을 때 나는 정말이지 무너졌어." 엄마는 숨을 깊이 들이마시고는 손에 든 조개를 앞에 놓고 그 위로 모래를 밀었다. "나에겐 정말 힘든 시간이었어. 왜냐하면 네 아빠 역시 이런 전쟁 지역에서 계속 일했거든. 피터 역시 같은 체첸 전쟁 지역에 있었어. 그전에도 피터를 걱정했지만, 나타샤 일이 일어난 뒤엔 더 이상 견딜 수가 없더라고. 피터는 자기를 걱정하지 말라고 했지만, 걱정하면 자기가 더 힘들어진다고 했어. 마치 내가 걱정하는 마음을 그냥 감출 수 있는 것처럼. 피터가 다시 떠날 때마다 나는 그의 목숨을 걱정했어. 매번 어쩌면 피터가 다시는 돌아오지 않을지도 모르고, 두 아이와 혼자 남겨질지 모른다는 생각이 들더라고. 내 생각에 이때 첫 번째 충격을 받은 것 같아. 어쩌면 두 번째일지도 몰라. 나는 그냥 피터가 너무너무 걱정되었어. 너무나도 두려웠어. 어쩌면 그것도 오늘날의 내 망각과 관련 있을지도 몰라."

"정말 힘들었겠어요." 나는 엄마를 바라보았다. 엄마는 계속해서 모래 속 조개를 이리저리 밀고 있다. "정말 알츠하이머병과 관련이 있을 수 있다고 생각해요?"

"글쎄, 적어도 그게 시작이었을 수 있다는 생각이 들어. 학대,

집에서 겪은 고충. 그냥 너무 많아." 엄마는 나를 바라보고 나는 고개를 끄덕인다. "얼마 전에 이른바 '수녀 연구'라고 불리는 글을 읽은 적이 있어. 수도원에서 지내는 수녀를 대상으로 연구를 한 거야. 수녀들은 굉장히 보호받으며 사는 여성들이야. 완전한 평온함 속에서 오직 그들끼리, 그들 스스로 그렇게 살기로 했지. 수녀들은 가두어진 게 아니라 자발적으로, 오직 기도와 사색으로 제한한 거야. 이 여성들의 일상은 매일 똑같아. 항상 똑같지. 누군가가 굶어 죽거나, 누군가가 그들에게 나쁜 짓을 할지 모른다고 걱정할 필요가 없어. 항상 보호받지, 매일. 그들도 이것을 즐겨. 나라면 좀 지루할 것 같지만, 수녀들이 이해는 돼.

어쨌든 수녀들의 뇌가 어떻게 생겼는지 조사했더니 신경절에 이른바 플라크라고 불리는 단백질 침전물이 엄청나게 많다는 것이 밝혀졌어. 사실 그건 치매의 징후야. 알츠하이머병 환자들은 신경절에 이 플라크를 굉장히 많이 가지고 있는데 그게 병의 원인일 수 있다고들 해. 적어도 관계는 있다고 하지. 하지만 수녀들은 기억력을 유지했어.

이런 발견을 두고, 어쩌면 지속적인 스트레스가 알츠하이머병의 원인이 될 수 있다는 설명이 있어. 이 침전물을 많이 가진 사람 중에 어떤 사람은 알츠하이머병을 앓고 있는데 수녀들은 괜찮아. 그렇다는 것은 말하자면 플라크는 단지 부수적인 현상이라는 거야. 전제 조건 중 하나일 뿐 주요 원인은 아니라는 거지. 나는 그렇게 이해했어. 이게 내가 받은 스트레스가 내 병의 진짜 원인이라는 뜻도 될까?" 엄마가 이마를 찌푸린 채 나를 바라보았다.

나도 이 이야기를 아주 자주 들었다. 엄마가 아프기 시작한 후 알츠하이머병에 관해 조사했는데, 내가 빠르게 얻은 인상은 전문가조차 알츠하이머병의 실제 원인을 확실히 모른다는 것이다. 엄마는 끊임없는 망각을 견뎌야 하는 이유를 필사적으로 찾고 있었다. 나는 엄마에게 차마 그냥 단지 운이 나쁜 것이라 말하지 못한다. 모든 전문가가 더 나은 설명을 하지 못한다.

나는 이 주제를 피하려고 애쓰고 있다. 엄마가 자신의 상태가 일시적이기를 바란다는 걸 알기 때문이다. 엄마는 모든 것을 해결할 수 있는 성격이다. 엄마는 과거의 스트레스와 싸우며 온 힘을 다해 알츠하이머병을 저지하고자 한다. 하지만 이 병에는 그냥 희망이 없다.

"엄마의 증상이 발현된 시기를 생각하면 그게 의미 있을 수 있어요. 마지막 책이 출판된 지 일주일 뒤에 엄마는 심한 발작을 겪었으니까요. 엄마 몸이 일이 끝날 때까지 큰 전투를 막고 있었어요. 하지만 알츠하이머병을 유발하는 유전적인 소인도 있대요." 나는 반박했다. "스트레스가 확실이 몸에 큰 영향을 미치고 수많은 문제를 야기하지만, 그게 엄마가 발병한 유일한 원인이라고는 할 수 없어요." 나는 부끄러워 모래를 바라보면서 대답했다.

엄마는 심호흡을 했다. "나는 수년간 심리 치료사와 분석하면서 나 자신에 관해서 엄청나게 많은 걸 알게 됐어. 그리고 깨달았어. 내 안에 있는 고통은 아무도 가져갈 수 없다는 걸. 그걸 없애

버릴 수는 없어. 그냥 머리로 설명할 수 있을 뿐이야. 그래, 어쩌면 나는 그냥 스트레스를 너무 많이 받았고, 슬픔이 너무 컸을지도 몰라. 어쩌면 내 몸이 어떤 것이 좋은 망각이고 어떤 것이 나쁜 망각인지 고를 수 없다고 한 걸지도 몰라. 내 생각에 이것도 관련이 있을 수 있어."

다시 한번 내가 얼마나 무력한 사람인지 깨달았다. 점점 엄마의 모든 것이 사라지는 낭떠러지에 가까워지고 있다는 느낌이 든다. 엄마의 과거는 엄마의 삶에 엮인, 항상 반복되는 주제다. 수많은 슬픔과 스트레스, 그리고 지금은 의미 없어 보이는 큰 해방. 나는 일평생 늘 불행하게 들렸던 엄마의 어린 시절에 관해 알고 있다. 하지만 엄마는 이 모든 것에서 해방되었다. 어린 시절에 나는 엄마의 고통을 거의 경험하지 못했다. 돌이켜 보면 우리가 그걸 견딜 수 있을 만큼 충분히 성장할 때까지, 엄마가 자신의 고통을 의식적으로 우리에게서 멀찍이 둔 덕분이다. 나는 엄마 품에 안겨 그냥 울 수 있었던 때가 그립다. 하지만 이제는 불가능하다. 엄마는 나만큼이나 무력하다.

저녁이 되어 우리는 식사하러 갔다. 나는 예전 이야기로 엄마의 기분을 좋게 하려 애썼지만 엄마는 대부분 듣기만 했다. 어깨를 으쓱하고 웃으며 "좋았었어. 하지만 이제는 끝났어."라고 말하거나 대화를 끝내려고 했다. 저녁을 먹은 후, 엄마를 오두막집으로 모셔다 드렸고 엄마는 서둘러 잠자리에 들었다.

나는 저녁마다 홀로 다시 산책에 나선다. 엄마와 함께 하루 종일 삶과 죽음에 관해 이야기를 나누다 보니 일정 시간이 지나면 지쳐 버린다. 여기에서 지금 무슨 일이 일어나고 있는지 스스로 돌아볼 시간이 필요하다. 나는 쾰른에 있는 친구들을 생각했다. 그곳은 지금 아주 밝은 낮이겠지. 지금은 11월이고 카니발 시즌이 시작되기 직전이다. 나는 열렬한 카니발 팬인 적은 없었지만, 이 상념과 혼란에서 벗어나 좋은 친구들과 함께 쾰른 맥주 몇 잔에 취하고 싶은 마음이 솔깃하다. 공항에서 나는 소리가, 시멘트와 야자나무 사이를 회전하는 바닷바람과 부딪힌다. 바다가 철썩대는 소리와, 오늘은 어딘가 불편해 보이는 떠오르는 달빛이 내가 집에서 얼마나 멀리 떨어져 있는지를 알려 준다.

나는 물리적으로만 세상 반대편에 있는 것이 아니다. 내가 아는 모든 것이 아주 멀게 느껴진다. 엄마는 내 삶에 가장 중요한, 변하지 않는 상수 같은 존재였다. 강하고, 언제나 사랑하는, 언제든 돌아갈 수 있는 존재. 이 바위가 부서지면 나는 이제 어디를 꽉 붙잡고 있어야 할지 모르겠다. 이 질환이 엄마를 어떻게 변하게 만드는지 지켜보는 동안 내가 가졌던 불멸의 그림이 깨졌다.

내가 오늘 죽는다면 어떨까? 아직 많은 것을 경험하지 못한 삶은 정말 아쉬울 것이다. 적어도 엄마는 할 수 있는 한 삶을 완전히 살았다는 것이 엄마에게 유일한 위로처럼 보인다. 그리스의 오래된 속담 중에 이런 것이 있다. "다 타 버린 성 외에 죽음에 아무것도 남기지 말라." 나는 이 말이 항상 좋았다.

눈을 감고 숨을 깊이 들이마신다. 따뜻한 바람이 내 얼굴을 어루만지고 평화로운 느낌이 내 속에서 퍼져 나간다. 나는 두렵고 불안하고 정서적으로 불안정하고 깊은 슬픔을 느끼지만, 아직 살아 있다. 나는 죽음이 나를 데려가기 전에 나를 전소시키기 위해 모든 것을 할 것이다.

내 방으로 돌아와 창가에 커튼을 치고 젖은 마대처럼 침대에 쓰러졌다. 작고 단단한 것이 엉덩이를 누른다. 나는 바지 주머니에 손을 뻗어 태평양에서 가장 외로운 밤을 느낀다. 배낭에서 종이 한 장과 펜을 꺼내 편지를 쓴다.

사랑하는 아니카,

아이투타키에서는 많은 것을 할 수 있지만, 밤은 없어.

여기엔 코코넛밖에 없어.

코코넛은 가방에 넣기엔 너무 무거워.

털도 많아.

내 손에 아첨하듯 내 손가락을 따뜻하게 해 주던

네 손이 나는 더 좋아.

9. 그토록 많은, 작은 죽음과 큰 죽음

지난밤 우리는 곧 다가올 우기를 짧게 맛보았다. 몇 시간 동안 바람은 야자나무를 채찍질하고 빗방울은 작은 집 지붕을 두드렸다. 자느라 폭풍은 거의 놓쳤지만, 잠시 깨어났을 때 창문 앞에 서 있는 야자나무가 바람에 곧 뽑혀 나가겠다고 생각할 만큼 휘어지다 버티는 것을 보았다. 남태평양 야자나무는 강한 돌풍에 익숙해져서인지 꽤 버티고 있었다. 그리고 아무 일도 없었다는 듯 갑자기 폭풍이 멈추었다. 이 섬에 이렇게 훌륭한 녹음이 가득한 것은 놀라운 일이 아니다.

이른 아침, 엄마가 일어나기 전에 나는 폭풍으로 인한 피해는 없는지 살펴보려고 집 주변을 어슬렁거렸다. 100미터 앞에 오래된 자동차 한 대가 야자나무 사이에 서 있기에 그 방향으로 조금 더 걸어갔다. 지난주에도 이 자동차를 봤는데, 폭풍이 오기 전에도 보닛은 완전히 찌그러지고 유리는 깨져 있었다. 그런데 폭풍으로 거대한 야자나무 잎과 관목 더미가 휘날려 자동차를 가로질러 놓여 있었다. 폐자동차는 낙원의 경관과 기이한 대비를 이룬다. 아이투타키로 자동차를 가지고 들어오는 것 자체가 얼마나 힘든 일인가. 하지만 망가진 자동차를 다시 섬 밖으로 옮기는 것도 똑같이 힘들 것이다. 몇 미터를 더 가면 해변가가 벌써 시작되고, 청록색 물은 모래 위로 다시 고르고 잔잔한 파도를 일으키며 찰랑거리는 소리를 낸다. '내가 본 것 중 가장 아름다운 완파야.' 나는 생각한다.

숙소로 돌아왔을 때 더 아름다운 완파가 이미 테라스에 앉아 있는 것을 보았다. 엄마는 타들어 가는 담배 한 개비를 입에 물고 또 다른 한 개비는 손가락 사이에 끼운 채 야자나무를 바라보고 있다. 나를 보더니 미소 짓는다. 나는 엄마 옆에 앉았다. 우리는 잠시 침묵하며 야자나무의 바스락거리는 소리에 귀를 기울였다.

"무슨 생각 해요?"

"아, 지난밤 폭풍은 정말 최고였어. 정말 제대로 덜커덩거리게 했어. 분명 한 시간은 족히 바라보고 있었을 거야. 이런 폭풍이라니, 훌륭해."

"전 제대로 못 봤어요."

"아쉽구나. 정말 대단한 걸 놓쳤어. 얼마나 비를 쏟아붓던지 그리고 굉음까지, 정말이지 너무 놀랐어. 그러고는 한순간에 천둥이 낮은 중얼거림으로 잦아들고 창문의 소나기는 유리 아래로 눈물처럼 흘러내리더니 폭풍이 끝났어. 너무나 훌륭했어. 그 장면을 보는데 눈물이 조금 났어. 왜인지는 모르겠지만."

엄마가 이렇게 이야기하자 안도감이 들었다. 나는 이제야 엄마가 나쁜 날씨 때문에 실망할까 봐 내가 얼마나 걱정했는지 깨달았다. 나는 지금까지 날씨를 걱정해 본 적이 없다. 모스크바의 끝나지 않는 겨울은 자연이 제공할 수 있는 최악의 상황을 대비하게 했다. 그 뒤로 우리는 좋은 날씨에 대한 기대가 없었다. 하지만 이번 여행은 의심할 여지 없이 엄마의 마지막 큰 여행이 될 것이고 나는 이 여행이 완벽하기만을 바랄 뿐이다. 나는 이 완벽한 낙원의 경험을 조금이라도 흐리게 할 수 있는 모든 크고 작은 일을 걱정했다. 하지만 다행히도 엄마는 폭풍을 아이투타키의 많은 아름다운 모습 중 하나로 받아들였다.

엄마는 숨을 깊게 들이쉬고는 다시 한번 담배를 빨아들였다. "내가 예순이 될 줄은 생각도 못 했어. 난 항상 내가 좀 더 젊다고 느꼈어. 솔직히 말하면 내 느낌상 나는 아직 열두 살쯤 된 소녀이고 계속 그럴 것 같아. 내 생각에, 그게 내 영원한 나이 같아." 엄마가 크게 웃는다. "하지만 예순은 아니지! 내가 이렇게 나이가 들거라고는 정말 생각도 해 본 적 없어. 그리고 지금도…… 예순같이 느껴지지 않아. 예전에는 예순이라고 하면 정말 나이가 많아 보였어. 지금은 사실 그렇진 않지만. 예순이 되면 훨씬 더 나이 들게 느낄 줄 알았는데.

내 느낌상 나는 아직 불확실하고 계획이 무척 많아. 책도 몇

권 더 쓰고 싶고, 연애도 하고 싶고 그냥…… 그냥 살고 싶었어. 맞아. 언젠가 아플 수는 있어. 하지만 정말 나이가 들었다고 느낄 때지 지금은 아니야. 내 평생 심각하게 아팠던 적이 없어. 오히려 완전 반대였어. 난 사실 항상 너무 건강했어. 홍역이나 다른 망할 것에 걸린 적은 있었지만 심하게 아팠던 적은 없어. 내 친구들이나 네 형은 옛날에나 지금이나 계속 아프지만 씩씩하게 잘 지내고 있지. 하지만 난 항상 건강했어. 그래서 이건…… 그래, 이건 거의 ……처럼 느껴지는데…… 어, 어떻게 느껴지는 거니?"

엄마는 이마를 찌푸리며 말을 하려다 다시 멈추고는 담배를 한 모금 빨아들인 후 말을 이어 간다. "거의 일종의 모욕처럼 느껴져. 난 항상 아픈 것은 다른 사람들이 겪는 것이지 내가 겪는 것은 아니라고 생각했는데. 나만은 안 아플 줄 알았어. 아마도 아프기 전에는 모두가 그렇게 생각할 거야. 일종의 낙관적 딜레마지."

나는 의자에서 일어나 엄마 바로 앞에 쪼그리고 앉았다. 이제 엄마 얼굴은 내 얼굴 바로 앞에 있고 나는 엄마의 눈을 바라본다. 엄마의 손을 잡는다. 당연히 알츠하이머병은 실패할 수 있는 많은 나쁜 시나리오 중 하나일 뿐이다. 나는 여기서 그리고 앞으로도 계속 엄마 곁에 있고 싶고 엄마 말을 진심으로 들어 주고 싶고 엄마를 돕고 싶다. 하지만 동시에 엄마를 돌보는 것이 너무 힘들어지면 어떻게 될지 두렵기도 하다. 나는 너무 멀리 생각하지 않으려고 노력한다. 내년도 심지어 다음 주조차도 생각하지 않는다. 모든 것이 끔찍할 정도로 우울하다. 엄마는 한참 쉬었다 다시 말을 이어 갔다.

"만약 내 미래가 지금 같다면, 오늘이 며칠인지 내가 지금 뭘 해야 하는지 이런 몇 가지만 질문하면 되는 거면, 이렇게 작은 혼란만 있는 거면 여유 있게 살 수 있을 거야. 하지만 내 상태는 점점 나빠지겠지. 시간이 갈수록 점점 더 혼란스러워지고 모든 것이 심해질 거야. 난 계속해서 더 서툴러질 거야. 내가 어떤 모습일지 어떻게 행동할지 몰라. 그냥 전혀 알 수가 없어. 그곳이 내가 와 본 적도 없고, 지도도 없지만 곧 발을 내딛게 될 나라야. 아마…… 그래, 아마 너조차도 못 알아보는 순간이 오겠지." 엄마는 헛기침을 하고는 잠시 눈을 감는다. "너도 알아보지 못하면, 그렇다면 누구를 더 알아볼까?" 엄마가 나직이 묻는다.

엄마가 나를 알아보지 못하는 순간을 상상조차 할 수 없다. 엄마가 불가피한 현실을 언급할수록 나는 점점 더 무디어진다. 마치 마음 깊은 곳에서 이 현실을 받아들이지 않으려는 것처럼 말이 거듭될수록 점점 더 무감각해진다. 내가 조금만 더 노력하면 어쩌면 엄마가 기억하게 만들 수 있을지도 모른다. 내가 충분히 노력하면 엄마가 내 앞에 방금 펼쳐 놓은 일들은 나타나지 않을 것이다. 희망이 없다는 것을 알면서도 마치 그렇지 않은 것처럼 행동하고 느끼고 있다. 달리 할 수가 없다.

나는 엄마 손을 쓰다듬으며 말한다. "꼭 그런 악몽처럼 되는 건 아니에요. 알츠하이머병 환자는 아주 많고, 죽음만이 구원할수 있는 혼란 속에서 자신의 역사를 끝내지 않는 사람도 꽤 많아요. 내가 아는 사람의 아버지 역시 알츠하이머병 환자였어요. 그분의 경우 카푸치노를 마시려고 매일 카페를 돌아다녔대요. 쾰른에는 누구나 아는 이런 구역별 전설의 인물들이 꽤 있어요. 어쨌든 그 아버지는 매일같이 이 카페 저 카페 돌아다니며 항상 카푸치노를 주문했고, 쾰른에서는 일반적인 작은 리큐어를 함께 받았대요. 감사한 마음으로 리큐어를 받았죠. 하지만 유감스럽게도 모든 카페에서 이미 리큐어를 마신 것을 잊어버렸고 항상 술에 잔뜩취한 채 집으로 돌아왔어요. 그의 아들이 이 상황을 알게 되었고, 아들은 아버지와 함께 카페를 돌아다니며 주인들에게 앞으로더 이상 아버지께 술을 드리지 말아 달라고 부탁했대요."

"꼭 내 술 친구처럼 들리는구나." 엄마가 웃었다.

"네, 맞아요. 어쨌든 그 아버지는 어느 날 자신의 독서 의자에앉았어요. 그 아들도 옆에 앉았죠. 아버지는 심호흡하더니 '아, 우리는 좋았어'라고 말했어요." 엄마는 나를 유심히 바라보았고 나는 이야기를 이어 갔다. "이건 끔찍하게 들리지 않아요. 물론 끔찍한 이야기들도 있어요. 맞아요. 엄마에게 거짓말하고 싶지는 않아요. 하지만 사람들이 그냥 더 단순해지고 차분해지는 시나리오도있어요."

가끔은 내가 거짓말을 하고 있는 건지, 그렇다면 도대체 누구에게 하는 건지 나도 확실치 않다. 엄마에게 하는 거짓말인지 아니면 나 자신에게 하는 거짓말인지. 내가 가장 두려워하는 것보다 더 나은 시나리오가 있어야 한다. 엄마는 요즘 거의 매일 자살에 관해 이야기한다. 엄마의 죽음에 대한 소망을 내가 얼마나 정당하다고 느끼는지와는 별개로, 엄마가 내 대답으로 죽음에 확신을 가질까 봐 불안하다. 하지만 엄마가 삶을 빨리 끝내고 싶어 하는 마음을 납득시키고 싶지 않으면서도, 한편으로는 엄마에게 삶에 대한 확신을 주어 결국 엄마가 혼란스러워하고 두려워하며 고통받는 것을 보게 될까 봐 너무나 두렵다. 내가 엄마에게 작별 인사를 고할 정도로 강하지 못해서 엄마가 이 모든 것을 견뎌 내야만 하는 걸까? 아니면 반대로 알츠하이머병으로 인해 단순해질 수도 있는 훌륭한 면을 보여 주어야 하는 걸까? 내가 알 수만 있다면.

"그래. 악몽일 필요가 없다는 걸 나도 이해해." 엄마는 내 눈을 똑바로 바라보고는 슬퍼하며 내 얼굴을 지나 허공을 응시한다. "하지만 나는 네 자식을 못 보게 되겠지." 말을 꺼내고는 숨을 멈춘다. "네가 여기서 아이들과 노는 모습을 보니, 내 손주에게서는 이런 걸 경험할 수 없다는 게 너무 슬퍼."

나는 침을 삼켰다. 엄마는 아프고 난 이후 손주에 관해 자주 이야기한다. 그전에는 이것이 문제가 된 적이 없다.

"어쩌면 손주들을 매일 볼지도 몰라요, 엄마."

"매일이라니, 어떻게?"

"글쎄요, 내가 아이들을 데리고 매일 엄마에게 들를게요. 엄마는 손주가 있다는 것에 매일 새롭게 기뻐할 거예요."

엄마는 크게 웃었고, 감사하게도 어두웠던 표정이 부드러워졌
다. "너는 정말이지 사랑스러워. 하지만 아이는 어차피 너의 몫이
야. 네가 원할 때 아이를 가지렴." 엄마의 눈빛이 다시금 어두워진
다. "하지만 그거 아니? 아이가 있든 없든 내가 알츠하이머병에 걸
린 것을 스스로 안다는 것은, 내가 기억을 잃고 시설에서 생을 마
치게 된다는 것도 안다는 거야. 난 시설에 가고 싶지 않아, 루카
스. 정말이야. 그건 전혀 원하지 않아. 어떻게 아름답게 말할 수
있을까? 그곳에선 내가 보이지 않아."

엄마가 "그곳에선 내가 보이지 않아"라는 식의 표현을 쓴 것이
의아했다. 엄마가 아프기 전 함께했던 마지막 남자 친구가 그렇게
이야기했었는데 엄마는 이 표현을 항상 끔찍해했다. 아이투타키
로 오는 비행기에서도 엄마는 그와 함께 사는 것에 대해 이야기
하다가 그가 그렇게 말한 것을 나무랐다. "우리 집에선 네가 보이
지 않아."라고 그가 말했는데 엄마는 이 표현이 정말 끔찍하다며
분노했다. 그런데 지금 갑자기 그 표현이 나타났고, 심지어 엄마는
그것이 아름답다고 묘사한다. 엄마의 사고방식에 어떤 패턴이 있
는 걸까? 어쩌면 그 어떤 패턴도 없을 수 있다. 엄마가 다시 말했
다.

"내 외할아버지였던 라라 할아버지도 추측건대 알츠하이머병
에 걸렸었던 것 같아. 당시에는 사람들이 이걸 그렇게 부르지 않
았지만, 알츠하이머병이 뭔지 알고 나니까 할아버지도 알츠하이머

병이었다고 확실히 말할 수 있어. 외할아버지는 마을에서 몇 안 되는 따뜻한 사람이었어. 음악을 많이 연주했지. 트럼펫도 연주했어. 모든 면에서 너무나 호감 가는 분이었어. 할아버지가 노래를 많이 불러서 우리는 라라 할아버지라고도 불렀어. 그런데 언젠가부터 할아버지가 천천히 어딘가 이상해지면서 그 이름이 더 잘 어울렸어. 할아버지 머릿속은 조금 라라였어."

할아버지를 추억하는 엄마의 얼굴에 사랑이 가득한 미소가 떠오른다. "언젠가부터 외숙모는 할아버지가 도망가지 못하도록 방에 가두어야만 했어. 하지만 할아버지 방에 작은 송곳이 있었어. 사람들이 할아버지를 방에서 자주 못 나오게 하니까 할아버지는 그 송곳으로 문에 작은 구멍을 잔뜩 냈어. 구멍을 너무 많이 낸 나머지 나중에는 문 일부를 뜯어내고 구멍으로 손을 뻗어서 문을 열 수 있었지. 할아버지는 도망쳤을 때 적어도 방향은 알고 있었어. 방향 감각은 나보다 나았어." 엄마가 웃는다.

"할아버지는 탈출할 때마다 카셀로 가고 싶어 했어. 10킬로미터는 족히 되는 거리였는데 할아버지는 큰 광장에서 트럼펫으로 가스펠 송을 연주하고 싶어 했어. 정말로 카셀에 도착한 적은 거의 없었지만. 대부분 도착하기 전에 사람들이 할아버지를 찾았지. 그래, 할아버지는 그렇게 치매를 겪었어."

나는 라라 할아버지 이야기를 많이 알고 있다. 라라 할아버지는 엄마의 유년 시절에 있는 몇 안 되는 기쁨의 순간처럼 보인다.

"알츠하이머병에 관해 글을 쓰고 싶은데 이젠 그럴 수가 없네.

결국 나는 카셀에서 가스펠 송을 연주할 수 없어." 그 모습을 상 상하면 웃음이 나왔다.

"예전에는 나도 음악을 많이 연주했었어. 바이올린도 켰지. 특별히 소질이 있지는 않았지만 학교 오케스트라 단원이었거든. 제2바이올린 파트장이었지. 이건 연주는 잘 못해도 박자는 잘 지킨다는 뜻이야. 음악을 완성해서 콘서트에서 연주하는 건 정말 너무나 멋졌어. 나는 이후에도 피아노와 기타를 연주했어. 정말 기쁜 일이었지." 엄마의 눈빛이 조금 더 진지해졌다. "흠, 얼마 전에 바이올린을 팔았어. 허리에 너무 부담되고 연습도 별로 안 해서. 피아노 연주도 더 이상 못 해. 피아노를 연주할 때는 서너 가지를 동시에 생각해야 해. 나에게는 더 이상 불가능해. 피아노도 팔 거야."

엄마는 한숨을 내쉬고는 햇볕에 눈을 찌푸렸다. "이건 죽음을 향한 작은 걸음들이야. 이른바 작은 죽음들이지……. 점점 더 자주 나타나고 있어. 사색은 내 인생에서 내가 유일하게 제대로 할 수 있었던 거야. 나는 모든 걸 이 방법으로 해 왔어. 나는 제빵사가 아니지만 빵을 구울 수 있고, 머리로 어떤 것을 생각해 낼 수 있어." 엄마는 검지로 관자놀이를 가볍게 두드린다. "모든 것을 내 아름다운 지성으로 해냈는데, 지금 이 알츠하이머병은 내게 가장 중요한 수단을 앗아 가고 있어. 이제 뭘 가지고 움직여야 할지 전혀 모르겠어."

"아주 끝자락에 온 건 아니에요. 아직 많은 걸 할 수 있어요."

엄마는 알아볼 수 없을 정도로 머리를 끄덕이고는 이제 구름 한 점 없는 하늘을 높이 올려다보았다. "아, 이건 너무 불공평해. 아마 계속 불공평할 거야. 나는 아직 계획이 너무 많은데. 아직 할 일이 너무 많아. 내가 쓰려던 책 이야기만이 아니야. 무엇보다 앞으로 통제력을 잃게 되는 게 두려워. 내가 앞으로 몇 년간 쓸데없는 얘기만 하게 될 거라는 게 상상이 안 돼. 내가 어딘가에서 혼자 중얼거리고, 나 자신도 다른 사람도 못 알아보게 된다는 게 그냥 상상이 안 돼. 친한 친구들은 건강할 때는 모르던 행복을 알게 된 알츠하이머병 환자들이 있다고 계속 이야기해. 네가 방금 이야기한 네 친구 아버지처럼 말이야. 그런데 혹시 그게 속임수는 아닌지 모르겠어. 나를 더 아름답게 만들어 주려는 속임수. 나는 요양원에 있는 노인들이 구타당하는 영화도 본 적 있어. 내가 그런 요양원에 있게 되면 거기서 어떻게 방어해야 하지? 나는 더 이상 내 삶을 지휘할 수 없는데 말이야. 그래서 나는 내가 이렇게 나이 들고 싶은지도 잘 모르겠어. 내가 지금 어떻게 해야 할까? 솔직하게 얘기해 보자. 내 운명을 받아들이고, 이성을 잃어야 할까? 아니면 다른 방법을 선택해야 할까……?"

엄마는 나를 절박하게 바라본다. 나는 엄마의 시선을 붙잡고 있지만, 엄마에게 아무런 대답도 할 수 없다. "유일한 선택은 그 전에 스스로 포기하는 거야. 이해하겠니? 나는 삶이 너무 멋지다고 느껴. 하지만 스스로 생을 마감해야 할 것 같아. 내가 이런…… 그래, 이런 결말을 맞이하지 않으려면. 이런 상황에서 자살은 거의 은총이야. 삶에 전혀 지치지 않았을 뿐 아니라 쉽게 이야기하면 그저 '나는 더 이상 이 육신에 있을 수 없어'라고만 말하는 죽음이지. 이런 건 어떻게 결정해야 할까? 내 안의 모든 것이 자살을 반대하고 나는 자살하고 싶은 마음이 전혀 없어. 하지만 나는 내가 더 이상 이끌어 갈 수 없는 이 존재가 두려워. 이해하겠니? 여기에는 오직 '너무 빠르거나'와 '너무너무 늦거나'밖에 없어. 내 발로 갈 수 있는 중간은 없어. 나는 선택지가 없어. 이건 힘든 문제야, 정말."

엄마가 시간대에 비해 너무 붉은 하늘을 훑어본다. 그러고는 나를 진지하게 바라보며 묻는다. "너라면 어떻게 하겠니? 아들에게 하기에는 너무 불편한 질문이야. 나도 알아. 아마 넌 아무 말도 할 수 없을 거야."

이런 대화는 이번이 처음이 아니다. 오히려 완전히 반대로, 우리는 요즘 매일매일 엄마의 삶과 죽음에 관한 같은 대화를 반복하고 있다. 그렇다는 사실을 엄마에게 말할 수는 없다. 엄마는 또 잊어버렸다는 사실에 너무나 슬퍼할 테니까. 그리고 이건 너무나 중요한 주제다. 그래서 나는 처음인 것처럼 엄마와 이 대화를 계속해서 또 나눈다. 아직 좋은 답은 찾지 못했지만 매일 새로운 것을 시도한다.

"나도 모르겠어요, 엄마. 나는 엄마를 자살로 끌고 가는 그 어떤 말도 하고 싶지 않아요. 이해하시겠어요? 물론 저도 그것에 대해 많이 고민하지만, 스스로 삶을 끝낸다는 것이 진짜 어떤 건지 잘 모르겠어요. 아빠가 이런 멋진 말을 한 적이 있어요. '산 자는 살고자 한다.' 제 생각에는 이 말에 많은 것이 담겨 있어요. 삶을 끝낼 것인지를 계속 고민할 수는 있어요. 하지만 진짜 죽기로 결정하는 것은 완전히 다른 문제예요. 존재하지 않는 것에 대한 두려움, 완전히 사라지는 것에 대한 두려움, 우리 인간이 생각이란 걸할 수 있을 때부터 이런 두려움이 떠돌아다녀요. 죽음은 피할 수없다는 걸 우리 모두 아는데도 존재하지 않는 것을 상상하는 건불가능해 보여요. 엄마는 어떤 것들이 점점 사라지는 걸 죽음으로향하는 작은 걸음이라고 묘사했어요. 하지만 큰 죽음은 완전히다른 도전이에요."

엄마는 고개를 끄덕이지만 내 대답이 불만족스러운 것 같다. 얼굴 가까이에 들고 있던 담배에서 거대한 재가 아래로 굽어지자앞에 놓인 재떨이에 눌러 끈다.

"나는 이걸로 그 누구도 아프게 하고 싶지 않아. 하지만 이건너무나 개인적인 결정이야, 지극히 개인적인. 이해하겠니? 아팠던친한 친구 한 명에게 전에 전화가 왔어. 마지막 전화였지. 친구는 나에게 작별 인사를 했고 그 며칠 뒤 스스로 떠났어. 내가 들은 바로는 그의 가족들이 주변에 있었어. 친구의 마지막 말은 '나는 아주 아름답게 떠나'였대. 내 생각에 이건 또 다른 종류의 자살이야. 절망도 아니고, 죽음을 원하는 것도 아닌. 친구는 이렇게말한 거야. '나는 더 이상 세상을 완전히, 결코 좋아하지 않아.'

하지만 더 이상 의식이 없고 오직 사라지기만 하는 것도 '삶'일까? 그 경계가 어디인지 모르겠어. 알츠하이머병은 다른 질병처럼 진행 단계가 없고, 설사 있다 하더라도 나는 기억할 수 없어. 내가 안심할 만한 의식의 단계가 없어. 그 누구도 나에게 남은 시간이 얼마나 되는지 말해 줄 수가 없어. 내가 따를 수 있는 시간표는 없고, 난 오직 스스로 결정을 내려야 해. 내가 느끼기에 너무 많은 걸 요구하는 것 같아."

나는 엄마 말에 동의한다. "엄마, 이건 엄마의 삶이에요. 나는 이 상황에서 스스로 목숨을 끊고 싶은 마음을 이해할 수 있어요. 하지만 끝낼 것인지 안 끝낼 것인지 그리고 어떻게 끝낼 것인지는 오직 엄마만이 결정할 수 있어요. 난 엄마에게 해서는 안 된다고 말할 수 있는 위치에 있지 않아요. 난 그렇게 할 수 없어요. 하지만 내가 말하고 싶은 건 엄마가 묘사한 끔찍한 시나리오가 존재하지만, 꼭 그 시나리오대로 되는 건 아니라는 거예요. 항상 그런 건 아니에요. 예를 들어 엄마는 절대 혼자가 되지 않을 거예요. 엄마에게 그런 일은 절대 일어나지 않을 거예요. 난 알츠하이머병을 잘 모르니까 그게 뭐가 다른지까지는 말을 못 하겠어요.

하지만 이건 많은 측면 중 하나일 거예요. 왜냐하면 그 누구도 엄마를 시설에서 때리는 일은 없을 거니까요. 아빠, 형, 그리고 내가 절대 그런 일이 일어나도록 두지 않아요. 나는 엄마가 평정심을 유지하면서 망각을 헤쳐 나가고 싶어 하는 게 대단하다고 생각해요. 알츠하이머병보다 평정심을 유지하기가 더 어려운 병은 없다고 생각해요. 엄마는 전날 배운 내용을 기반으로 뭔가를 구축할 수 없어요. 이건 정말 어려워요. 하지만 이곳에서 우리가 집중적으로 함께 시간을 보낸 요 며칠 동안, 나는 엄마가 그런 태도를 점점 더 발전시킨다는 인상을 받았어요. 어딘가에는 무엇인가가 남을 거예요." 나는 엄마를 바라보며 엄마의 얼굴을 읽어 내려고 애썼다.

엄마는 중얼거리기만 했다. "음…… 내가 마지막으로 원하는 건 내가 뭘 원하는지 아는 게 아니야. 난 이런 기분을 느끼고 싶지 않아. 그리고 이 느낌이 절대 사라지지 않을 거라는 게 믿기지 않아. 이런 기분을 느낄 바에는 차라리 아무것도 아니었으면 좋겠어. 이 느낌이 내가 죽고 싶은 이유야."

엄마는 눈을 감고 천천히 머리를 가슴으로 떨구었다. 매 순간 생각의 홍수 속에서 새로이 길을 찾는 것은 무척 고단할 것이다.

엄마가 경험하는 모든 것, 엄마의 온 삶은 이제 해결책이 없는 같은 문제의 일부이다. 끔찍하고 외로운 악몽, 자신만의 지옥. 엄마 곁에 있기 위해 내가 얼마나 노력하는지와는 상관없다. 자살을 통해 이 테러에서 도망가겠다는 엄마의 소망을 나는 이해할 수 있다. 하지만 엄마는 여전히 나의 엄마다. 나는 엄마가 죽기를 바라지 않는다. 엄마의 진료 시간에 내가 아는 알츠하이머병 환자나 의사와 함께 알츠하이머병 환자들의 죽음에 관해 이야기를 많이 나눌수록, 불쾌하고 불분명하고 일부 잔인하기까지 한 죽음의 그림이 더욱 뚜렷해진다. 하지만 보다 나은 결말을 만들기 위해 우리는 이 죽음에 관해 알아야만 한다. 나는 이에 대해 너무나 많이 고민했다. 잠을 자면서도 죽는 느낌을 상상해 본다. 나는 피로 때문에 자면서 꿈도 꾸지 않는데 때로는 이런 방식이 아닐까 하고 죽음을 상상해 본다. 아니면 내가 태어나기 전의 시간을 상상해 본다. 내가 태어나기 전 엄마는 나에게 존재하지 않았기 때문에 의미가 없다. 누군가를 잃는다는 것은 도대체 온전하게 이해할 수가 있는 것인지 자문해 본다. 사람에 대한 우리의 기억은 항상 삶의 기억으로부터 나오기 때문이다. 누군가가 죽은 모습을 본다 해도 숨을 쉬고 살아 있는 모습일 때와 같은 사람이라는 것을 이해하기 쉽지 않다. 추측건대 우리는 직접 경험하지 못한 것을 온전하게 상상할 수 없다. 그래서 죽음은 예측할 수가 없다.

엄마는 자신의 수많은 작은 죽음을 묘사한다. 어떤 특정한 일이 마지막으로 일어났다는 것을 확인하는 순간들이다. 식물은 노랗게 변하고, 마지막 개화 시기에 밝고 다채롭게 기지개를 켠 후, 영원히 확실하게 사라진다. 엄마에게 행위의 빈도수나 경험의 명확성은 중요하지 않다. 어느 날 엄마는 어떤 경험을 마지막으로 할 것이다. 우리가 잊지 않음으로써 어떤 것의 생명을 유지할 수 있다고 믿는다면, 반대로 망각 자체는 죽음의 한 형태이다. 엄마가 자신의 과거에 관해 이야기하면, 그것이 똑같이 느껴진다. 엄마가 잊어버리고 그 누구의 기억 속에도 남지 않는 모든 것은 작은 죽음으로 간다. 죽어 가는 것에 있어 가장 끔찍한 것은 아마도 미래의 상실이 아닌 과거의 상실일 것이다.

자신의 죽음을 스스로 결정하고자 하는 엄마의 소망이 우울한 것이 아님을 알고 있다. 이것은 마치 엄마가 불타는 마천루에 서서 불길을 피하고자 창문 밖으로 몸을 던질 생각을 하는 것과 같다. 고소 공포증과 떨어져 죽는 공포는 다른 모든 사람과 같다. 하지만 화염이 너무 가까워져서 피부가 따뜻해지다 못해 뜨거워지고 연기로 인해 폐 안쪽에 화상을 입으면, 두 가지 공포 중 낙상이 조금 덜 두려울 것이다. 엄마는 죽음을 원하는 것이 아니다. 엄마는 단지 화염으로부터 달아나고 싶을 뿐이다.

엄마의 특정 측면은 이미 죽은 것처럼 보이지만 여전히 많은 중요한 부분이 존재한다. 나는 그런 부분을 계속해서 기억하려고 노력한다. 이러한 부분들을 찾아보고, 찾아내고, 잊지 않는 것이 내가 지금 주로 해야 하는 일이기 때문이다. 하지만 쉽지만은 않다. 때로는 길 잃은 어린 소년처럼 완전히 힘에 부칠 때도 있다. 그냥 놀고 쉬고 싶은 소년. 확인과 인정을 갈망하다 전혀 관련 없는 것들에서 답을 찾는 소년. 삶이 무엇인지 이해했다고 믿는 소년. 하지만 여기에 그 작은 소년이 있을 곳은 없으며 앞으로도 그럴 것이다. 낯선 나라에서, 주변에서 일어나는 일을 이해하지도 못한 채 그냥 길을 잃을지도 모른다는 두려움이 가득한 엄마와 단둘이 있는 상황에서는 더더욱 그렇다. 이 상황이 얼마나 탐탁지 않든 나는 엄마를 돌보아야만 한다. 이것이 포인트다. 내 마음은 중요하지 않다. 중요한 것은 오직 내가 무엇을 하는가이다. 엄마의 두려움은 내 것이기도 하다. 생명이 영원할 것처럼 느끼든 아니든 나역시 언젠가 혼란스럽고 두려울 것이며, 운이 좋아야만 늙어 갈것이다.

엄마는 무심히 윗입술을 만지작거리며 머리를 뒤로 젖힌다. "너와 대화를 해 보니 내가 아직은 좀 더 현재에 몰두해야 된다는거, 벌써 모든 것을 잘라 내면 안 되겠다는 걸 조금은 이해했어." 라고 마침내 엄마가 이야기한다. "그래, 네 말도 맞아. 난 어쩌면몇 년 더 시간이 있을 수 있고, 그 시간을 채우고 싶어. 난 아직내 시간을 이해할 수 있기를 바라. 무엇보다도 그러려고 우리가 여기에 있는 거니까. 나는 꼭 새로운 것을 봐야 했어. 다른 것을 보고 생각하기 위해 우리가 세상 반대편에 있다는 이 멋진 상상을. 쾰른 어딘가에도 이런 아름다움은 있을 거야, 그렇지?"
엄마는 우리 둘 모두에게 용기를 주려는 듯 나를 바라보았다. "나는 가능한 한 의식 있게 살고 싶어. 고립되고 싶지 않아. 바보처럼 보이지 않으려고 스스로 고립되는 게 내 함정일 수 있어. 내존엄을 잃을까 두렵지만, 존엄을 지키기 위해 모든 것을 할 거야. 네 형과 네가 실제로 그 부분에서 나를 돕고 있어. 그리고 정말좋은 친구도 몇 명 있고. 심지어 놀랍게도 네 아빠도 있어. 이런전 남편이라면 그다지 나쁘지 않아. 이렇게 마음을 써 주는 건 정말 너무나 고마운 일이야. 우리 가족 사이에 어떤 오래된 친숙함이 다시 피어나고 있어. 내가 전혀 생각도 못 했던 거야. 이건 나에게 큰 의미가 있어!"

엄마 얼굴이 한결 편안해졌다. 얼굴에 가벼운 미소도 떠올랐다. 형형색색의 새들이 우리 머리 위로 날아가 야자나무 사이를 지그재그로 지나 급한 일이 있는 양 서둘러 날아간다. 상상할 수 있는 가장 부드러운 빛이 우리 다리 아래로 스며들어 우리 앞에서 퍼져 나간다. 아직 해가 지기 전이지만 아이투타키의 하늘에는 희미하게 빛나는 도깨비불 위에 묶어 놓은 불꽃처럼 별이 깜빡거린다. 엄마가 말을 이어 갔다.

"그리고 이걸 훌쩍 뛰어넘는 완전히 다른 곤란이 있어. 이게 사실 가장 심각한 거야. 난 축구 순위 테이블을 더 이상 보지 못할 거야. 더 이상 누가 어느 위치에 있는지 모를 거야. 아마 샬케를 응원하거나 그 비슷한 걸 할 만큼 바보가 되겠지. 이건 정말 어디 비길 데가 없는 재앙이야."라며 엄마는 크게 웃었다. "이건 정말 인생에서 심각한 문제야. 난 어떻게 되는 걸까?"

10. 나무 위 물고기들이 엄마에게 손짓하는 환상

아이투타키에서의 마지막 주가 시작되었다. 적어도 나는 그렇게 생각한다. 그사이 아무것도 하지 않는 것은 일상이 되었다. 우리는 몸이 준비되면 일어나고 해가 지면 잠자리에 든다. 내 생각에 마지막으로 시계를 본 지도 벌써 며칠이 지났다. 하지만 내가 이곳에서 편안해졌다고 말할 수는 없다. 매 순간 과도한 사색과 깊은 무감각 사이를 오가고 있기 때문이다. 엄마 역시 마찬가지이다. 엄마는 행복해하면서도 때로는 깊은 생각에 잠긴다. 우리 두 사람은 낙원에 있는 아주 평범한 양극성 커플이다.

섬 남쪽의 벤치에 앉아 있을 때, 엄마는 나에게 가끔 야자나무에서 얼굴 같은 것이 보인다고 말했다. 나는 그게 무슨 뜻인지 더 정확하게 묘사해 보라고 몇 번이나 요청했다. 엄마는 위를 올려다보고는 눈을 가늘게 뜨고 손가락으로 위를 가리켰다. 그리고는 야자수의 나뭇잎 모양에서 내가 볼 수 없는 어떤 것이 형성된다고 묘사했다. 덤불숲이 갈라지는 부분이, 쉰 살쯤 되어 보이는 여자로 변해 엄마를 향해 미소 지었다. 다른 모양은 물고기가 되어 엄마를 향해 손을 흔들며 인사했다. 엄마는 여자와 물고기가 실제로는 존재하지 않는다는 것을 정확히 알고 있지만, 그런데도 엄마의 머릿속에서 이런 이미지가 만들어졌다.

처음에는 이것이 어쩌면 심각한 징후일 수 있다고 생각했다. 하지만 누가 알겠는가? 그렇다면 내 인식이 올바르다고 말할 수 있는 나는 누구인가? 어쩌면 나무 위에 낯선 물고기들이 있어 엄마에게 손을 흔들며 인사하지만, 나에게는 숨겨져 있을지도 모른다.

동시에 반대로 알츠하이머병은 나에게는 분명해 보이는 특정한 것들을 엄마가 인식하기 대단히 힘들게 만든다. 작은 글자, 그림 또는 카메라 버튼. 엄마는 더 이상 이런 것들을 인지하지 못한다. 며칠 전에 엄마에게 사진을 한 장 보여 주었다. 사진 속에는 내 친한 친구인 여성과 그녀의 강아지가 있었다. 사진 속에서 우리는 공원 잔디 위에 앉아 있고, 어린 골든 레트리버는 내 얼굴에 자기 얼굴을 꾹 누르고 있다. 하지만 나는 엄마에게 사진에서 무엇이 보이는지 설명해야만 했다. 엄마는 강아지가 어디서부터 시작되고, 내 얼굴이 어디서 끝나는지 인지할 수 없었다. 마치 엄마에게는 제대로 구성되지 않는 것 같았다. 엄마의 뇌가 형상을 완전히 만들고 싶어 하지 않는 듯 색색의 단편처럼 인상만 남아 있다.

엄마는 "우리가 세상을 어떻게 바라보는지는 우리 같은 사람만이 이해해."라고 말했고, 나는 엄마가 여전히 나처럼 색깔을 똑같이 인지하는지, 냄새가 변한 건 아닌지 자문해 보았다. 하지만 어떻게 그 답을 찾을까? 엄마가 자신의 감각적 인상에 관해 어떻다고 이야기하든 적어도 모두 아름다워 보인다. 엄마는 모양과 그림을 마음에 들어 하고, 이것은 거의 게임, 엄마가 기꺼이 몰두하고 엄마에게 기쁨을 선사하는 연극처럼 들린다. 하지만 나는 이 그림들이 언젠가 위협이 될까 걱정스럽다. 엄마가 나무 위에서 어떤 얼굴을 보든 상관없다. 얼굴들이 친절하기를 바랄 뿐이다.

엄마는 지쳐서 오두막으로 돌아가길 원했다. 우리는 자리에서 일어나 서두르지 않고 걷기 시작했다. 나는 가끔 우리가 아이투타키에서 새로운 공동의 삶을 사는 것 같다는 인상을 받는다. 나는 방에서 방으로, 해변에서 해변으로 그림자처럼 엄마를 따라다닌다. 엄마가 담배를 찾으면 담배가 어디 있는지 알려 주고, 책을 읽고 싶어 하면 엄마에게 책을 읽어 주고, 산책하러 가고 싶어 하면 같이 밖으로 나간다.

20분 후 우리는 내 침대에 앉아 나는 책을 읽고 엄마는 휴식을 취했다. 엄마는 머리를 벽에 기대고 눈을 감았지만, 엄마가 자는 건지 아닌지는 모르겠다. 책에 집중이 잘되지 않아서 책 대신 처음으로 무엇인가가 잘못되었음을 깨달은 지점이 정확히 어디인지 생각해 보았다.

"그런데 엄마의 머리가 더 이상 예전처럼 작동하지 않는다는 걸 언제 알게 되었는지 이야기할 수 있어요?"

엄마는 눈을 뜨고 잠시 고민한다. "얘야, 과거에 관한 디테일은 더 이상 내 강점이 아니야."라며 엄마는 웃었다.

"네, 맞아요. 미안해요."라고 대답하며 엄마에게 미소 지었다.

"아주 천천히 진행되었다는 건 알아. 나는 항상 정확하게 생각할 수 있었고, 평생 그런 능력으로 돈을 번 사람이었어. 처음에는 마치 눈에 뭐라도 낀 것처럼 책을 읽는 것이 이상하게 어려워졌다는 걸 알게 되었어. 그건 여기서도 마찬가지야. 글을 읽을 때 엄청나게 노력해야 해. 내가 낭독에서도 항상 사용할 수 있었던 읽기 유창성은 이제 사라졌어. 더 이상 알파벳과 이해 사이의 간극을 메울 수 없어. 처음에는 이것 때문에 너무 혼란스러웠지. 그게 다라고 생각했어. 이게 처음으로 내 눈에 띄었던 부분이야." 엄마가 나를 바라본다. "너는? 너는 어떻게 시작되었는지 아니?"

나는 책을 덮어 옆에 놓았다. "저는 정말 오랫동안 심각하게 생각하지 않았어요." 이 부분을 돌이켜 보면 양심의 가책이 바로 올라온다. 하지만 내가 일찍 알아차렸던들 병의 진행에서 달라지는 건 아무것도 없었을 것이다. "엄마는 항상 컨디션이 좋고 건강해 보였어요. 한동안은 예전처럼 사고할 수 없다고 자주 강조했지만 그냥 부모님들이 으레 하는 말이라고만 생각했죠. 아빠도 항상 뭔가 잊어버린다고 말했으니까요. 그런데 아주 갑자기 걱정스러울 정도로 심각해졌어요." 나는 침을 삼키고 1년 전 여름의 어느 저녁을 회상했다.

"엄마가 실신하기 몇 주 전에 우리가 함께 인도 레스토랑에 갔었어요. 막 식사를 끝냈을 때, 엄마가 나에게 우리가 이미 계산했는지 물어보았어요. 아직 계산을 안 한 것이 너무나 분명한 때였어요. 그때 무척 혼란스러웠어요. 그리고 우리가 레스토랑에서 나왔을 때 엄마는 길거리에서 저 멀리 있던 지인을 만났어요. 그분이 엄마에게 인사했지만 엄마는 그분을 전혀 알아보지 못했어요. 그분과 헤어져서 100미터는 족히 더 갔을 때 엄마는 그분이 사실 아주 잘 아는 분이라는 걸 떠올리고는 뒤돌아서 그분을 뒤쫓아 갔어요. 엄마는 머리를 가로저으며 제게 돌아왔고 엄청 당황스러워했어요. 그날 저는 처음으로 뭔가 더 심각하구나 싶었어요. 그 뒤에 제 친구 팀에게 걱정된다고 이야기했죠. 그때부터 엄마가 실신하기까지 채 석 달이 걸리지 않았어요."

엄마는 믿을 수 없는 듯 머리를 가로저었다. "그러면 여기 아이투타키에서는? 여기서도 많이 느껴지니? 네게는 어떻게 느껴지니?"

"네, 당연히 느껴져요. 엄마는 그냥 예전보다 더 의존적으로 되었어요."

항상 같은 질문이지만, 그런데도 엄마에게 완전히 솔직하고 싶다. 엄마가 아프기 전과 달리 매 순간 명확한 생각을 밝히지 않고, 내가 생각하고 느끼는 모든 것을 말하지 않는 것은 마치 내가 엄마의 손을 놓는 것만 같다. 엄마는 진실을 원하고 나는 엄마에게 진실을 말해 주고 싶다.

"며칠 전 식사할 때 상황이었어요. 가끔은 제가 헬리콥터 아들처럼 느껴져요. 저는 엄마의 모든 걸음마다 그리고 혼란스러운 순간마다 엄마 주위를 맴돌고 있으니까요. 마치 제가 모든 것을 돌보고 신경 써야만 하는 것 같아요. 그 순간 저는 좀 지쳤고, 엄마는 제가 고단하다는 걸 느꼈어요. 그래서 엄마는 자신이 저를 짜증 나게 하고, 제가 엄마를 더 이상 견딜 수 없어 한다고 생각했나 봐요. 엄마는 정확히 45분간 계속해서 제가 화가 났는지, 정말 이곳에 있길 원하는지 묻고 또 물어보더니 엄마가 저에게 얼마나 짐이 되는지 이야기했어요. 저는 계속해서 아니라고, 그냥 지쳤을 뿐이라고 설명했어요. 그리고 엄마가 다시 물었을 때 제가 숨을 크게 내쉬었어요. 그게 엄마의 스위치를 눌러 버렸어요. 저는 그 저녁 내내 엄마의 감정을 진정시킬 수 없었어요. 그 뒤부터는 제가 무슨 말을 해도 더 이상 제대로 엄마에게 전달되지 않더라고요. 엄마는 저녁 식사를 더 이상 하고 싶지 않아 했고 너무 불안해했어요. 그래서 저는 빨리 계산하고 같이 오두막으로 돌아왔죠.

그날 저녁 침대에 누웠을 때, 저는 오랫동안 잠들지 못하고 많은 생각을 했어요. 그때 저는 저의 욕구나 약점을 말로 표현할 수 있는 시간이 그냥 끝났나 보다 싶었어요. 우리에게 아직 엄마와 아들로서의 자리가 있는 건지 아니면 지금부터 그냥 보호자 역할만 해야만 하는 건지 말이에요." 나는 엄마를 바라보았다. 그리고 내 말에 엄마가 상처받았다는 것, 엄마가 미안해하는 것을 느꼈다.

"침대에 누우면 제가 얼마나 지쳤는지 느껴져요. 혼자 있을 때 저는 그냥 뻗어 있어요. 엄마는 제가 그냥 집에 있고 싶어 할까 봐 계속 걱정하는 것 같아요. 당연히 저는 친구들이 그리워요. 저는 친구들과 함께 일하는 게 좋고 그래서 일도 그리워요. 하지만 어서 가고 싶다고 생각한 적은 단 한 번도 없어요. 제가 여기 있는 건 중요해요. 저도 그걸 알아요. 하지만 힘들고 혼란스럽기도 해요. 때로는 엄마가 이걸 얼마나 이해할지 생각해 봐요. 저는 더 이상 우리가 대등한 관계가 아니라는 걸 받아들이고 싶지 않아요. 그냥 아들일 수만은 없을까요? 미리 대비를 했다면 좀 더 쉬웠을 텐데. 저는 예상하지 못했어요. 이런 걸 이해하지 못했어요. 이미 그렇게 됐다는 걸 이해할 만큼 충분한 시간을 엄마와 보내지 못했어요."

엄마의 시선이 빗나간다. 엄마는 침대 시트 한가운데를 응시했다. "반대였던 적이 있었어. 넌 아기였고 난 엄마였던. 난 너를 낳고 키웠어. 너는 너무 가냘파서, 태어나고 처음 2년 동안은 아주 특별히 보살펴야 했지. 너는 그냥 아주아주 작은 아기였으니까. 그래서 나는 양심의 가책을 그렇게 심하게 느끼진 않아. 내가 능력이 있을 때 너에게 많은 걸 줬으니까. 너희들과 함께 모스크바에서 살았을 때, 그곳에서 할 수 있는 일은 모두 해내야만 했어. 모스크바에서는 모든 것을 나 스스로 고민하고 해내야 했어. 난 그걸 해냈어. 심지어 꽤 잘 해냈지. 하지만 이제 그런 힘이 사라졌어.

날 믿어. 나도 유감스러워. 이건…… 네가 조금 전에 뭐라고 말했는지 분명하지는 않네. 이런 이야기를 듣는 것도 나에게는 너무 끔찍한 일이야. 이건 정말이지…… 내가 생각했던 것보다 더 멀리 왔어. 하지만 내가 할 수 있는 건 아무것도 없어."

엄마는 창문 밖을 내다본다. 그곳에는 작은 돼지가 베란다 앞 야자나무 주변을 소리 내며 걷고 있다. 방 안은 무척 아늑하고 따뜻하지만, 엄마는 내내 팔짱을 낀 채 양 손바닥으로 팔을 계속 문지른다. 그리고 엄지와 검지 발가락을 움직이면서 맨발을 응시하고 있다. 엄마의 표정은 슬픔과 낙담 사이를 오간다. 엄마가 쓴 그 어떤 책도, 심지어 그로일리히의 조언도 엄마가 이 상황을 준비하게끔 하지는 못했다. 이런 준비를 해 주는 것은 없다.

"루카스, 내가 왜 여기 있는 거지?" 엄마는 나를 쳐다보지 않는다. 엄마가 아이투타키에 있는 것을 의미하는지 아니면 엄마의 존재 자체를 의미하는 건지 알 수가 없다. 엄마가 말을 이어 간다. "나는 내 앞에 있는 이 장면, 야자나무, 아름다운 바다, 너의 현재, 음식, 낯선 문화를 아주 깊이 빨아들이고 있어. 내게 필요하기 때문에 이렇게 빨아들이고 있는 거야. 훨씬 더 우울한 시간을 위해서 이 아름다운 장면들이 필요해. 이해하겠니? 항상 빛나던 내 지성은 박살이 났어. 정말이지 토할 것 같아. 내게 아직 유일하게 허락된 것은 감각이야. 나는 감각일 뿐이야. 느낌일 뿐이야. 사물을 분류할 수 있는 건 더 이상 머리가 아니야. 부드러움일 뿐이야. 느낌일 뿐이야. 내가 계속 바라볼 수 있는 이 믿을 수 없을 정도로 아름다운 야자나무가 나를 돕고 있어. 그리고 이 매력적인 날씨도. 폭풍, 바람, 너무나 아름다워. 너무 뜨겁지도, 너무 차갑지도 않아. 내게 지금 이런 게 얼마나 필요한지 너는 상상도 못할 거야. 나는 그냥 무조건 다른 그림이 필요해. 나를 기다리고 있는 그림은, 운이 나쁘면 미친 사람들을 위한 어느 빌어먹을 클리닉에 머무는 모습이야. 그리고 나는 이것이 가장 혐오스럽게 죽는 방법 중 하나 같아. 내가 지금 너의 지성에 매달려 있다는 걸 이해하겠니? 나는 더 이상 뭘 할 수 없어. 그래서 너에게도 너무 힘든 거야. 나도 이해해, 애야. 난 여기서 온종일 네 뒤만 따라다니고 있어. 내가 방향 감각을 잃어버렸다는 걸 나도 알아. 너무 끔찍해. 나도 눈치채고 있어. 복도의 반대편인 여기, 이 우스운 빌어먹을 문 세 개. 욕실, 화장실 그리고 세 번째는……" 엄마는 머리를 세차게 젓고는 질문하듯 나를 바라보았다.

"문은 두 개예요." 나는 속삭였다.

"문 두 개! 빌어먹을 문 두 개!" 엄마가 울부짖었다. 입술이 떨리고 눈물이 차오르는 동안 엄마는 이를 악물고 있다. 엄마는 내 눈을 깊이 들여다보고, 나는 엄마의 눈을 간신히 마주 본다. "그리고 난 화장실을 늘 못 찾아. 너는 그런 내게 WC라고 쓰인 그림을 그려 주었어. 어떻게 사람이 이렇게 바보가 될 수 있니? 꿈을 실현하고, 책을 쓰고, 영화를 만들고 나는 내 지성으로 모든 것을 새롭고 다르게 만들 수 있었어. 그런데 지금은…… 지금은 화장실로 가는 길조차도 찾을 수가 없어. 다음 순서는 뭘까? 복도에서 똥을 싸는 것? 그럼 그것도 치워 줄 거니? 나는 이 느낌을 1초도 견딜 수가 없지만, 이런 순간은 오고 또 오고 길어지고 또 길어질 거야. 나는 여기서 산 채로 묻히게 될 거야. 이해하겠니? 루카스, 나는 지금처럼 네가 필요했던 적이 없어. 아주 조금만 더 견뎌 줘, 부탁이야."

엄마 목소리는 떨리고, 엄마는 쓰디쓴 울음을 쏟아 내기 시작했다. 엄마를 내 품에 꼭 안았다. 어깨가 축축해지는 것을 느낄 수 있을 만큼 내 티셔츠에 많은 눈물이 스며들었다.

엄마와 내가 특별했던 점은 항상 서로에게 진지하고 솔직했다는 점이다. 하지만 엄마가 내 품에서 울고 있는 지금, 나는 전적으로 솔직해지는 것이 미래에는 제한적으로만 가능하리라는 것을 느낀다. 나는 당연히 엄마에게 내가 엄마의 질환과 엄마를 어떻게 경험하고 생각하는지 진실을 말하고 솔직하게 설명할 것이다. 하지만 나는 그로 인해 생기는 엄마의 혼란과 슬픔에 대한 책임도 있다. 내가 하는 모든 말에는 무게가 실린다.

낡은 보일러에서 나는 금속 소리와 배고픈 돼지가 꿀꿀거리는 소리를 제외하고는, 밖은 상대적으로 조용하다. 마치 아이투타키가 우리를 위해 1분간 묵념 시간을 갖는 것 같다. 나는 길을 잃고 방향 감각을 상실해서 계속해서 원 안에서 방황하는 엄마가, 시간도 잊고 빌어먹을 날짜도 모르는 엄마가 느껴야 하는 엄청난 무력감을 생각하면 소름이 돋는다. 지위와 지성을 갖추었음에도 이 망각 속에서 알츠하이머병에 저항하고 있다. 이 싸움에서 엄마는 이

길 수 없다.

　이번 여행에서 조심해야 한다는 것을 계속 깨닫는다. 나는 책임이 있다. 엄마가 휴식을 취할 수 있도록 할 책임. 엄마가 가능한한 잘 지내도록 할 책임. 적어도 여기에서는 나에게 책임이 있다. 내 솔직함이 엄마를 얼마나 힘들게 하는지 이해하는 데에 이렇게 오래 걸렸다는 것에 너무나 화가 난다. 엄마의 알츠하이머병은 파도같이 몰려오며 내가 예상치 못하는 순간이 많다. 그렇게 심각하지 않을 수도 있다는 생각이 드는, 아주 분명하고 밝은 순간들도 있다. 그때는 이 질환을 어떻게든 제압할 수 있을 것 같다. 하지만 엄마가 혼란 그 자체인 또 다른 순간들도 있다. 그때는 나는 그곳에 서서 그냥 엄마를 구하고만 싶다.

　나는 엄마의 얼굴에서 눈물을 닦아 주고 내 이마를 엄마 이마에 맞대었다. "정말 미안해요. 정말이에요. 나는 엄마를 위해 있어요. 넘어져도 돼요. 제가 견딜게요!"

　엄마는 이 말을 듣자 마치 몇 분간 숨을 참았던 것처럼 크게 숨을 내쉬었다. 우리는 한참 동안 팔짱을 낀 채 침대에 앉아 있었고, 엄마의 격렬한 흐느낌은 작은 공간에서 계속해서 크게 메아리쳤다. 밖은 우리가 지금까지 아이투타키에서 본 것 중 가장 화창한 날이다. 날씨는 세상 반대편에 있는 이 작은 방의 절망과는 비뚤어진 대조를 이룬다. 새끼 돼지는 코를 킁킁거리며 베란다 문앞에 서서 꿀꿀거린다. 엄마는 작은 웃음소리를 내지만, 갑자기 폐에서 나오는 습한 바람 소리처럼 들린다.

"이 책임을 너에게 전가해야 하는 게 너무 싫어." 엄마가 다시 말을 이어 갔다. "나는 결코 그래 본 적이 없어. 나는 내 삶의 주도권을 가지고 있는 게 늘 좋았어. 하지만 지금은 보살핌을 받아야만 해. 이건 너무 끔찍한 느낌이야. 하지만 어쩌면 이것도 연습일지도 몰라……." 엄마는 말을 멈추고 꼭 잡은 팔을 풀고는 나를 절박하게 바라보았다. "이 존재에서도 고요함을 찾는 연습. 이 혐오스러운 '하루를 살아 내기'. 너무 멍청하게 들려. 난 사실 이걸 증오해. 하지만 어쩌면 이것일 거야. 오늘은 너무 좋아. 나는 너를 알고 알아봐. 내 느낌에 아직 그렇게 심하게 혼란스럽지 않아. 미친 것 같아. 지성이 빛날수록, 사라질 때는 더 심각해. 내가 정말 멍청하다면 어쩌면 더 쉬울까? 누가 알겠니." 엄마는 다시 한번 웃음을 터뜨렸고, 이번에는 정말 웃음처럼 들렸다.

"내가 어릴 때 우리 마을에 멋진 이웃이 있었어. 그들은 너무나 훌륭한 귀여운 바보였어. 나는 항상 그들을 조금 속일 수 있어서 즐거웠어. 내가 했던 행동은 비열했어. 하지만 그들은 정말 잘 살았어. 그들은 모든 것을 가능하게 만들 수 있었어. 그들은 집을 지었어. 나는 결코 집을 지어 보거나 그들처럼 많은 것을 해내지 못했어. 하지만 그들은 모든 것을 해냈어. 여기에서 질문은 '도대체 지능이란 무엇인가?'야. 그냥 말을 이리저리 멍청하게 늘어놓는 것일까, 아니면 정말 제대로 무엇인가를 짓고 만드는 것일까? 어쩌면 사람은 지성이 그렇게 많이, 전혀 필요하지 않을지도 몰라." 엄마의 시선이 다시 공허하게 방황했다. "내가 언젠가 요양원에 있게 되면, 나는 조만간 죽어야 하니 거기 있는 걸 거야. 내가 건강할수록 나는 더 오래 사회에 부담이 될 거야. 요양원에 있는 알츠하이머병 환자들이 나오는 영화를 보면 그들의 얼굴에 항상 두려움이 서린 것처럼 보여. 그 사람들은 좀 떨어져서 머리를 숙이고 있어. 나는 그게 너무 두려워. 요양원에 있는 알츠하이머병 환자들이 어떻게 느끼는지 알 수만 있다면, 나는 이 모든 것을 더 잘할 수 있을 거야. 이건 무력함이 아니라, 갑자기 다른 이들이 나를 돌보아야만 하는 현실이야. 나는 결코 이랬던 적이 없어. 전혀 없어."

나는 엄마 얼굴에서 마지막 눈물을 닦아 내고, 우리는 다시 몇 분간 말없이 앉아 있다. 더 이상 이야기할 것이 없다. 하지만 지금처럼 힘들어지면, 앉아 있는 것 같은 지루한 활동이 훨씬 덜 지루할 것이다. 두 사람이 조용한 방에서 벽을 응시하며 돼지들이 꿀꿀거리는 소리를 듣는다. 가끔은 함께 고통을 겪는 것이 전적으로 낫다. 그것은 마치 엄마가 숨을 내쉴 때 나도 내쉬는 것과 같으며 반대로도 마찬가지다. 우리의 유대감이 공간을 가득 채우고, 이를 통해 견디고 있다. 엄마와 나는 어떤 문제들은 해결책이 없어 그냥 견디어야만 한다는 것을 깨닫는다. 하지만 그때 혼자가 아니라는 것은 공허함을 채우고 터널 끝에 있는 전등을 바꾼다. 오직 이것만이 공포의 공격 한가운데에서 피곤하게 만들고 잠이 들게 한다.

한 시간의 침묵 후 엄마는 침대에 누워 잠이 들었다. 마치 잠수부처럼 크게 숨을 쉬었다. 나는 엄마가 깨어났을 때는 슬픔이 조금은 가벼워지기를 바라며 밖으로 나왔다. 매일 밤 칠판을 지운다는 알로이스의 약속은 모두가 자고 있을 때 이루어진다. 엄마와 지내는 동안 나는 이미 많은 잘못을 저질렀다. 다행히도 내게는 매일 새로운 기회가 있다.

11. 엄마의 머릿속에는 생각을 유지하는 것을 허락하지 않는 병, 사과가 있다

이른 아침, 우리는 섬과 함께 눈을 떴다. 다시 로스앤젤레스를 경유해 독일로 돌아가기까지는 며칠밖에 남지 않았다. 정확히 며칠이 남았는지는 모르겠다. 나는 시간 감각을 상실했다. 우리가 정확히 언제 떠나는지 확실히 하려면 휴대폰을 봐야 한다. 하지만 휴대폰이 어디에 있는지도 베일에 싸여 있다. 수화물 어디엔가 묻혀 있어야 할 텐데. 내가 그리우면 다시 나타나겠지.

섬의 일상에 너무 익숙해진 나머지 돌아가는 길이 어떻게 느껴질지 상상이 되지 않는다. 엄마와 함께 베란다에서 진한 블랙커피를 즐긴 뒤, 나는 심술궂은 하루를 보내는 막내를 위로하고 있는 호스트 밀라와 이야기를 나누었다. 대화하던 중, 밀라는 갑자기 충격받은 듯 얼굴을 찡그리며 손가락으로 내 뒤를 가리킨다. 큰 암퇘지가 나무에 단단히 묶여 있던 밧줄을 끊고 지금 풀밭을 자유롭게 달리고 있다. 밀라는 나를 앞으로 밀더니 친절하지만 단호하게 돼지를 데리고 와 달라고 부탁했다.

"얘야, 시작해 보자! 그들에게 보여 줘!" 엄마가 소리치며 책상 위로 발을 올리더니 활짝 웃었다. 그러고는 마치 1950년대 이탈리아 마피아처럼 담배를 있는 힘껏 빨아들였다. 첫째와 둘째 아이도 소동을 알아차리고 그 순간 아이들은 아침의 피곤함은 까맣게 잊어버린다. 아이들은 흥분한 채 내 주위를 뛰어다니며 독일에서 온 도시 청년이 돼지 폭군을 제압하는 것을 지켜보았다.

아이투타키에 오기 전, 나는 인생에서 대략 두 번쯤 돼지를 가까이서 보았지만, 돼지와 나 사이에 울타리가 없었던 적은 한 번도 없다. 돼지는 자유의 향기에 도취한 듯 보였는데, 평소 새끼 돼지에게 먹이는 음식 찌꺼기가 들어 있는 집 뒤 쓰레기통을 인정사정없이 목표로 삼았다. 만약 돼지에게 타액 반사가 있다면, 나는 지금 파블로프를 뿌듯하게 만들 것이다. 나는 돼지 뒤를 쫓아다니며, 아직 돼지 목에 고정된 채 잔디 위로 질질 끌리고 있는 밧줄을 잡으려고 애를 썼다. 학교에서 릴레이 탁구를 하던 시절에 이미 나를 버렸던, 손과 눈의 협응력 부재는 여전했고 나는 반복해서 허공에 헛손질을 했다. 나는 마치 〈디너 포 원〉*의 집사처럼 잔디 위에서 비틀거렸고, 엄마는 배꼽을 잡고 웃었다. 엄마는 의자에서 떨어지며 소리를 지르고, 아이들은 기뻐서 소리치며 내 주위를 뛰어다니고, 심지어 아기도 즐거워 보인다. 승인: 섬의 엔터테인먼트

---

* 반세기에 걸쳐 독일인들에게 사랑받는 TV 쇼.—옮긴이

를 담당하는 루카스 샘 슈라이버를 부르셨나요? 여기 있습니다.

마침내 밧줄을 잡을 수 있었지만, 돼지는 내가 예상했던 것보다 훨씬 능력이 뛰어나고 의지가 강했다. 나는 돼지를 원래대로 야자나무로 잡아당기는, 내 인생에서 가장 의미 있는 줄다리기 시합에서 마침내 성공했다. 돼지를 단단히 고정하고, 신선한 코코넛 몇 개를 먹여 우리의 갈등을 보상해 주기까지 10여 분이 지나갔다. 땀으로 목욕을 한 채 나는 여전히 웃음을 참지 못하는 엄마에게 돌아갔다. 엄마는 나를 안고는 내 이마에 키스했다. 나는 마땅히 휴식을 취할 공로가 있었고 그렇게 우리는 햇볕 아래에서 책을 읽으며 몇 시간을 보냈다.

그날 오후 엄마를 스쿠터에 태우고 섬을 돌아다니는데, 엄마가 길가에서 간판 하나를 발견했다. 일종의 에너지 마사지 광고였다. 엄마는 흥분한 듯 내 어깨를 가볍게 치더니, 나에게 돌아서 그곳으로 데려가 달라고 했다. 나는 잠시 당황했지만 엄마의 바람대로 곧 대부분 야자나무와 덤불숲으로 이루어진 앞뜰로 들어갔다.

잔디밭 위에는 용접으로 이어 붙인 해상 컨테이너가 서너 개 서 있었다. 왼쪽에 있는 계단은 녹슨 금속 구멍으로 이어졌는데, 이것이 바로 문이다. 그때 여자 한 사람이 구멍에서 나와 엄마에게 인사했다. 들은 바에 의하면, 이분은 뉴질랜드 출신으로 10년 전부터 아이투타키에서 살고 있으며, 몇 주 전 자신의 오두막집에 새로운 컨테이너를 증축해 현재 이곳에서 자기만의 특별한 마사지를 제공하고 있었다. 그녀는 엄마와 나를 앞에 있는 공간으로 안내했다. 그리고 마사지에 약 한 시간이 소요되며, 나에게는 오른쪽에 있는 컨테이너에서 기다리면 된다고 설명했다. 엄마는 미소를 짓고, 나는 엄마를 향해 고개를 끄덕이며 앞서 말한 일종의 거실인, 금속으로 된 공간으로 갔다.

컨테이너 내부는 마치 이미 몇 년 전부터 같은 공기로 채워져 있었던 듯했다. 상상할 수 없을 정도로 많은 향초가 매일매일 이곳에서 탔고, 연기는 신선한 공기가 있는 바깥으로 나가는 길을 찾지 못해 이곳에 있는 모든 금속, 나무 조각, 천에 수년에 걸쳐 달라붙어 있었다. 천장에 고정된 밝은 바틱 천도 장기 흡연자의 손가락처럼 몇몇 자리가 노랗게 되어 있었다. 금속 벽에서 유일하게 녹슬지 않은 곳은 컨테이너 반을 연결한 용접 자리뿐이었다. 그것을 제외하면 방은 아주 스타일리시하게 나뉘어 있었다. 오른쪽에는 컨테이너의 낮은 높이에 완벽하게 맞춘 책장이 늘어서 있고, 테이블로 쓰이는 소파 앞 거대한 돌은 거의 암석 수준으로 어떻게 여기에 들여놓을 수 있었는지 불분명하다. 그 순간 아이투타키에 주로 북적대는 근육질의 럭비 선수가 떠올랐다. 누군가 산의 절반을 해상 컨테이너 안으로 들여놓는 데 성공했다면, 그 남자들임에 틀림없다. 그런데도 이 공간은 이상하고 모양새 없는 낭만으로 가득 차 있다. 아름답지 않지만 아름다웠다. 아늑하지 않지만 더 이상 편안할 수 없었다. 낯설지만 집같이 느껴졌다.

낡은 해상 컨테이너 몇 개를 낙원에서 얼마나 아름답게 꾸밀 수 있는지에 감동한 나머지, 비가 내리기 시작했을 때도 나는 계속 주위를 둘러보았다. 비는 처음에는 몇 방울만 떨어지며 금속 천장에 후드득 소리를 냈다. 하지만 점점 완벽하게 전형적인 태평양의 비가 쏟아져서 마치 스무 명으로 구성된 아일랜드 탭 댄스 그룹이 컨테이너 거실 지붕 위에서 춤추고 있는 것처럼 들렸다. 쏟아지는 비의 리듬은 내 심장으로 힘 있게 뚫고 들어가, 내게 일순간 깊은 편안함을 선물했다. 우리가 여행을 시작한 이후, 엄마가 안전하게 보살핌을 받고 있다는 것을 아는 가운데 혼자 있는 것은 처음이었다. 어쩌면 이 상황이 나에게 얼마나 많은 압박을 의미하는지 전에는 의식하지 못했을지도 모른다.

나는 색깔이 다양한 소파 쿠션 뒤로 넘어갔다. 컨테이너의 낮은 천장에 시선이 멈춘다. 이 상황에 훨씬 더 성숙하게 대응하지 못하는 자신이 부끄러웠다. 성인 남자로서 이 상황을 감당할 수 있어야만 하는 것은 아닐까? 하지만 누가 이미 성인이란 말인가?

나에게 어른이 된 느낌을 전달하기 위해 엄마가 얼마나 일찍부터 노력했는지 아직 기억하고 있다. 하늘이 갠 어느 날, 이제는 더이상 엄마에게 전화해야 한다는 의무감을 절대 느끼지 않아도 된다고 알려 주려고 엄마가 나에게 전화했을 때, 나는 겨우 열네 살이었다. 나는 잠시 슈퍼마켓에 가는 길이었고 몇 시간 전에도 우리는 만났었다. 하지만 내가 다 컸다는 것을 나에게 알려 주고픈 욕구를 절박하게 느꼈을 그 순간, 무엇인가가 엄마를 제압했음이 틀

림없다. 엄마는 내게 더 이상 엄마에게 연락해야 한다는 의무감을 느끼지 않아도 된다고 했다. 또한 "넌 마마보이가 아니야."라고 거짓말도 했다. 나는 독립 선언이 기뻤지만, 이 정보를 가지고 무엇부터 시작해야 할지 제대로 알지 못했다. 잘 생각해 보면 사람은 하루아침에 성인이 되지 않으며, 성인이 된다는 것이 정말 무엇을 의미하는지 지금까지도 나에게는 불분명하다.

성인이 된다는 것은 내가 무엇인가를 위해 청춘을 포기해야 한다는 것을 받아들이는 것 또한 의미한다. 나는 이것을 깨닫게 되는 하이데거의 순간을 붙잡기 위해 세상 끝으로 여행해야만 했다. 우리 인간들은 다른 사람, 책임, 아이디어 또는 예술에 청춘의 여유를 바친다. 더 큰 것을 위해 청춘을 희생하겠다는 끔찍한 약속은 성인이 되어 받는 선물처럼 보인다. 어쩌면 누군가를 자신보다 더 사랑할 때 성인이 되는 것은 아닐까? 혹은 그냥 반대만 하는 것을 멈출 때일까? 아니면 성인이 된다는 것이 정말 무엇을 의미하는지 우리가 더 이상 계속해서 생각하지 않을 때일까……? 어떤 의미이든 나는 괜찮다.

엄마가 녹슨 틈을 통해 내가 있는 컨테이너로 들어와서 웃을 때, 나는 불과 몇 분밖에 지나지 않은 것 같았다. 그사이 비는 내리기 시작했을 때처럼 재빨리 사라졌다.

"좋았어요?"

엄마는 만족스러운 신음을 냈다. "아, 정말 최고였어. 마지막에는 선향을 조금 많이 휘둘렀어. 하지만 그것 빼고는 잘 즐길 수 있었어. 좋았어!"

엄마 뒤로 뉴질랜드 여성도 방으로 들어와서는 마치 슬로 모션처럼 나에게 눈짓했다. 여성은 너무나 친절했다. 마지막으로 엄마에게 어떤 에너지 보호 필터를 주면서 이 필터가 엄마를 악령으로부터 어떻게 보호해 주는지 우리에게 자세히 설명해 주었다.

"뭐라고 하시니?"

"엄마가 지금 에너지 보호 필터를 가지고 있다고 하시네요."

"오, 젠장. 전염성이 있는 거니?" 엄마는 이렇게 묻더니 웃음을 참으려 애썼다. 여성은 우리의 좋은 분위기에 기뻐하고, 나는 그녀에게 감사하며 손에 돈을 쥐어 드렸다. 사실 보호 필터가 포함된 부가세 없는 마사지치고는 정말 저렴했다.

헤어질 때 여성은 보호 필터는 최대 일주일간 유지되며, 갱신이 필요하다고 당부했다. 또한 과도한 알코올 소비는 당연히 필터를 더 빨리 닳게 한다고 했다. 나는 이 또한 엄마에게 통역했지만, 엄마는 더 이상 여기에 반응을 보이지 않고 여성에게 손을 흔들며 작별 인사를 했다. 그러자 여성은 주거용 컨테이너로 돌아갔다.

엄마는 웃으며 스쿠터 좌석 위로 다리를 흔들며 올라탔다. 그러고는 내 헬멧을 집어서 나에게 준다.

"어서 타렴, 베이비."

"한잔하면 좋겠어요."라고 말하며 헬멧을 잡았다.

"드디어 여기 독일어를 하는 사람이 있구나. 보호 필터를 다 마셔 치워 버려야 해."

나는 엄마에게 미소를 지어 보이고는 스쿠터를 타고 섬 남쪽 해변에 있는 규모는 작지만 꽤 우아해 보이는 바로 갔다.

약 30분 후, 우리는 바 옆에 있는 작은 테이블에 앉아, 회전도 하고 우산 장식도 있는 두 번째 칵테일을 주문했다. 엄마는 아주 천천히 내 쪽으로 몸을 기울였다. 얼굴은 내게 가까이 대고 온몸은 테이블 너머로 멀리 숙인 채 속삭였다. "저들은 천국에 있다는 걸 알까?"

엄마는 바에서 바다 가장자리 바로 앞까지 펼쳐진 다른 테이블 쪽으로 머리를 돌렸다. 바다에 가장 가까운 테이블은 작은 파도에 닿을 정도로 가깝다. 하지만 파도는 없다. 아이투타키에는 없다.

아이투타키로 여행 온 몇 안 되는 여행객이 모두 우리와 함께 이 바에 앉아 있다. 일흔 정도 된 노부부 네댓 쌍이 테이블에 앉아 침묵하고 있다. 여기서 유일하게 대화하는 사람은 엄마와 나뿐이다. 눈에 띄는 복장을 한 부부가 바 반대편에 위치한 암석 바로 옆에 앉아 있다.

"남자는 돈 많은 독일 사업가야." 엄마가 말하면서 눈을 비밀스럽게 부부 방향으로 굴렸다. "몇십 년 동안 남자는 자기 아내에게 세계 일주를 약속했지. 둘은 재차 여행을 계획했지만 결코 하지 못했어. 장대한 모험은 계속 미루어졌지. 남자는 작년에 드디어 은퇴했어. 생각보다 훨씬 많은 시간이 지난 후였지. 아이들은 오래

전에 독립했고, 일상의 큰 도전 과제들은 극복했고, 연금은 다섯 명이 써도 충분할 정도야. 드디어 몇십 년 전부터 이야기해 온 꿈을 이룰 시간이 생겼어."

"그런 것치고 꽤 불행해 보여요."

엄마가 고개를 끄덕인다. "내가 말했잖아. 저들은 이미 천국에 와 있다는 걸 모를지도 몰라. 돈이 모든 문제를 해결하지는 않지만 적어도 모든 돈 문제는 해결하지. 때로는 어느 정도 행복하기에 이미 충분해. 나는 저 두 사람이 불행하다고 생각하지 않아. 그보다는 피곤한 거야. 많은 사람이 이루었을 때보다 이루고자 할 때 더 즐거움을 느껴. 너무 오래 찾으면, 찾았을 때 더 이상 느끼지 못하지."

엄마와 나는 예전에 이런 것을 자주 했었다. 우리는 어디에 있든 상관없이 주변에 있는 사람들에 관해 아무 이야기나 했다. 하지만 마지막으로 한 것은 이미 오래전이다. 엄마는 이런 이야기를 할 때면 항상 이야기하기에 앞서 이쪽저쪽을 보는 습관이 있었다. 마치 KGB 요원인 양 연출하면서 비밀스럽게 속삭였다. 엄마가 이렇게 이야기를 시작하면 웃지 않을 수 없었다.

엄마는 최고의 이야기는 삶의 한가운데에서 일어난다고 항상 강조했다. 작가는 어떤 이야기를 스스로 꾸며 내기보다 기록하는 것이 훨씬 쉽다고도 자주 이야기했다.

한 예로 내가 열세 살 때, 부모님이 이혼하신 지 몇 년 지나지 않은 무렵 터키에 있는 리조트로 휴가를 떠났을 때였다. 엄마와 나 단둘이 간 여행이었다. 버스를 타고 소풍을 가는 길이었는데 내가 막 이야기를 시작하려 할 때, 엄마가 검지로 입술을 눌렀다. 우리 앞에 앉은 노부부가 강한 팔츠주 억양으로 크게 대화하고 있었다.

"주유소 좀 봐요."

"이것 봐요, 얼마나 저렴한지. 최고예요. 그리고 여기 큰 야자나무가 또 있어요."

"이것 봐요."

"만하임에도 야자나무가 있으면 너무 좋을 것 같아요."

"아, 하지만 모든 걸 가질 순 없죠. 그렇지 않아요?"

엄마는 웃으며 수첩을 꺼냈다. "너무 훌륭해, 루카스. 저분들은 아무것도 아닌 것에 관해 이야기하지만 그런데도 많은 걸 이야기하고 있어. 문학적으로 금이야!"

이후 30분간 우리는 아주 조용히 그들의 대화를 엿들으며 메모했다. 엄마는 타고난 구경꾼으로, 숨어서 기다리고 바라보고 엿듣기 위해 태어난 사람이었다. 지금 아이투타키에서조차 엄마는 사람에서 사람으로 돌아다니며 얼굴을 탐구하는 이 특별한 시선을 여전히 갖고 있다. 다른 사람에게는 일상처럼 보이는 상황도 작가에게는 먹잇감을 발견하는 순간이다.

여러 해에 걸쳐 엄마는 수십 명, 어쩌면 수백 명의 이야기와 경험을 바탕으로 창작했다. 때로는 한순간으로부터 작은 아이디어나 미세한 대화가 발원되기도 하고, 그것이 책 전체의 문맥이 되기도 했다.

엄마는 이렇게 아이투타키에서도 의자 깊숙이 몸을 기대고, 담배에 불을 붙이고는 이 테이블에서 저 테이블로 시선을 옮긴다. 조금 전 아무 말도 하지 않던 부부는 이제 일어서고, 남자는 아내의 손을 사랑스럽게 잡는다. 엄마의 시선이 갑자기 어두워졌다.

"나는 남자들과는 좀 망쳤어." 이렇게 말하고는 생각에 빠진 듯 허공을 응시했다. "당시 내가 모든 것을 좀 더 잘 해냈더라면, 그러면 아마 지금 나를 사랑하고 도와줄 누군가가 있을 텐데. 여기 있는 부부들을 보니 너무 아쉽네. 나는 너와 네 형이 이렇게 나를 지원해 줘서 기쁘고 자랑스러워. 하지만 그건 누군가가 나에게 키스를 하고 나를 사랑하고 보살피는 것과는 달라. 멍청한 여자와 사랑에 빠지는 남자는 없을 거야. 반대로도 마찬가지일 거고. 나는 절대 멍청한 남자와 사랑에 빠지지 않았을 거야. 내 병 때문에 난 이제 완전히 끝났어."

이제 엄마의 시선은 목표 없이 테이블 너머를 서성거린다. "내 생각에 마지막 남자 친구와의 사이에서도 이 부분이 조금 눈에 띄었던 것 같아. 어쩌면 심지어 이게 그가 나를 떠난 이유인지도 몰라. 이건 정말 엿 같아! 그런데도 나는 아직 여자이고, 그게 뭘 의미하는지 잊어버리지 않았어. 나는 여전히 애무가 어떤 느낌인지 알아. 그게 얼마나 아름다운지 알고 있어. 그게 영원히 끝났다는 걸 알게 되니까 마음이 아파." 엄마는 질문하듯 나를 바라보았다.

　이런 후회로 가득 찬 순간이 하루에도 몇 번씩 엄마를 덮친다. 나는 농담과 좋은 기분으로 피해 가려 하지만 엄마는 재차 감정이 격해진다. 엄마를 깊은 절망으로부터 피하게 할 시간이, 내게는 대부분 채 몇 초밖에 허락되지 않는다.

　"그로일리히는 어떻게 사랑을 했나요?" 그로일리히에 관한 대화는 슬픔보다 향수를 느끼게 해서 나는 이렇게 물었다.

　엄마는 잠시 아무 말도 하지 않는다. 엄마의 시선은 다시 허공을 응시하고, 얼굴은 이 생각에서 저 생각으로 미끄러지는 듯했다. 갑자기 표정이 부드러워지더니 엄마가 웃었다. "아, 그 사람도 성인군자는 아니었어." 이 순간 나는 익숙하게 빠지곤 했던 일반적인 상황을 피했다는 생각에 안도했다. "나도 그걸 좋다고 느끼지는 않았을 거야. 그 사람은 그냥 훌륭한 사람이었고, 그렇게 자기 일생을 마쳤어. 그 사람은 죽을 때까지 거의 60년간 멋진 여성과의 결혼 생활을 유지했어. 두 사람은 최고의 관계를 맺었어. 하지만 나는 그가 오랜 결혼 생활을 하면서 다른 여자에…… 흠, 사랑에 빠진 적도 있었다고 표현할게. 그래, 그랬던 것을 알고 있어."

　"엄마와도 호감이 있었나요?" 나는 대답을 알고 있음에도 물어보았다.

　"아니, 아니!" 엄마는 머리를 흔들었다. "나에게는 항상 너무나 좋은 아빠 같은 분이었고, 그게 또 맞았어. 우리 사이가 서로 다르게 연결돼 있지는 않았어. 하지만 나는 아직도 우리가 함께 부얶에 앉아 있었던 때가 기억나. 그로일리히가 아흔이 넘었을 때일 거야. 내 앞에는 그로일리히가 30년 전에 푹 빠졌던 약사에게 쓴 러브 레터 여러 개가 넓게 펼쳐져 있었어. 그 사람이 나에게 그 편지들을 읽어 줄 때 그의 부인은 우리 뒤에 서 있었지. 너무나 아름답게 쓴 편지였어. 그는 언어를 환상적으로 쓸 줄 알았어. 내가 어떤 부분에서 감동해서 탄식하니까 그의 아내가 우리 뒤에 서서 함께 탄식했어. '그녀도 아름다웠어.'"

"그 부인에게 상처가 되지는 않았나요? 남편이 다른 여자에 대해 그렇게 말하는 걸 들으면 고통스러울 것 같아요."

"물론이지. 하지만 나에게는 60년의 결혼 생활이 빚어낸 또 다른 형태의 사랑같이 느껴졌어. 그로일리히와 부인은 이후에도 같이 삶을 꾸려 나갔어. 30년 전의 외도로 인한 실망과 고통은 어쩌면 그냥 더 이상 중요한 게 아니게 된 걸 거야. 하지만 나도, 아내가 큰 부분을 차지하고 있는데 외도에 관해 이렇게 자유롭게 이야기할 수 있는 사랑은 어떤 사랑인지 오랫동안 생각해 봤어. 나는 남녀 관계에서 질투를 하면 했지 그렇게 대범할 능력은 절대 없었을 거야. 하지만 그로일리히는 자기 아내를 무척 사랑했어. 나는 항상 그걸 느꼈는데 그의 아내도 분명 느꼈을 거야. 사랑이 이렇게 다양할 수 있다는 게 흥미로워. 그렇지 않니?"

엄마는 내 쪽을 바라보다 다시 시선을 돌렸다. "어떤 사람들은 짝을 찾으면 다른 사람에 대한 욕망을 전혀 느끼지 않아. 하지만 그로일리히와 그의 아내는 그러지 않는 것 같았어. 모두가 그 부부가 얼마나 아름다운 삶을 살았는지, 둘이 함께 얼마나 많은 것을 경험했는지 알고 있었지. 누구나 살면서 그렇듯 둘에게도 힘든 시기가 있었어. 어떤 부부는 자기와 진짜 맞는 사람을 찾았다고 생각하면 지금의 짝과 사는 것을 그만두지. 그냥 그대로 잘 지내는 부부도 있고. 하지만 그중 어떤 사람들은 그냥 다시 시작을 못 하기도 해. 그들은 서로를 거울처럼 바라보지. 서로에 대한 무딘 시선만이 남아 있어. 하지만 그로일리히에게는 이런 것이 전혀 고려 대상이 아니었어. 그 사람은 이런 걸 아주 잘 조율하는 것 같더라고. 난 사랑에 있어서만큼은 두 사람처럼 해내지 못했어. 나는…… 그래, 이미 말한 것처럼…… 나는 망쳤어." 엄마가 실망한 듯 아랫입술을 위로 밀어 올린다.

사람들은 엄마와 내가 사랑에 관해 이렇게 자주 솔직하게 이야기하는 것을 종종 놀라워했다. 당연히 흔한 일은 아니지만 엄마와 나 사이에서는 항상 그래 왔다.

엄마가 아프기 전에는 엄마가 혼자인 것을 본 적이 없다. 관계는 엄마에게 중요한 요소였고 그래서 나는 엄마가 안타깝다. 큰소리로 말하지는 않겠지만 나는 엄마가 옳다는 것을 안다. 엄마는 다시 누군가와 사랑에 빠지지는 않을 것이다. 엄마에게는 그럴 자격이 있지만.

"엄마는 관계를 자주 너무 패배같이 묘사해요. 사랑 덕분에 좋은 것도 많았잖아요. 적어도 엄마는 많은 사랑을 했어요. 지금 엄마 옆에 파트너가 없더라도 엄마는 관계에 대한 관념이나 환상에 절대 빠지지 않을 거예요. 엄마는 사람들을 진짜로 사랑했고 그 사람들도 엄마를 사랑했으니까요."

엄마는 미소 지으며 테이블 아래 모래 속으로 맨발을 파묻었다. 꿈을 꾸듯 우리 주변의 노부부를 바라보고 납작한 재떨이 끝에 담배를 놓았다. 라이터를 그 옆에 두고는 검지 손톱으로 라이터 위를 리드미컬하게 톡톡 두드린다. "네 아내를 결코 알 수 없겠지. 네 아이들도 그렇고⋯⋯." 엄마는 크게 숨을 내쉬더니 멀리 바라본다. "네 아이들에게 내 책을 읽어 주겠니, 응?" 엄마는 떨리는 목소리로 물었다.

"당연하죠. 다행히 엄마는 동화책도 많이 썼잖아요." 이렇게 말하며 내 손을 엄마 손 위에 살포시 얹었다. 그리고 또다시 엄마를 절망에 잃어버리지 않도록 친절하게 활짝 웃었다.

형과 나는 작가 독서 수업과 함께 성장했다. 우리 둘은 모스크바에서 엄마의 첫 번째 동화책을 위한 이상적인 테스트 독자였다. 책 『술탄과 말썽쟁이』에 나오는 이야기는 내 모든 어린 시절의 기억을 고스란히 담고 있다. 엄마는 책을 쓸 당시 말썽쟁이라는 이름을 낭독회에서 읽을 때, 모두의 마음에 들지는 않을 것을, 어쩌면 거의 모든 부모님이 마음에 들어 하지 않을 것을 이미 알고 있었다. 하지만 엄마는 아이들이 무엇에 웃는지 정확히 알았다. 예를 들면 100개의 방석으로 만들어진 산에서 방귀를 뀌고 말썽쟁이 하인의 크레인으로 들어 올려야만 하는 뚱뚱한 술탄이다. 우리는 웃음을 멈출 수 없었다.

"지금 이건 자기 연민일까?" 엄마가 아주 조심스럽게 물었다.

"아니요…… 전혀요." 나는 재빨리 말하고는 잠시 멈춘다. 그리고 곧 있을 감정적 줄타기를 속으로 준비한다. 이 질문을 듣는 것도 처음은 아니다. 하지만 나는 다시 엄마에게서 이 생각을 없애려고 시도한다. 결코 이길 수 없지만 매번 새롭게 시작하는 싸움이다.

"친한 친구 한 명이 나에게 자기 자비에 관해 설명했었어요. 당연히 자기 연민도 있어요. 하지만 예를 들어 엄마의 가장 친한 친구가 엄마 같은 상황이라면 엄마는 친구를 마음 아파하지 않을까요? 어떻게 될지, 두렵고 걱정하고 그리워하는 친구에게 엄마도 이해심을 보여 주지 않겠어요? 엄마 자신에게도 그런 좋은 친구가 되어 줄 수는 없나요? 엄마가 가까운 사람들에게 하는 것처럼 자신에게도 하시라고요. 엄마 자신을 가엾게 여기고 자신에게 공감해 주세요." 나는 엄마 눈을 절박하게 바라보았다. "엄마는 항상 엄마가 지금 얼마나 멍청한지 이야기해요. 하지만 저는 그 누구도 엄마에 대해 그렇게 이야기하게 두지 않을 거예요, 이놈! 우리 엄마는 안 돼."

엄마는 웃으면 고개를 끄덕였다. 그 순간만큼은 엄마에게 충분하다.

"루카스, 그거 아니? 알츠하이머병은 나를 미치도록 예민하게, 너무나 우울하게 만들어." 엄마는 이미 필터까지 타들어 간 담배를 옆에 두고 이야기했다. 엄마는 오래된 애인을 보듯 담배꽁초를 바라보고, 필터에서 나오는 연기는 독성 있는 짙은 노란색을 띤다. 엄마는 잠든 아이를 다루듯 신중하게 담배꽁초를 재떨이에서 천천히 들어 올린다. "나는 어딘가에 앉아서 그냥 이유 없이 울 수 있을 것 같아. 왜인지는 전혀 모르겠어. 지금 이게 좋은 건지 나쁜 건지 상관없어. 나는 아주 예민하고 우울해. 나는 그 어느 때보다 훨씬 더 깊이 있게 느껴. 마치 누군가가 사과를 깎았고 내가 드디어 사과를 완전히 보는 것처럼. 나는 저항력 있던 피부에서 완전히 해방되었어. 어떤 보호막도 없어. 모두가 나를 찌를 수 있고 난 그걸 느껴. 그 느낌이 믿을 수 없을 정도로 강해. 하지만 다행히 좋은 것들도 강하게 느껴. 나는 거의 느낌뿐이야. 그리고 세상을 아주 다르게 바라볼 수 있어. 여기 모든 색깔은……" 엄마는 바다를 가리킨다. "루카스, 모든 색깔이 내 심장으로 바로 들어와. 이곳 바람이 내 피부에 어떻게 느껴지는지 잊어버린다는 걸 상상할 수 없어. 여기 천국에서 편안하기란 당연히 너무 쉬워. 하지만 이 색깔과 야자나무는…… 나에게 많은 의미가 있어. 예전에는 이 질환이 어떻게 느껴질지 나도 몰랐어. 우리가 어떤지를 정말로 느끼는 사람은 거의 없어. 알츠하이머병 환자는 그냥 어떤 미친 사람이 아니야. 우리도 모두 한 사람의 역사야."

우리 옆에 있던 노부부 중 한 쌍이 자리에서 일어났다. 그들은 약간 당황한 듯 주변을 둘러보며 어디로 가야 할지 몰라 했다. 마치 수년 전부터 이곳을 그리워했지만 이곳에 있는 지금, 또 다른 것을 그리워하는 것 같아 보인다. 어쩌면 집이거나 다음 여행지일

지도 모른다. 그들은 휴식을 취하고자 하지만 확실히 불안해 보인다.

우리는 지금 모두 같은 해변에서 같은 바람을 느끼고 같은 태양을 즐기고 있지만, 우리 모두 정말 이곳에 있는 것은 아니다. 나이 든 남자는 어두운 눈빛으로 밑창이 떨어진 것 같은 자신의 플립플롭 신발을, 욕을 중얼거리며 가만가만 뜯는다. 엄마가 옳다. 그는 이미 천국에 와 있음을 모르고 있다. 유감스러운 일이다.

엄마는 나를 애원하듯 바라보고, 나는 엄마의 고통을 지나칠 수 없다. "그거 아니? 알츠하이머병 환자들이 머무는 시설에 대한 다큐멘터리를 보면, 그 환자들이 눈으로 그냥 단지 휴식이 필요하다고 말하는 게 보여. 주변에 그렇게 많은 사람이 필요한 게 아니라 그냥 휴식이 필요한 거야. 하지만 주변에는 항상 많은 사람이 모여서 시끌시끌하지. 심지어 만져도 괜찮은지 물어보지도 않고 만지려고 해. 너무 끔찍해! 내 눈엔 깜짝 놀라 주춤하는, 아주 조용히 생각만 할 수 있는 환자들이 보여. 우리의 생각은 속삭이지만 감각은 소리치고 있어. 그 눈빛은 '제발 나를 내버려 둬! 제발 나를 만지지 마!' 또는 '너무 시끄럽게 하지 마' 이런 말을 해. 이건 내겐 지옥이야. 정말 지옥이야. 간호사와 가족 들은 목소리와 접촉이 이렇게 끔찍하다는 걸 알려나 몰라. 지금도 내게는 모든 것이 너무 시끄러워. 고요함에 대한 그리움이 날이 갈수록 점점 커져. 내 마음은 거의 보이지 않을 정도로 아주 얇아졌어. 스스로 가장 섬세한 것들까지 받아들이고 있어. 이 모든 것이 곧바로 들어와서 내 심장은 초과 근무를 하고 있어. 난 멍청해졌어."

"그거 알아요……." 나는 다시 한번 이야기를 꺼낸다. "엄마 머릿속에는 생각을 유지하는 것을 허락하지 않는 병이 있어요. 이 질환은 엄마가 벌거벗은 사과가 되도록 강요하고 있어요. 모든 생각이 뇌에서 끌려 나오는데 엄마는 모든 것을 유지하려고 애쓰고 있어요. 하지만 엄마가 아주 아름다운 것들을 이렇게 훌륭하게 느낄 수 있다는 건, 우리가 정확히 이런 순간을 찾아야 한다는 뜻이기도 해요. 그렇다면 우린 엄청난 재앙으로부터 최고의 것을 만드는 거예요. 부피 큰 폐기물에서 스노 에인절*을 만드는 거라고요. 친구가 될 알로이스에게 가는 길 어딘가에는 이 존재가 있을 거예요. 그렇다면 어쩌면 우린 세 명이겠죠? 엄마, 알츠하이머 그리고 나?"

엄마는 나를 바라보며 웃었다.

"아, 사라져!"

---

* 서양에서 흔히 볼 수 있는 겨울철 놀이의 일종. 눈밭에 누워 양 팔다리를 위아래로 휘저으면 움직임에 따라 눈에 자국이 남는데, 이 자국이 천사의 모습과 비슷하다고 하여 스노 에인절(snow angel)이라고 부른다.—옮긴이

12. 이해할 수 없는 하늘의 설계도

엄마는 인생 전반부 동안 엄격한 침례교 교회의 일원이었다. 외할아버지는 공동체 지도자였고, 엄마가 아는 모든 것과 모든 사람 역시 종교와 관련되어 있었다. 교회에 대한 깊은 헌신을 의심하는 것은 불가능했다.

엄마는 주일마다 엄마가 태어나기 전부터 오랫동안 죄를 지어왔다는 말씀을 들었다. 모든 의심은 지옥에 떨어질 합당한 이유였으며, 지옥은 당연히 엄마가 가고 싶은 곳이 아니었다. 우주는 샘이 많고 복수심에 불타며 잔인한 신에 의해 창조되었고, 신은 엄마를 위한 계획도 물론 가지고 있었다. 그래서 엄마는 신의 자비를 위해 무릎을 꿇고 신약 성경을 외웠다. 기도와 성경 공부 시간마다 신의 응답을 약속받았다. 하지만 응답의 약속은 지켜지지 않았고, 엄마의 믿음은 외가 식구들의 믿음처럼 늘 무겁고 견고하지만은 않았다. 엄마에게 당연했던 명료한 사고도 믿음에 도움이 되지는 않았다. 말할 수 없었던 것을 언젠가 말하게 되리라는 것은 엄마의 성격상 예상되는 일이었다. 영원할 것이라고 여겨지는 것조차 때로는 언젠가 지나간다는 것을 스스로 증명할 것이다. 엄마는 규칙에 기반을 둔 믿음과 충동적인 현실 간의 모순을 너무 일찍 마주했다.

엄마가 열 살쯤 되었을 때였다. 한번은 교회 친구들과 숨바꼭질을 하고 있었다. 당시에도 엄마는 야심 찬 소녀였고, 이기기 위해 게임을 했다. '2등은 첫 번째 실패자'라는 것이 이 작은 소녀의 모토였고, 소녀는 절대 들키지 않으리라 결심했다. 빨간 머리의 이웃 소년 헬마는 눈을 감고 숫자를 예순까지 크게 세었다. 친구들은 모두 도망쳤다. 뚱뚱한 프리드리히는 자기 몸을 반밖에 숨길 수 없는 나무 뒤에 숨었다.

'멍청이 녀석'이라고 생각하며 엄마는 외할아버지의 사무실로 뛰어 들어갔다. 예상대로 사무실에는 아무도 없었다. 정오가 조금 지난 시간이었고, 보통 이 시간에는 사장을 포함한 모든 직원이 공장 구내식당에서 점심을 먹는다. 엄마는 잠시 둘러보고는 책상 쪽으로 뛰어간 후 아래로 기어 들어갔다. 헬마는 아빠의 사무실에 들어올 용기가 절대 없을 '겁쟁이'라고 생각하며, 엄마는 어떻게든 몸을 더 작게 만들려고 노력했다. 엄마가 아주 조용히 그곳에서 10분가량 앉아 있었을 때, 갑자기 문이 확 열렸다. 엄마는 순간

적으로 외할아버지의 무거운 걸음걸이를 알아차렸다. 작은 심장이 쿵쿵거리더니 곧이어 크게 뛰기 시작했다. 외할아버지에게 발각된다면, 추측건대 심하게 맞을 것이다. 하지만 외할아버지는 혼자가 아니었다. 외할아버지는 앞선 채 벨트 컨베이어에서 일하는 로어단스 부인을 사무실 안으로 잡아끌었고, 그 순간 부인은 낄낄거렸다. 부인은 체리 때문에 피처럼 붉어진 앞치마를 입고 있었다. 엄마는 맥박과 머리로 몰리는 피 외에는 아무것도 느낄 수 없었다. 엄마는 외할아버지가 자기 심장 박동 소리를 들을까 두려워 숨을 참았다.

외할아버지가 힘을 주어 부인을 앞으로 밀었고, 부인은 쿵 하는 큰 소리와 함께 책상 위로 배를 깔고 쓰러졌다. 부인의 갈색 머리가 책상 반대편 아래로 늘어졌고 빨간 앞치마는 엄마 얼굴 너무 가까이에 와 있어 새콤달콤한 체리 향을 맡을 수 있었다.

"하늘에 계신 우리 아버지여……." 엄마는 조용히 속삭였다.

외할아버지가 아주머니의 베이지색 원피스를 넓은 엉덩이 위로 밀자, 마치 커튼이 열리는 것처럼 원피스가 엄마 얼굴을 스쳐 지나갔다. 할아버지는 온몸의 무게를 실어 아주머니 등을 손바닥으로 눌렀고 그 순간 책상은 천둥 번개가 치듯 크게 삐걱거리는 소리를 냈다.

"이름이 거룩히 여김을 받으시오며……."

부인이 즐거워하며 낄낄거리자, 외할아버지는 한마디 말도 없이 허리띠를 풀어 헤쳤다. 바지가 자유 낙하하듯 바닥으로 떨어졌다.

"나라가 임하시오며, 뜻이……."

부인이 짧게 덜커덩거리는 소리, 침을 뱉는 소리, 몇 초간의 침묵 그리고 숨을 깊게 들이쉬는 소리가 들렸다.

"하늘에서 이루어진 것같이 땅에서도 이루어지이다……."

외할아버지의 사타구니가 부딪히며 내는 찰싹거리는 소리가 사무실에 울려 퍼졌다.

"오늘 우리에게 일용할 양식을 주시옵고……."

부인의 신음 소리가 잠시 커지나 싶더니, 외할아버지가 나무라듯 부인의 등을 세게 때리자 다시 조용해졌다.

"우리가 우리에게 죄 지은 자를 사하여 준 것같이 우리 죄를 사하여 주시옵고……."

부인은 마치 곧 날아갈 것처럼 발가락 끝으로 발을 세웠다.

"우리를 시험에 들게 하지 마시옵고……."

부인의 다리 근육이 떨리더니 경련을 일으키다 피부 아래가 뒤틀린 모양으로 경직되었고 외할아버지가 힘껏 밀칠 때마다 더 딱딱하게 굳었다.

"다만 악에서 구하시옵소서……."

부인의 큰 숨소리는 이제 기쁨보다 고통에 더 가까워졌다. 부인이 손을 뒤로 뻗어 외할아버지의 힘을 누그러뜨리려 했지만 소용없었다.

"나라와……."

부인의 벌거벗은 허벅지 위로 땀이 가늘게 흘러내렸다.

"권세와……."

외할아버지는 더 빨라졌다. 부딪힐 때마다 마치 군인들이 행진하는 것처럼 책상 아래로 소리가 메아리쳤다.

"영광이 아버지께……."

부인의 신음 소리가 가빠졌다. 엄마는 눈꺼풀을 최대한 꼭 누르고 얼굴을 바닥 가까이 갖다 대었다.

"영원히 있사옵나이다……."

외할아버지는 오르가슴을 느끼며 처음으로 숨소리를 냈다. 엄마에게 너무 익숙한 깊고 둔탁한 거친 소리. 외할아버지는 떨었고 책상 전체가 그와 함께 떨렸다.

둘은 사무실에 들어왔을 때처럼, 다시 사무실 밖으로 빨리 사라졌다. 외할아버지는 방에 들어선 순간부터 떠날 때까지 단 한마디도 하지 않았다.

"아멘……."

엄마는 외할아버지의 걸음 소리가 복도에서 사라지고도 한참이 지난 뒤에야 처음으로 눈을 떴다.

지금까지도 엄마는 그때 책상 아래에 있는 것을 들켰다면, 외할아버지가 어떻게 했을지 상상조차 하고 싶어 하지 않는다. 엄마는 아직도 가끔 그때의 꿈을 꾸고, 할아버지가 온 힘을 다해 엄마 머리를 서랍장 모서리로 밀어 부딪는 장면에서 잠을 깬다. 엄마는 그날 죽었을 수도 있다는 것을 알고 있다.

그리고 엄마를 수십 년간 괴롭힌 것이 바로, 이 모순이었다.

공동체 지도자였던 외할아버지는 앞에서는 독실한 기독교인이었으나, 뒤에서는 강간범이자 사기꾼이었다.

몇 년 후, 엄마는 열아홉의 나이로 첫 번째 남편과 결혼했다. 두 사람이 알게 되었을 때 엄마는 그를 교회 공동체로 인도했고 그렇게 그는 몇십 년간 교회의 착실한 신도가 되었다. 공동체 내에서는 이렇게 일찍 결혼하는 것이 일반적이었다. 만약 그가 교회의 일원이 되기로 결정하지 않았다면 두 사람의 관계는 결코 잘 풀리지 않았을 것이다.

그는 해군으로 군에 12년 임기로 채용되었다. 사실 그의 꿈은 의사가 되는 것이었고, 그는 곧 해군에 단단히 붙들린 것을 후회했다. 그는 군인에 관해 제대로 고민도 하지 않고 서류에 사인했다고 당시 설명했다. 하지만 더 이상 할 수 있는 것은 없었고 그렇게 자신의 운명에 순응했다. 엄마는 그 당시에도 불가능해 보이는 것을 억누르고 자신만의 방식으로 문제를 해결하는 능력을 갖추고 있었다.

어느 날, 둘은 독일 연방군의 공식 축하 모임에 초대되었다. 해군의 모든 고위 장교가 그곳에 있었고, 엄마는 모임에서 최고위급 장교들과 합류했다. 항상 그랬듯 엄마는 매력이 넘쳤고 남자들을 흥미로운 대화로 유혹했다. 엄마가 하는 말의 내용이 점점 문제가 되는 사이, 장교들은 이미 엄마의 입술에 매달리고 있었다. 마침내 엄마는 장교들 앞에서 극좌파 구호를 외치며 주먹을 위로 치켜들고 인터내셔널*을 부르짖었다. 엄마가 점점 더 격렬하게 이야기하고 노래할수록 장교들은 눈이 더 커졌고 서로 언짢은 시선을 주고받았다. 심지어 한 참모 장교는 곧바로 작별 인사를 고했다. 결국 엄마의 첫 번째 남편은 한 달도 채 되지 않아 매우 친절하지만 단호하게 직무에서 해제되었다. 미션 완료.

둘은 결혼한 지 5년이 다 되었고, 교회 공동체에서 매우 활발히 활동했다. 둘 다 교회의 한 여성과 친한 친구 사이였는데, 엄마는 늘 이 친구와 남편이 서로에게 끌리는 것 같다는, 단순한 친구 사이보다 조금 더 가깝다는 느낌을 남몰래 받았다. 친구가 농담할 때 웃는 남편의 모습에서, 작별 인사를 할 때 남편의 어깨를 잡는 친구의 손길에서 그걸 느낄 수 있었다. 하지만 공동체의 모든 사람은 너무나 독실했고 서로 신뢰했기에 엄마는 차마 남편에게 물어볼 수 없었다. 하나님의 자녀들에게 불신은 설 자리가 없었다.

어느 날 저녁, 세 사람은 늘 그랬던 것처럼 함께 앉아 와인을 마시며 웃고 떠들었다. 엄마는 속이 좋지 않아 두 사람보다 일찍 잠자리에 들었는데 이건 드문 일은 아니었다. 몇 시간 후 엄마는 화장실에 가려고 잠시 일어났다. 화장실로 가는 길에 문틈으로 거실을 엿보았고 두 사람이 손을 잡고 있는 것을 목격했다. 그것으

---

* 노동자 계급 최초의 국제 조직인 '국제 노동자 협회(International Workingmen's Association, IWA)'를 가리킨다. 이 협회의 첫 단어만 떼어 '인터내셔널'이라고 부르기도 한다.-옮긴이

로 충분했다. 천국을 파괴하는 데 더는 필요하지 않았다.

그날 저녁으로부터 약 30년 후 우리는 아이투타키에 온 지 일주일 반이 되었고 섬의 구석구석을 보았다. 모든 만과 해변을 방문했고 야자나무의 이름을 알게 되었으며 섬의 튀김기 중 반은 냄새로 구별할 수 있게 되었다. 맛은 다 없었다. 하지만 우리 중 그 누구도 낙원에서 최고급 수준의 식사를 기대하지 않았기에 괜찮았다. 그 대신 오늘도 하루 종일 햇빛이 눈부시고, 하늘에는 구름이 거의 없다. 나는 일어나자마자 활주로를 따라 조깅했다. 우리는 지금 다시 오두막 앞 베란다에 앉아 있다. 새끼 돼지가 앞에 있는 풀밭을 오르내리며 뛰어다니고 있고 우리는 그간 인터넷에서 찾은 보라인 매듭으로 야자나무에 꼭 묶인 엄마 돼지가 코코넛을 먹는 모습을 관찰한다.

"그 사람 곁에 1초만 더 있으면 죽을 것 같았어." 엄마가 헛기침을 한 뒤 나를 바라보며 말했다.

나는 눈썹을 치켜올리고는 지역 신문의 낱말 퍼즐을 옆에 내려놓았다. 며칠 전 과묵한 밀라의 아버지는 내가 신문을 보며 골똘히 생각에 잠긴 것을 보고는, 그날 이후로 매일 아침 내 문 앞에 신문을 가져다 놓는다. 소통하는 데 많은 말이 필요하지 않은 사람들도 있다.

엄마가 읽으려던 책은 이제 엄마의 커피잔과 담배 받침대로 쓰이고 있다. 나는 때때로 엄마 안에 단어들이 어떻게 겹겹이 쌓여

압력이 형성되고 결국 언어 폭발로 확장되는지 느껴진다. 언어가 폭발하면 무에 있던 엄마가 갑자기 이야기 한가운데에서 시작한다. 하지만 이제 엄마가 말하는 내용을 금방 알아차릴 수 있을 만큼 이야기 대부분이 아주 친숙하다. 이번 역시 마찬가지다.

"나는 항상 이 두 사람이 서로 좋아한다는 느낌이 좀 있었어." 엄마가 말한다. 우리가 시기상 엄마의 첫 번째 결혼 생활의 끝자락에 와 있음을 짐작한다. "하지만 나 자신을 옹호하면서 그냥 물어볼 용기를 내지 못했어. 하물며 난리를 치거나 투덜대지도 않았어. 나는 너무 많이 침묵했는데 왜 그랬는지는 잘 모르겠어. 그건 큰 실수였어. 당시 우리의 생각은 끊임없이 예수님과, 불필요한 것들 중심으로만 돌아가고 있었어. 여기가 바로 내가 온 곳이라고, 나는 수년간 그렇게 믿고 살아왔어. 아주 명확히 정의된, 우리가 아주 정확하게 알고 있던 우리의 정체성이었지. 나는 당시 '우리는 하늘의 설계도를 알고 있다'라고 말했었어. 내가 누구의 보호 안에 있는지 알고 있었고, 우리가 지난 10만 년 동안 모든 인간이 찾고 있던 영적 금광에 도달했다고 확신했거든."

엄마는 말을 잠시 멈추더니 무엇인가를 찾는 것처럼 양손을 바지 주머니에 넣었지만 찾지 못했다. 내가 본 몇 안 되는, 엄마가 담배를 피우지 않는 순간 중 하나였다. '엄마 옆에 놓인 담배를 찾고 있나 보다.'라고 생각했다.

"가끔 나는 잘못된 느낌을 계속해서 좇았던 것 같아. 처음에는 종교, 이후에는 사랑, 그리고 나서는 일이었고 그다음은 남자들이 되풀이되었어. 모두 같은 문제를 풀기 위한 다른 방법이었어. 모든 것이 결국 평화를 찾기 위한 것일 뿐이었어. 당시처럼 확실하게 느낌을 아는 게 지금은 불가능해." 엄마가 이마를 찌푸린다. "가능하다 하더라도 나는 어차피 그걸 기억할 수 없을 거야."

나는 잠시 아무 말도 하지 않았고 엄마 옆 테이블에 놓인 담뱃갑에 손을 뻗었다. 엄마는 크게 웃었다. 나는 엄마에게 담배 한 개비를 건넨 후, 이번 여행에서의 두 번째 담배에 불을 붙인다. 이번에도 담배 때문에 금세 속이 나빠진다. 나는 이 맛을 정말 싫어하지만, 엄마와 함께 담배를 피우며 모든 것의 덧없음에 관해 이야기 나누는 것에는 뭔가 특별한 것이 있다.

"상상하는 것만큼 완벽한 것은 없어요. 그리고 반대로 상상하는 것만큼 모든 것이 그렇게 나쁘지는 않아요." 내 말에 엄마는 조금도 동하지 않았다. "그러면 어떻게 해야 했나요?" 내가 물었다.

"물어보지도 않고 그냥 떠난 것이 후회돼. 몇십 년이 지난 후에도 나는 그냥 거실에 들이닥쳐 그 행동이 무슨 의미인지 물어봤어야 했다는 생각이 여전히 들어. 왜 나는 나 자신을 옹호하지 못했을까? 어쩌면 그리 심각한 게 아니었을지도 몰라. 합리적인 설명을 듣자면 나는 솔직했어야 했어. 하지만 그 순간 나조차도 나를 진지하게 받아들이지 않는데, 누가 진지하게 받아들였겠어? 내 말 한마디면 충분했을 거야. 하지만 그런 일은 절대 일어나지 않았어. 거기서뿐만 아니라 전반적으로 그랬어. 나는 지금 아프고 사람은 아프면 점점 더 생각을 많이 하게 돼. 뭐가 부족했던 걸까? 내가 모든 걸 다 한 것일까? 나는 기본적으로 '했어!'라고 말할 거야. 나는 너희 둘을 낳았고 너희는 나의 자부심이야. 내 인생에 가장 큰 영향을 미쳤어. 하지만 만약 내가 새 삶을 얻는다면, 나는 지금 이야기하는 이 연습을 어떻게든 해내길 바랄 거야. 난 아주 정확하게 볼 거야. 나는 누구인가? 타인에게 나는 누구인가? 나는 언제 나눌 수 있는가? 나는 언제 놓아야만 하는가? 나는 항상 모두를 만족시켜야 한다고 생각했어. 나 자신을 너무 적게 생각했고 끔찍하게도 다른 사람과 조화롭게 화합되어야 한다는 생각에 몹시 사로잡혀 있었어. 절대 그 누구도 나에게 화가 나서는 안 되었고 그렇게 나는 항상 타인과 함께 움직였어. 지금은 인생이 얼마나 짧은지 알게 되었고, 내가 얼마나 순진하고 바보같이 행동했는지를 머릿속에 자주 떠올려."

엄마는 담배를 손에 들고 거꾸로 입에 넣는다. 나는 담배에 불을 붙이려다 엄마 입으로 손을 뻗어 담배를 방향이 맞게 돌린 후 다시 엄마의 입술 사이에 넣었다. 엄마는 이제 라이터를 담배 끝에 조준하는 것이 힘들어졌다. 엄마는 담배 한가운데에 불을 붙이고 그러면 담배는 양방향으로 타들어 간다.

"내가 너에게 줄 수 있는 한 가지가 있다면 그건……"이라고 말하며 엄마는 담배를 깊게 빨아들였다. "너 자신을 옹호해. 원하든 원하지 않든 사람은 항상 혼자서 해내야 해. 네가 누구인지 찾고 네가 신뢰하는 사람들을 찾아. 너를 사랑하고 네가 사랑하는 사람들. 그리고 네가 어떤 것을 좋아하지 않는다면 그건 그냥 그런 거야. 인정해. 누구나 자신만의 생각과 감정에 책임이 있어. 때로는 네 목소리를 내는 것을 허락해 줘. 말해야 하는 것은 말해. 이건 항상 쉽지만은 않아. 사실 절대 쉽지 않아. 나도 그렇게 확실히 하지 못했지만 그렇게 하고 싶어. 당시에 나 자신을 옹호할 만큼 충분히 느끼지 못한 것이 계속 아쉬워. 첫 남편과의 관계는 그것으로 끝났어. 적어도 나에게 있어서는. 내가 그냥 대화를 시도했다면 도움이 되었을 텐데. 어쩌면 수면 아래에 뭔가가 숨겨져 있었을지도 몰라. 우리는 다들 숨겨진 욕망을 가지고 있으니까. 어쩌면 정말 손만 잡은 것뿐일지도 몰라. 어쩌면 호기심이었을지도 모르고. 하지만 내 마음에는 너무나 큰 배신이었어. 그리고 나는 그 누구에게도 이것에 관해 솔직하게 이야기할 기회를 주지 않았어. 나는 평생 이 실수를 계속 반복해 왔어. 정말이야."

엄마는 잠시 멈추고 심호흡했다. 후회는 나이가 들면 쉽게 찾아오는 것 같다. 질환에 따른 증상이나 부수 현상일지 자문해 보지만 답을 찾기는 어렵다. 나는 쉰이 넘은 사람 중 어떠한 형태로든 후회하는 것에 관해 말하지 않는 사람을 거의 알지 못한다. 나이 든 사람들이 좋아하는 주제처럼 후회는 항상 식탁 위에 다시 오른다. 나는 향수나 후회가 많이 없지만, 나는 꽤 젊으니까 어쩌면 나중에 그걸 겪을지 모른다. 엄마는 자기 삶에서 아름다웠던 일은 너무 많이 잊어버렸는데, 반대로 모든 나빴던 일은 지치지 않고 계속해서 엄마의 정신적 기반이 균열된 곳에 손가락 끝을 밀어 넣는다.

"너의 일부가 이미 천국에 살고 있다고 네가 정말 믿는다면, 너는 마지막 숨을 쉬는 순간까지 너의 남은 부분도 어느 날 천국으로 가게 될 것이라고 확신할 수 있어. 내가 그랬던 것처럼 믿음이 깊은 사람은 죽는 일에 생각을 낭비하는 것을 절대 허락하지 않아. 지구에서의 시간이 너에게 얼마 남지 않았더라도, 네 앞에 여전히 영원이 있다는 걸 알고 있으면 믿을 수 없을 만큼 위로가 돼. 하지만 나는 두 세계를 모두 알고 있어. 나는 다른 면을 알게 되었지만, 그때도 내 죽음을 생각했어. 이번에는 완전히 달라. 믿음 없이 죽음을 생각하면 정말이지 느낌이 너무 별로야. 물론 죽은 후에는 아무것도 오지 않아. 하지만 지금의 나는 내가 삶에서 무엇을 가졌는지를 알고 있으니까. 난 내가 뭘 그리워할지 알아. 그리고 이 생각이 매일 나를 둘러싸고 있다는 걸 깨달으면 죽음에 대한 걱정이 의미가 있고 없고는 중요하지 않아. 매일 이 아름다운 곳에서조차 나는 나 자신에게 계속 묻고 있어. 왜? 왜 나는 지구상에 수십 년간 살면서 싸우고, 사랑하고, 울었던가? 그리고 지금 나는 갑자기 왜 멍청해지고, 점점 나 자신을 잃어 가고, 영원히 무로 사라지는 걸까? 내가 무엇인가를 놓치지는 않았을까? 어떤 것이든 큰 의미가 있어야만 해. 이럴 수는 없어! 무엇을 위해서? 이 모든 것은 다 무엇 때문에?" 엄마는 허공을 응시했다. "내가 알면 좋으련만. 이게 다야. 하지만 내가 알게 되어도 다시 잊어버린다면 너무나 치욕적일 거야……." 엄마는 속삭이며 실망한 듯 머리를 가로저었다.

매일 똑같은 엄마의 후회를 들으며, 나는 결국 마지막에는 모든 것을 후회할 것을 도대체 왜 이렇게 노력하며 살아야 하는지 때때로 자문한다. 엄마의 이야기는 쇠렌 키에르케고르의 유명한 말을 생각나게 한다. 그는 이렇게 말했다. "결혼해 보아라. 그대는 후회할 것이다. 결혼하지 말아 보아라. 역시 그대는 후회할 것이다. 결혼을 하든 않든 간에 그대는 후회할 것이다. 그대는 결혼을 하거나 아니할 것이지만, 어느 쪽을 택하든 그대는 후회할 것이다. 그대 자신의 목을 매달라, 그대는 후회할 것이다. 그대 자신의 목을 매달지 말라, 역시 그대는 후회할 것이다." 나 역시 옳은 선택을 하지 못할 것이다. 아무도 성공하지 못했다. 나의 실수는 대부분 아직 일어나지 않았기를 바란다.

첫 번째 남편과의 사건 이후 얼마되지 않아 엄마는 교회와 종교를 떠나기로 했다. 이 사건뿐 아니라 오랜 시간에 걸쳐 쌓인 교회에 대한 불만족 때문이었다. 믿음에 대한 의심은 점점 커졌다. 엄마는 너무 많이 알고 있었다. 이미 엄마의 삶 속에는 현실의 다른 측면을 보여 준 몇몇 사람이 있었다. 세상은 단순화하기에는 너무 혼란스럽고 복잡하다는 인상은 많은 대화와 새로운 우정을 통해 굳어졌다. 근본적으로 복음 중심주의인 공동체는 너무 지루하고 진부하며 율법주의적이 된다. 모든 것에 관한 설명은 간단했다. 그리고 정확히 이것이 종교가 아주 잘하는 부분이다. 점쟁이, 점성술사, 형편없는 인생 코치도 사용하는 같은 능력이다. 깊이를 잴 수 없는 세상은 쉽게 이해할 수 있는 절반의 진실에 던져지면 깊이를 잴 수 있는 것처럼 보인다.

교회 탈퇴란 곧 엄마에게 남편을 영원히 잃게 된다는 뜻과 같았다. 교회를 떠나서도 둘이 함께할 수 있는 방법은 없었다. 그래서 완벽한 파괴만이 유일한 방법이었다. 달리 다른 방법은 없었다.

엄마가 헤어지고 싶다고 고백한 날 저녁, 두 사람은 무너졌다. 그는 엄마가 예상했던 것보다 훨씬 더 감정적으로 반응했다. 둘은 몇 시간 동안이나 하염없이 눈물을 흘렸다. 마침내 엄마가 더 이상 두 사람의 보금자리가 아닌 집을 나와 자동차에 탔을 때, 엄마는 두들겨 맞은 북처럼 떨었다. 떨면서도 의식은 또렷하게 앉아서 용기를 내어 봤지만 어디로 가야 할지 무엇을 해야 할지 알 수가 없었다. 폐에서 공기가 빠져나간 것 같은 느낌이었다. 이 결정으로 엄마는 엄마가 알고 있던 모든 것을 떠났다. 공동체에 속했던 모든 이에게 엄마는 곧바로 완전히 잊혔다. 엄마가 평생 동행했던 모든 친구와 지인은 바로 연락을 끊어 버렸다. 이후 여러 해 동안 이모들은 엄마를 보자마자 눈물을 쏟았다. 엄마가 실제로 이모들 앞에 서 있음에도, 이모들은 엄마가 오랫동안 지옥에서 불타고 있다고 생각하며 엄마를 위해 공중에 대고 기도하며 애도했다.

수많은 해가 지난 후, 엄마는 이 중 몇몇 사람과 다시 연락했다. 하지만 엄마의 첫 남편은 다시는 엄마와 이야기를 나누지 않았다.

엄마는 미소를 지으며 내 손을 꼭 잡았다.

"지금 나에게 다시 한번 삶이 주어진다면 나는 내 성격을 조금 누그러뜨릴 거야. 너무 그렇게 나 자신을 항상 엄격하게 정의 내리지 않을 거야. 말하자면 나는 이런저런 걸 하는 부류의 인간이 아니다, 이건 항상 막다른 골목과 같아. 스스로를 엄격하게 정의해서 너무나 중요한 것들을 절대 하지 않게 막아 버리지. 절대 춤을 추지 않는 많은 남자들, 절대 연애하지 않는 신부들, 결코 아이투타키의 시장이 되지 못한 여성들. 단순히 자신을 근시안적으로 표현했기 때문이야." 나는 동의하며 고개를 끄덕였다. 엄마 말이 맞는다. "너를 구할 수 있는 건 항상 너 자신뿐이야. 정말 제대로 대비할 수는 없어. 더구나 어려운 것들은, 우리 삶에 찾아오는 모든 놀라운 것들은 우리가 대비할 수 없기 때문에 놀라운 거야. 그렇다면 오히려 걱정하지 말고 부딪혀 봐."

이런 순간 엄마의 눈은 뭔가 공허하다. 여행하는 동안 엄마가 나에게 이야기하는 걱정거리는 종종 내 걱정거리이기도 하다. 유일한 차이점은 내 앞에는 아직 살아가야 할 인생이 온전히 펼쳐져 있다는 것이다. 처음에는 엄마가 걱정거리를 이야기할 때 나는 그냥 조용히 있어야 한다고 생각했다. 나는 점점 조심스러워졌고 무엇을 말하면 될지 불확실해졌다.

하지만 이날만큼은 이렇게 물어보았다. "그렇다면 좋은 인생을 만드는 것은 뭘까요? 엄마는 그동안 경험하고 글로 썼던 모든 아름다운 것을 제게 들려주었어요. 답하기 어렵다는 걸 알지만, 그럼에도 뭐가 가장 중요할까요? 이기적인 질문이지만, 제가 나중에 아무것도 후회하지 않기 위해 뭘 해야 한다고 생각해요?"

엄마는 웃으며 나를 바라보았다. '얘야, 난 정말 멋진 인생을 살았어. 물론 지금은 후회하는 것들이 있어. 하지만 난 자유로워지기 위해 열심히 일했어. 난 너무나 좁은 관계 속에서 왔고 그곳에서 밖으로 빠져나오기 위해 끊임없이 몸부림쳤어. 내가 자랑스럽게 여기는 부분이야. 정말 자랑스러워! 난 자유가 뭘 의미하는지 알아. 자유는 가장 중요한 거야. 자유보다 더 중요한 건 없어. 다른 모든 것은 잊어! 자유로워지는 건 그럴 만한 가치가 있는 일이었어." 엄마는 잠시 멈추더니 반복해서 속삭였다. "그럴 만한 가치가 있는 일이었어."

아직 이른 시간이지만 초는 매달린 채 떨어지기 직전의 끈적한 물방울처럼 이미 떨리고 있었다. 엄마는 손을 높이 들고, 모랫바닥에 드리워진 자신의 그림자에 즐거워한다. 그러고는 누설해서는 안 되는 기밀인 양 아주 조심스럽게 이야기했다. "너는 자유로워지기 위해서 모든 것을 해야만 해. 유리가 깨지는 소리를 듣기 전에는 절대 브레이크를 밟지 마."

13. 살아 있다는 느낌

아이투타키에서의 시간은 이제 나흘밖에 남지 않았다. 평소 취침 시간은 한참 전에 지나가 버렸고, 지금은 칠흑처럼 어둡다. 오늘 밤은 달도 구름도 없고 저 멀리 수평선 뒤에서 시작되는 빛 공해 에도 방해받지 않는다. 별의 부드러운 노란빛만이 어두운 태평양 을 밝힌다. 이곳에서 우리는 완전히 혼자이고, 지금껏 보지 못한 선명한 별들만이 오늘 밤 우리를 내려다본다. 엄마와 나는 볼품없 는 진부한 정원용 흰색 플라스틱 의자 두 개를 베란다 앞 잔디 한 가운데에 놓았다. 엄마는 내 옆에 있는 의자에 몸을 깊숙이 넣고 거의 누워 있다. 등에는 무리가 되겠지만 별을 관찰하기에는 안성 맞춤이다. 그러고는 내가 이미 수없이 들은 이야기를 다시 들려준 다. 별 구경은 항상 엄마가 처음으로 자신도 언젠가는 죽는다는 것을 깨달았던 몇십 년 전 그날의 기억을 불러온다.

겨우 다섯 살쯤 되었을 때였다고 엄마는 말했다. 12월의 어느 아름다운 날, 엄마가 살았던 고향 마을에는 많은 눈이 새로 내렸다. 엄마는 언니, 오빠와 썰매를 타러 길을 나섰다. 눈이 너무 많이 내려 엄마의 허리까지 차올랐고, 혼자서 눈을 뚫고 앞으로 나아가는 것은 불가능했다. 이모와 외삼촌은 어린 동생을 조금 설득해서, 동생을 썰매에 태워 흔들거나 밀며 썰매 타기가 가능한 최소한의 경사가 있는 작은 언덕까지 끌었다. 몇 시간 동안 계속 언덕 아래로 썰매를 탔고, 날이 천천히 어두워지기 시작하자 이모와 외삼촌은 집으로 돌아가기로 결정했다. 엄마는 작게 반항하며 계속해서 마지막으로 썰매를 타려고 했다. 이모와 외삼촌의 인내심은 조금씩 시험에 들었고, 결국 그들은 엄마를 그냥 그곳에 혼자 남겨 두었다. 이모와 외삼촌은 "너 혼자 끌어!" 하고 소리치고는 떠나 버렸다. 그들의 목소리는 점점 작아지더니 마침내 완전히 들리지 않았다.

약 30분 동안 엄마는 이제 자기도 데려가 달라고 부르짖었지만, 아무런 성과도 없었다. 이후 엄마는 재빠르게 일어서서 혼자서 눈 속에서 길을 내어 가려고 했으나 불가능했다. 허리까지 찬 눈에 걸음은 계속해서 멈추었고 힘에 부쳤다. 엄마는 너무나 작고 연약했고 결국 지칠 대로 지쳐 눈 위로 뒤로 쓰러졌다. 1미터도 움직일 수가 없었다. 엄마는 완전히 홀로 하얀 덩어리에 둘러싸여 누운 채로 힘껏 울었다. 하지만 울음소리는 누구에게도 닿지 못했고, 깊은 흐느낌은 스스로 잦아들었다. 찬 공기가 점점 더 폐 속의 온기를 빼앗아 갔고 날은 어두워졌으며 엄마 곁에는 아무도 없었다. 엄마는 자신을 구하러 온 사람이 있나 찾아보려고 눈 속에서 머리를 살짝 들어 올렸다. 하지만 아무도 없었다. 실망감으로 머리가 50킬로그램은 더 무거워진 듯, 얼음 베개 위로 쿵 하고 떨어졌다. 몇 분 전에는 추위로 온몸이 떨렸는데, 갑자기 내부 장기에 온기가 점점 더 강하게 퍼져 나갔다. 엄마는 더 이상 얼지 않았고, 떠는 것도 멈추었다.

그 순간 고작 다섯 살이었던 엄마는 이 모든 고통을 죽음으로 끝내는 것이 쉬운 편이지 않을까 생각했다. 따뜻했고, 지금 그냥 눈을 감으면 오래 걸리지 않을 것 같았다.

하지만 이후에 일어난 일을, 오늘 엄마는 설명되지 않는 끌어당김으로 묘사한다. 마치 무엇인가가 요청하듯 엄마에게 바로 일어나라고 명령했다. 엄마의 기분에 따라 그날에 관한 이야기는 달라진다. 어떤 때는 엄마 머릿속의 목소리, 엄마를 일으킨 손이었고, 또 다른 때에는 엄마 자신의 의지였다. 엄마는 분노로 욕을 하며 재빠르게 일어났고 깊은 눈을 100미터가량 뚫고 갔다. 그리고 마침내 엄마는 해냈다.

"우리 그냥 여기에 영원히 머물 수도 있어." 엄마가 밤하늘을 응시하며 말한다. "어느 누가 우리를 여기서 데려갈 수 있겠어? 우리를 찾지 못할 거야!"라고 엄마는 덧붙인다.

"만약 데려간다면요?"

"그렇다면 그럴 만한 가치가 있겠지." 엄마는 무미건조하게 답한다.

나는 자주 엄마가 알츠하이머병을 진단받기 전 나의 지난 삶이 그립다. 누구도 돌보지 않아도 된다는 것이 얼마나 대단한 것인지 내가 당시에도 알았더라면. 하지만 이건 가볍게 표현한 것이고, 이와 달리 엄마가 지금 느껴야만 하는 훨씬 더 무거운 부자유가 있다.

고인이 된 철학자 로널드 드워킨(Ronald Dworkin)은 한 에세이에서 엄마가 그토록 그리워하는 자율성의 가치를 이렇게 설명한다. 드워킨에 따르면 자율성은 우리 각자가 스스로 자신의 확신과 관심에 따라 삶을 형성하고 그에 책임을 지는 것이다. 자율성이 있으면 우리는 삶에 이끌려 가는 대신 삶을 이끌어 갈 수 있다. 스스로 삶을 만들어 낼 수 있다. 엄마는 평생 자신만의 이야기를 쓰는 작가였지만, 알츠하이머병은 갑자기 엄마에게 다시는 그렇게 될 수 없는 존재를 강요한다. 망각, 몸과 정신의 점진적인 소멸은 너무나 고통스럽다.

별을 올려다보며 나는 이 모습을 내게 익숙한 밤하늘에 비유해 본다. 나에게는 익숙한, 하늘의 밝은 점들 사이의 많은 검은색 공백이 새로운 빛으로 채워진다. 내가 지금껏 볼 수 없었고, 존재한다는 것조차 알지 못했던 많은 아름다움이다. 아이투타키의 여름밤은 거의 완전히 조용하다. 그릴도, 거리도, 바도, 해변의 파도도 없다. 오직 탁 트인 태평양의 깊은 울림과, 잠자는 새끼 돼지가 꿈결에 내는, 입맛 다시는 소리뿐이다.

엄마가 말한다. "나는 평생 내 현실과는 전혀 상관없는 목표와 걱정거리만 가지고 있었어. 나는 가장 위대한 미래를 열망했고 항상 확실하게 미래를 예측했어. 죽음을 보긴 했지만, 한 번도 내가 죽음을 실제로 마주하게 되리라는 것을 예측하지 못했어. 믿기지 않을 정도로 순진했다는 생각이 오늘 들어." 그리고 엄마는 나를 바라본다. "루카스, 너의 존재가 얼마나 절대적으로 위대한지 깨달아야 해. 나는 지금에서야, 이제는 그게 사치가 되고 난 후에야 깨달았어. 내 평생에 걸쳐 달성한 자유는 작은 환상이었어. 나는 나 자신이 될 자유가 있었지만, 누구도 그런 자유를 계속 누리진 못해. 죽음은 확실해졌고 오직 나만 기다리고 있어. 죽음 뒤에는 모든 것이 끝나. 슬프게 들리는 것만큼…… 내가 조금만 더 일찍 알았더라면 좋았을 텐데. 나의 지성과 삶이 얼마나 쉽게 부서질 수 있는지 알았더라면 좋았을 텐데. 하지만 이 소망도 더 이상 나에게 아무것도 가져다주지 못해."

엄마라는 존재의 위대함은 점점 더 엄마를 지배하고 있다. 엄마는 자주 이에 관해 이야기하고 나는 엄마에게 반박할 수 있으면 좋겠다는 바람을 가져 본다. 하지만 도움이 되는 것은 아무것도 없다. 엄마 말이 옳다. 모든 소망, 후회나 통찰은 더 이상 아무것도 변화시키지 않는다. 엄마의 짐을 덜어 주지 않는다. 엄마는 알츠하이머병과의 싸움에서 이길 수 없다. 그런데도 엄마는 계속해서 예전의 용기를 움켜쥐고 알츠하이머병에 전투적으로 맞서 싸우고 있다. 이 모든 상황에도 불구하고 엄마가 여전히 꼭 쥐고 있는 이 용기는 실로 엄청나다.

지금은 엄마가 과도한 절망으로 빠지는 것을 피해야 할 위험한 순간이다. 대화가 너무 오래 이 방향으로 흘러가면 엄마의 생각은 어둠 속으로 흘러들어 간다는 것을 나는 이제 안다. 엄마의 생각을 기운 나는 방향으로 돌려야 한다.

"러시아인 두 명이 우리 다차*에 침입한 이야기를 해 줄래요?"

"그 이야기를 전혀 모르니?" 엄마가 되묻는다.

"저는 그때 세 살이었으니 기억을 못 하죠. 여기저기서 조금 듣긴 했지만요. 한 번만 더 이야기해 주세요." 엄마에게 청한다.

엄마는 의자에 기대더니 잠시 눈을 감는다. 그리고는 이야기를 시작한다. "당시 우리는 모스크바에서 살고 있었고, 가끔 멀리 떨어져 있던 나무 오두막집에서 머물렀어. 주말에도 갈 수 있는 펜션 같은 전형적인 다차였어. 앞에는 정원이 있었지. 우리에게는 그곳까지 타고 갈 덜커덩거리는 빨간색 라다 니바가 있었어. 당시 피터는 어디에 있었는지 이제는 잘 기억나지 않지만, 어쨌든 그 주 주말에 나는 혼자서 너희 둘과 그곳에 있었어. 한밤중이었고, 이미 모두 자고 있었어. 그런데 갑자기 아래층에서 누군가가 창문을 여는 것 같은 소리가 나는 거야. 심장이 쪼그라드는 것 같았

---

* 러시아를 포함해 구소련 지역에서 볼 수 있는 간이 별장과 텃밭.-옮긴이

어. 절대로 너희에게 무슨 일이 일어나게 둘 수는 없었어. 당시 모스크바는 아주 혼란스러워서 폭도들이 우리 집에 침입해도 이상한 일이 아니었어. 그런데 좀처럼 경험할 수 없는 일이 내게 일어났어." 이야기하는 동안 엄마의 눈이 빛나기 시작한다. 내 계획은 성공적이었다. "상황이 급박해지면, 정신이 완전히 깨어나고 명료해지면서 고도의 집중력을 발휘하게 돼. 계단 아래로 내려가 부엌으로 갔더니 만취한 러시아인 두 명이 우리 집 창문을 밟고 들어오는 게 보이는 거야. 나는 그냥 그 둘 앞에 섰어, 완전히 미친 사람처럼. 내 서툰 러시아어가 그 순간만큼은 너무 유창했어. 심지어 악센트도 없었던 것 같아. 마치 작동 버튼을 누른 것처럼 모든 게 자동으로 되더라고. 나는 조금도 고민하지 않았어. 두 남자에게 친절하게 인사를 건넸어. 둘은 처음에 잠시 놀라더니 친절하게 나와 대화를 나눴어. 그들은 '반야'라 불리는 사우나에 갔었고 거기서 좋은 시간을 보냈대. 좋은 시간을 보냈다는 건 술을 왕창 마셨다는 말이야. 그런데 보드카가 떨어진 거야. 두 술고래에게 천재적인 아이디어가 떠올랐어. 그냥 아무 다차에나 들어가 마실 술이 있는지 살펴보자는 거야.

나는 우리 집에 들러 줘서 고맙다고 인사하고는 당연히 두 사람을 위한 보드카가 있다고 덧붙였어. 둘은 무조건 내가 같이 갔으면 했어. 사우나에서 함께 즐거운 시간을 보내자는 거야. 나는 아주 친절하게 감사 인사를 했어. '제안해 줘서 고마워요. 하지만 저는 두 아이가 있는 엄마예요.' 나는 그냥 아무 여자가 아니라 엄마라는 것을 매우 강조했어. 그때 두 사람은 자기네 엄마를 생각하며 약간 겁을 먹더라고. 만약 그들이 화가 나면 끝이었어! 나는 두 남자를 아주 여유 있게 대문까지 데려다주었어. 하지만 그들 뒤로 마침내 문을 닫는 순간 처음으로 너무나 무섭더라. 내 인생에서 그렇게 떨었던 적이 없어. 상황이 마무리되고 너와 네 형이 다시 안전해지니까 갑자기 내 안에서 모든 감정이 올라왔어. 정말 믿을 수 없는 강렬한 경험이었어." 엄마는 잠시 침묵하며 머리를 가로젓더니 다시 말을 이어 갔다.

"상황이 급박해지면 내가 아는 것보다 훨씬 더 강해진다는 걸 제대로 깨달았어. 나는 완전히 다른 아이디어를 생각해 냈고, 훨씬 더 쿨했어. 정말 환상적이었지." 엄마가 이야기하며 미소 지었다. 이 이야기는 내가 아는, 모스크바에 살면서 겪은 여러 위험한 상황 중 하나다. "이걸 지금도 적용할 수 있을까?"라고 엄마가 묻더니 순식간에 다시 진지해졌다. "큰 위험이 아직 나를 기다리고 있지만 나는 더 이상 예전처럼 주도권이 없어. 내가 아주 용감했던 적이 있다는 것도 아무 소용이 없어."

"임박한 사형 집행처럼 마음을 집중시키는 건 없대요." 엄마의 상황에서는 임박한 죽음조차도 도움이 될 수 없다는 것을 당연히 알면서도 나는 이렇게 말한다.

엄마는 웃으며 대답한다. "왜 나는 이게 안 되는 걸까? 내게 필요한 건 집중일지도 몰라!"

미소 지어야 하지만, 내 안에서 점점 더 강하게 걱정이 퍼져 나간다. 나는 알츠하이머병이 시간이 걸린다는 것을 안다. 엄마의 상태는 한순간에 나빠지지 않을 것이다. 그 대신 그 과정은 어렵고 힘들다. 아직은 좋은 날들이 있다. 그런 순간에 엄마는 방향 감각은 없을지언정 아직 죽을 정도로 아프지는 않다. 하지만 또 다른 순간에 엄마는 절망 그 자체이다. 그럼 우리는 모두 목에서 알츠하이머병의 차가운 호흡을 느낀다. 엄마가 스트레스를 받을수록 걱정과 불안은 수면 위에서 더 힘차게 헤엄친다. 내가 항상 익숙했던 엄마의 용기와 의연함은 거의 완전히 사라진다. 마치 껍질을 벗긴 사과처럼 엄마는 주위 환경에 완전히 내던져지고, 보호해 줄 피부도 없이 감수성만 남아 있다.

알츠하이머병은 엄마의 겉모습도 갑자기 10년은 더 늙어 보이게 했다. 진단을 받기 전 엄마는 나이보다 꽤 젊고 건강했지만 이제는 걸음도 느려지고 허리도 많이 굽었다.

나이 들어간다는 것은 나에게 더 이상 매혹적인 시나리오가 아니다. 내 삶에 의욕이 나게 하려고 나 자신에게 거듭 아름답게 이야기하고, 긴 인생의 장점을 잊지 않으려 노력하고 있다. 하지만 지금 당장에는 노년기의 어떤 장점도 보이지 않는다. 이 삶의 단계는 나에게 오직 끊이지 않는 새로운 손실의 연속처럼만 보인다. 미국 작가 필립 로스(Philip Roth)는 노년을 훨씬 잔인하게 표현한다.

"노년은 투쟁이 아니다. 학살이다."

엄마가 의자 아래쪽에 놓인 담배를 잡으려고 몸을 앞으로 숙인다. 나는 일어나서 담배를 엄마에게 건넨다.

"그거 아니……." 엄마가 조심스럽게 이야기를 시작한다. "언젠가는 멈춘다는 것을 알면…… 세상을 보는 눈이 완전히 바뀌기도 해. 갑자기 비가 믿을 수 없을 정도로 너무 아름답게 느껴져. 우리가 여기서 하는 것들, 이 순간도 마찬가지야. 함께 낙원에 머물고, 별을 바라보는 순간들, 색깔이…… 야자나무가…… 스쿠터를 타는 것이…… 얼마나 아름다운 것인지 너무나 선명하게 느껴져. 믿을 수 없을 정도로 아름다워."

엄마는 플라스틱 의자 옆 아래로 기운 없이 늘어진 내 손을 잡는다. "어쩌면 나는 이 방향에 맞추어야만 해. 그냥 내가 느끼는 한 계속해서 하는 거야. 빌어먹을, 여기는 너무 아름다워. 여기 아이투타키에서는 당연히 어렵지 않아. 집에서도 어떻게든 해내야지." 나는 엄마에게 어떻게 희망을 줄 수 있을지 모르기에 아무 말도 하지 않는다. 엄마는 나를 바라본다. "한 가지는 두려워. 알츠하이머병은 모든 것을, 모든 사람을 잊게 할 거야. 지금은 네 형과 네가 날 돌보니까 너무나 아름다운 것들을 보고 즐길 수 있어. 하지만 내가 더 이상 아무도 못 알아본다면 나는 이 병과 완전히 홀로 남는 거야! 내가 혼자서 해낼 수 있을지 확신이 없어. 어쩌면 차라리 늦지 않게 스스로 빨리 끝내는 편이 나을지도 몰라. 이해하겠니?"

나는 잠시 우리를 위해서만 전시되어 있는 밤하늘을 보며 조용히 있는다. "엄마가 나를 잊어도, 나는 엄마를 오랫동안 잊지 않을 거예요. 그리고 내가 있는 동안 나는 엄마를 위해 지내면서 엄마가 좋아하는 아름다운 것들을 보여 줄 거예요." 엄마는 웃으며 고개를 끄덕인다. 조금은 안심되어 보인다. "당연히 나도 엄마처럼 두려워요. 엄마의 죽음은 그 누구도 가져갈 수 없고 엄마를 위해 결정 내릴 수도 없는, 온전한 엄마의 것이에요. 하지만 그때까지 나는 여기에 있어요."

엄마는 하늘을 다시 바라보며 신음한다. "아…… 우리는 좋았어." 그리고 눈을 감는다.

엄마가 내 지인과, 엄마가 방금 인용한 알츠하이머병 환자인 지인의 아버지 이야기를 기억하지 못한다는 것을 확신하기에 나는 웃음이 나왔다. 엄마는 절대 인용구의 출처를 말할 수는 없겠지만, 어디에선가는 분명 어떤 형태의 기억이 작동하고 있다.

나는 여러 면에서 엄마로부터 많은 영향을 받았다. 엄마는 평생에 걸쳐 큰 짐을 극복했고 행복한 순간을 위해 끊임없이 투쟁해 왔다. 모든 반대에도 불구하고. 그리고 지금까지도 엄마는 이 경험을 향유하고 있다. 몇 년간의 작업 후 책을 완성한 순간(성공 여부는 중요하지 않다), 낭독회에서 청중들을 감격하게 한 순간 또는 엄마가 되어 너무나 행복하다고 말하는 순간, 이보다 더 생기 있을 수는 없을 것 같은 순간들이다. 좋은 날이면 엄마는 자신의 삶과 스스로 성취한 모든 것에 관해 자랑스럽게 이야기한다. 또 다른 날에는 자신에게 너무 엄격했던 것, 이상적으로 흘러가지 않은 모든 잘못을 자기 탓으로 돌린다. 엄마는 많은 것을 잘해 왔다. 열정적으로 일하고, 살고, 사랑했다.

나는 내 주변의 모든 것에서 삶이 얼마나 빨리 생명력을 잃을 수 있는지를 본다. 일어나고, 먹고, 일을 하고, 넷플릭스를 보고 잠을 자고…… 일정 기간까지는 이 루틴이 어쩌면 괜찮고 안정적일 수 있다. 적어도 기복은 없다. 예견할 수 있어 편안하다. 하지만 똑같은 날이 끝없이 계속되고 몇 달이 지나간 뒤 돌아보면 아무 일도 일어나지 않았다. 고삐는 길어지고 마차는 빨라진다. 삶은 더 이상 살아 있는 것처럼 느껴지지 않을 때까지 질주한다. 일상이 단조롭고 루틴이 나태해지는 순간마다 이것은 너무 불합리해 보인다. 우리가 하는 모든 것이 아무것도 아니고 합리적으로 무의미하다는 것을 알면, 우리는 조금 자유로워진다. 이는 우리가 의미 없는 존재를 포기하지 않고 받아들였기 때문이다. 신에게 가운뎃손가락을 보여 주며 그렇게 말한다. 그 어느 때보다 지금.

엄마는 크게 심호흡하고는 나를 바라본다. "살면서 너무나 많은 실수를 했어. 나만이 돌아볼 수 있어. 하지만 이게 얼마나 정상적인 것인지 잊지 마. 너도 실수하게 될 거야! 나중에는 그때 다르게 할 수 있었을 거라는 생각을 자주 하게 되지. 하지만 그럴 수 없었어! 내 실수를 돌아보면 나는 그때 그 상황에서 절대 다르게 해결할 수 없었어. 나는 준비되어 있지 않았고, 받아들일 능력이 충분하지 않았고, 성숙하지도 깨어 있지도 않았고, 아무것도 충분하지 않았어. 이 생각에서 자유로워질수록 나는 한 방향으로만 가게 돼. 한 방향만 바라볼 뿐 되돌릴 수는 없어. 나는 현재에만 집중하고 너와 아름다운 것들만 찾을 수 있어. 바라건대 내가 현재에 집중하고 너와 아름다운 것들을 찾는 연습에 성공하길 바라. 어쩌면 너와 함께라면 성공할 거야. 이건 지금 내가 하는 연습이고 아주 조용히 하고 있어. 내가 지금도 싸워야 한다면 나는 많은 힘을 낭비하게 될 거야. 지금 나는…… 사랑만 남길 수 있어."

14. 천국에 울리는 소리를 아는 법

아이투타키에서의 마지막 일요일이 왔다. 엄마는 며칠 전부터 예배에 참석하고 싶어 했다. 모레 독일로 돌아가려면 무조건 오늘 예배에 참석해야 한다. 섬은 아주 작지만 그런데도 모든 종파의 교회가 다 있다. 우리는 호스트 가족과 다른 현지인들과의 대화를 통해 섬에서 가장 인기 있는 교회 예배를 조사해 두었다. 아침 일찍 엄마를 깨우려 했지만, 엄마는 이미 옷을 다 입고 베란다에 앉아 기분 좋게 담배를 태우고 있다. 오늘 우리 계획을 엄마는 잊지 않았다.

나는 엄마를 스쿠터에 태우고 마을로 갔다. 섬에 거주하는 주민 수는 적었지만 그에 비해 교회는 훨씬 크고 일대에서 가장 높다. 목조 교회는 본질적으로 독일의 많은 건물과 비슷하다. 단지 건물이 약간 삐뚤삐뚤하게 서 있고, 나무 널빤지 가장자리는 서로 덧대어 못을 박은 것처럼 보인다. 몇몇 못은 구부러지고 삐뚤어진 채 박혀 있다. 눈에 보이는 모든 흠집은 하얀색으로 두텁게 덧칠되어, 덧칠되지 않은 부분보다 더 눈에 띄었다. 나무가 충분하지 않은 아이투타키에서 이런 교회를 지었다는 사실이 놀라웠다. 어쩌면 파도가 여러 해에 걸쳐 뭍으로 옮겨 온 선체로 뼈대를 만든 것은 아닌가 싶었다.

교회 앞은 이미 북적였다. 100명이 넘는 사람들이 양복과 원피스를 입고 서 있었다. 여자들은 갓 딴 꽃이 달린 아름다운 모자를 쓰고 있었다. 젊은 남자들은 파란색 유니폼을 입고 명백한 가짜 구찌 로고가 옆에 새겨진 파일럿 선글라스를 쓰고 있었다.

우리는 햇볕에 반짝이는 크고 하얀 입구를 통해 교회로 들어가 완전히 앞쪽으로 걸어갔다. 선풍기 두 대가 좌석 각 줄을 환기하고 있었다. 경험 많은 교회 신자들은 부채를 가져왔다. 나머지는 땀을 흘리고 있다. 우리는 이 나머지에 속한다. 내가 아이투타키 곳곳에서 본 사람들보다 더 많은 사람이 이곳에 모여 있다. 그리고 모두가 침묵한다. 교회에 메아리치는, 선풍기가 윙윙거리는 소리와 조용한 부채질이 어우러져 마치 천상의 최면을 거는 듯한 음향이 만들어진다.

맨 앞줄에 앉은 여성이 엄마를 보자 일어나 친절하게 인사했다. 양손을 엄마의 어깨에 살짝 얹은 채 활짝 웃으며 앉으시라고 청했다. 엄마는 혼란스러운 듯 나를 돌아보며 우리가 이 여성과 이미 아는 사이인지 묻는다. 우리는 그녀를 모른다.

예배는 마오리어로 진행되어, 우리는 당연히 한마디도 이해하지 못했다. 하지만 이해할 필요가 전혀 없다. 공동체가 노래를 부르기 시작하자 엄마는 울기 시작했다. 나는 엄마 손을 꼭 잡았다. 종교를 가진 적은 한 번도 없지만 종교가 없어도 이 순간의 특별함은 충분히 느낄 수 있다. 우리가 전혀 모르는 노랫소리가 들렸다. 약 열일곱 살에서 아흔다섯 살 사이의, 최소 마흔 명으로 이루어진 합창단은 교회 곳곳에 흩어져 앉아 있다. 몇몇 여성은 다른 사람들의 어긋나면서도 조화로운 노래에 화음을 넣으며 흥겹게 흥얼거린다. 그 사이로 파란 유니폼의 젊은 남자들은 간간이 호전적으로 중얼거린다. 노래가 제대로 될 리 없지만 그런데도 믿을 수 없을 정도로 아름답게 들리는 거칠지만 정돈된 혼란스러움이다.

입을 벌린 채 주위를 둘러보는 엄마를 다시 돌아보는데, 그때 내 뺨에도 눈물이 흘러내렸다. 이 순간 엄마를 이곳으로 데려온 것이 너무나 뿌듯했다. 우리가 용기를 내서 너무나 기뻤다. 우리는 운 좋게 여기에 있다.

울고 있는 엄마 손을 잡기 위해 꼭 세상 반대편에 있어야 할까? 야자나무에서만 희망을 찾을 수 있을까? 꼭 그런 것은 아닐 것이다. 독일의 집에 있었다면 어땠을지 모르겠다. 하지만 엄마의 병이 우리 가족에게 어떤 의미인지 이해하고, 엄마와 이런 대화를 하는 것은 나에게 가치 있었을 것이다. 우리는 세상 반대편에 있는 것들을 관찰하고 모든 것으로부터 최대한 멀어지기 위해 이곳에 왔다. 나의 처음 목표처럼 나는 세상 반대편 곳곳에서 엄마를 행복하게 할 수 있다. 그리고 오늘 아침 교회에서 우리는 예기치 않게 하늘의 한 조각을 찾았다.

다시 오두막으로 돌아왔을 때 엄마는 나를 꼭 안으며 작별 인사를 하더니, 늘 그랬던 것처럼 베란다 의자에 앉아 줄담배를 피운다. 표현하지는 않았지만, 엄마는 오늘 더 이상 말을 하고 싶지 않은 것 같다. 나는 괜찮다. 엄마와 나는 우리가 경험한 것을 조금 담아 두어야 한다.

나는 아이들을 즐겁게 해 준 후 돼지에게 먹이를 주고, 엄마는 잔디에 서 있는 큰 야자나무를 하염없이 바라본다. 엄마의 옅은 미소에는 만족스러운 무엇인가가 있다.

떠나기 하루 전인 다음 날 아침, 나는 방에서 나와 햇빛 속으로 발을 내딛었다. 익숙한 자리에서 마치 어제부터 한 걸음도 움직이지 않은 것 같은 엄마를 보았다. 엄마는 나에게 손을 흔들고 나는 엄마 옆 의자에 주저앉았다.

"좋은 아침이에요, 보스!" 나는 엄마에게 활짝 웃으며 인사했다.

"우리 언제 집으로 돌아가지?"

"내일 아침이에요. 첫 비행기를 탈 거예요."

"아쉽구나. 난 두려워." 엄마는 대답하고는 새 담뱃갑을 찾으려고 가방을 뒤적거린다. "나는 아침 내내 한 가지를 생각하고 있어." 엄마는 말을 이어 가다 어느 순간 담배를 찾아 불을 붙인다. "돌아갈까 생각 중이야. 어제부터 내내 그 생각을 하고 있어."

"어디로 돌아가요?"

"내가 만약 예전처럼 그렇게 신실하다면 나는 내 모든 질문, 두려움, 감정을 신의 손에 그냥 맡기고 이렇게 말할 수 있을 거야. '당신의 손에 나를 맡기겠습니다.' 믿음이 아주 깊은 사람은 이렇게 아주 편안한 방법으로, 말하자면 신을 따르고 꽤 오랫동안 할렐루야를 부를 수 있어. 그래서 나는 여기서도 기꺼이 침례교회에 가고 싶었어. 나는 내게 익숙한 무엇인가가 돌아오리라는 걸 조금 예감하고 있었어. 예전에는 침례교인이 되는 것을 좋아했어. 그리고 여기 아이투타키에서 나는 어쩌면 그곳으로 다시 돌아가게 될 거야. 그래서 어제 침례교회였던 거야. 내가 예전에 침례교인이었으니까."

우리가 어제 참석했던 예배는 침례교 예배가 아니라 가톨릭 미사였다. 당연히 나는 이것을 여러 번 엄마에게 이야기했었다. 하지만 엄마는 이 순간 어제 예배 드린 곳이 침례교회였다고 기쁘게 설명하고 있다. 아니었다는 정보가 엄마에게 무엇을 전달해 줄까? 알츠하이머병이 엄마에게 아름다운 시를 지어 주는, 몇 안 되는 순간 중 하나이다. 이대로가 좋다. 자칫하면 나는 엄마에게서 이 기쁨을 앗아 가는 악마가 될 수 있다.

"뿌리로 다시 돌아간다는 것, 무엇인가 아주 신뢰할 수 있는 것으로 돌아간다는 건 좋게 느껴져. 내가 이른바 이…… 이 세계로 돌아가는 것이 가능할까? 여기서 내 존재를 안전하게 보호받으면서 끝내고 나를 다시 신과 교회의 손에 내주는 것? 아침 내내 이것에 관해 생각하고 있었어. 왜냐하면 어제는 나한테 마법 같았거든. 유감스럽게도 설교를 조금도 기억할 수 없지만. 너는? 난 목사님이 무슨 말씀을 하셨는지 기억이 안 나. 넌 아직 기억하니?" 엄마는 나를 편안하게 바라보며 물어보았다.

"모든 설교가 마오리어였어요."

"아, 알겠지? 그래서 내가 전혀 이해를 못 한 거야." 하며 엄마는 웃었다. "아, 중요하지 않아. 어차피 대부분 똑같은 걸 이야기하니까. 여기는 땅, 저기는 하늘, 예수님은 좋고 지옥은 나쁘고, 어쩌고저쩌고 죽음. 하지만 이런저런 주변 것들이 무척 마음에 들었어. 노래를 너무 매혹적으로 부르더라. 젊은 남자도 많이 서 있었고. 너도 그 사람들 봤니? 모두 어두운 안경을 쓰고 있었는데. 그리고 노래의 몇몇 부분에 그들이 넣은 그들만의 코러스가 있었어. 거의 발정기 울음소리처럼 들렸어. 그래도 유치하지 않았어, 전혀 유치하지 않았어! 너무 진지하게 노래해서 그렇게 들린 거야." 나는 동의하며 고개를 끄덕였다.

"그리고 여자들은……" 목소리가 잠시 떨리더니 엄마는 들릴 정도로만 속삭였다. "여자들이 어떻게 노래를 불렀는지 울림이…… 와, 마치 하늘에서 내려온 것처럼 들렸어! 그건 제대로 된 아름다운 화음은 아니야. 그러니까 잘 배워서 연습한 하나, 둘,

셋, 넷, 계속해서 이런 건 아니었어. 하지만 그건 일종의…… 노래의 힘이야. 노래, 내가 지금까지 전혀 들어 본 적 없는 노래. 내 생각에 하늘은 이렇게 울려야만 해. 어떻게든 이것과 다를 수는 없어, 루카스." 엄마는 뺨에 흘러내린 눈물 몇 방울을 닦는다.

"노래 부르기 시작했을 때 엄마는 울었어요. 혹시 왜 울었는지 알아요?"

"그러니까 그냥 마법 같았어. 나는 지구에 있는 천사들의 한 형태라고 생각했어. 그냥 지금 이런 모습으로 이곳까지 여행 온 걸 내가 몰랐던 거야. 만약 하늘이 이런 모습이라면 나는 기꺼이 갈 거야. 정말 기꺼이."

엄마는 미소 지었고, 마치 이 순간 자신과 관련된 일들을 분명히 알고 있는 것 같았다. 사실 이것이 정확히 죽음 뒤에 우리를 기다리고 있는 것이라고 엄마에게 이야기할 수 있으려면, 어떻게 해야 할까? 엄마의 확신에 찬 눈빛에 응답하는 것 외에 할 수 있는 것이 없다.

"그리고 내 옆에 그 여자…… 내가 어디서 왔는지 알려고 했던. 너도 봤니?"

"그럼요."

"그 여자랑 나는 꼭 내가 교회를 다니던 시절부터 아는 사이인 것처럼 오래된 신뢰감이 있었어. 내 옆에 앉은 그 여자는 그때 그 사람들처럼 이야기하더라. 그녀는 주님의 자매였어. 무슨 말인지 이해되니? 처음 만났지만 비슷한 믿음을 가졌기 때문에 한 가족인 거야. 더 이상의 설명은 없어. 그 사람은 여기 살고 내가 다른 곳에 사는 건 상관없어. 내가 나의 지성을 잃고 있는지 그녀가 건강해 보이는지도 상관없고. 어제 꽤 오랫동안 내가 어떻게 느꼈는지 생각해 봤어. 그리고 이런 결론에 이르렀어. 독립성과 자유를 갈구하는 마음은 여전히 크고 너무나 강해. 하지만 동시에 나는 오래된 친밀감을 다시 반복해야 할 필연성도 보았어. 무슨 말인지 내 말뜻이 이해되니?"

"엄마는 교회로 돌아가고 싶은 거죠?"

"내 생각에는 그래, 맞아. 내 인생에서 내가 정말 기꺼이 기독교 신자였던 시기가 있었어. 그렇게 나쁘지는 않았어. 그리고 고향 같은 이 친밀감 속에 있는 것이 그 어떤 도시 요양원에서 삶을 끝내는 것보다 훨씬 나아. 나는 찾고 있어. 아니, 내게 친밀한 어떤 것이 너무나 필요해. 이해하겠니? 내가 아무것도 할 수 없을 때 할 수 있는 어떤 것. 내 지성이 나를 떠났을 때 그 빈자리를 뭘로 채워야 할까? 그냥 구멍으로 남아서는 안 돼. 나 자신을 그냥 바라만 볼 수는 없잖아. 보는 것 말고 아무것도 할 수가 없어."

엄마는 나를 절박하게 바라보았다. "그래서 나는 교회에서 울었어. 그 당시가 얼마나 아름다웠는지 기억났어. 난 언젠가 좋은 이유로 종교를 떠났어. 교회 공동체에서 나왔는데, 그건 내가 했던 것 중 가장 어려운 일이었어. 그래서 망설여져. 지금 내가 다시 돌아간다면 그들은 '할렐루야! 드디어 되었어.' 이렇게 생각할 테니까. 그들을 만족시키고 싶지는 않아. 그들 때문에 교회에 돌아가는 게 아니야. 그게 아니라 내가 지금 그 속에서 좋은 것을 보기 때문이야. 난 오직 나를 위해서 하는 거야. 나만의 길이 필요해." 엄마는 마치 의자를 밀쳐 내고 하늘로 오르려는 듯 매 순간 의자에서 계속 몸을 똑바로 일으켰다.

"어제는 아주 특별한 순간이었어요." 마침내 내가 이야기를 했다. "저는 종교와는 정말 아무런 관련이 없었어요. 엄마도 알잖아요. 전 어린 시절 내내 엄마가 교회에서 받은 고통을 알고 있었어요. 그래서 전 교회와 아무 관련이 없었으면 했어요. 어제도 미사에 참석하는 게 어떤 면에서는 저에게 극복해야 할 부분이었어요. 전 많은 것을 멍청한 일이라 생각하니까요. 그곳에 서서…… 엄마 손을 잡고…… 세상 반대편에서…… 믿을 수 없는 음악을 듣고 그 훌륭한 분위기를 그곳에서 느낀다는 건…… 저에게 믿을 수 없는 일이 일어났어요. 저도 눈물이 나오더라고요. 청록색 바다, 아무 것도 이해하지 못한 설교, 지금껏 들어 본 적 없는 노래. 믿을 수가 없었어요."

갑자기 우리 뒤에서 심장을 녹이는 웃음소리가 울려 퍼졌다. 어미 돼지가 참을성 있게 지켜보는 동안, 세 꼬마 아이가 작은 새끼 돼지를 내 스쿠터 주변으로 쫓고 있다. 밀라의 아버지는 안락의자에 앉아 말없이 즐거워한다. 다시 독일에 돌아가면 이들도 그리울 것이다.

밀라가 아침을 먹으라며 아이들을 집으로 불러들였다. 아이들 웃음이 잦아들자 나는 계속 말을 이었다. "엄마가 아프기 시작한

후부터 내 안에 무의미함이 점점 더 커져 갔어요. 우리가 여기 아이투타키에 있는 동안에도 얼마간은 계속해서 사실 인생에서 의미 있는 건 아무것도 없다고 확신했어요." 나는 말을 잠시 멈추었다. 계속 반복되는 엄마와의 대화가 내가 느낀 무의미함에 큰 부분을 차지했기 때문이다. 엄마와 자살 가능성에 관해 얼마나 자주 이야기를 나누었는지 모른다. 매 순간 엄마는 아주 조심스럽게 대화를 시작하지만 나는 엄마 특유의 강조 화법에서 이미 엄마가 스스로 죽어도 되는지 물어보고 싶어 한다는 것을 간파했다. 이런 대화는 한 번만 하더라도 아들에게는 큰 도전 과제이다. 하지만 지난 몇 주간 나는 하루에도 여러 번 이런 대화를 나누어야만 했다. 그렇다고 우리가 전에 나누었던 논쟁이나 생각에 무언가를 더 구축할 수 있는 것도 아니었다. 엄마는 한두 가지 의견도 기억하지 못했다. 엄마가 모든 것을 잃는 악몽을 견디고 싶지 않다는, 항상 똑같은 의미 없는 대화뿐이었다. 그렇게 삶과 죽음을 결정하는 대화를 심지어 매일, 의미 없이 했다.

"글쎄요, 성당에서의 짧은 순간 동안 무의미함은 질문에서 조금 멀어졌어요. 저는 신이 필요하지 않아요. 신을 원하지도 않아요. 저는 특히 당시 교회가 엄마에게 한 부당한 일 때문에 교회에 화가 나요. 하지만 이 무의미함과 더불어 살고 싶지는 않아요. 그리고 엄마와 교회의 연결성과, 어제의 그 모든 것을 믿을 수 있어요."

"루카스, 그거 아니?" 엄마가 부드러운 시선으로 말한다. 엄마는 이 순간 완전히 건강하며, 온전히 자기 자신 곁에 있는 것 같다. "신이 정말 존재하든 존재하지 않든 그건 별로 중요치 않아. 마치 그렇게 존재하는 것처럼 살 뿐이야. 우리가 무엇을 믿을지, 이 믿음이 우리 안에서 무엇을 불러일으킬지는 온전히 우리에게 달려 있어. 신을 믿는 것은 큰 문제가 아니야. 신을 믿지 않는 사람들이 믿는 다른 모든 것과 비교해 보면 말이야. 옛날의 내 부모님처럼 어떤 사람들은 돈만 원하고 돈에서 의미를 찾아. 하지만 그게 너의 믿음이라면 넌 결코 돈을 충분히 갖지 못할 거야. 만약 네가 아무것도 믿지 않는다면, 그렇다면 이 진실과 함께 최소한으로만 잘 살 수 있는 거야. 대부분은 견디기 힘든 이 무딘 상태에 빠지지. 네가 그렇게 되는 건 싫어. 내가 신에게 돌아가는 것을 생각하면서 나 역시 이런 질문을 해. 다른 선택은 뭘까? 삶에는 다양한 방법이 있고, 근본적으로 우리는 이 모든 것을 이용할 수 있어. 내 관점이나 경험의 몇몇 부분과 모순이 된다면 나는 이 요소들을 그냥 일정한 시간에만 받아들일 거야. 내가 매 순간 이걸 이해해야 하는 건 아니야. 만약 이 순간 종교적인 기분이 들거나 심지어 하늘이…… 그렇다면 이 순간에는 그런 거야. 하지만 그렇다고 내가 계속해서 맹세해야 하고 믿어야 한다는 뜻은 아니야. 중요한 건 내가 뭘 느끼느냐 하는 것뿐이야. 그리고 루카스, 어제 정말 느낌이 좋았어." 엄마는 웃으며 의자에 기대고는 만족스러운 듯 눈을 감았다.

나는 엄마와 세상 끝에 앉아 다리를 흔들고 있다. 만약 우리가 이곳에 영원히 머물게 된다면, 수색대는 물론 독일 소방관도 우리를 찾아낼 수 없을 것이다. 찾는다 하더라도 그들도 아마 여기 머물 것이다. 이곳은 너무나 아름다우니까. 이 순간 내 여행의 임무를 떠올린다. 엄마를 행복하게 만드는 것은 성공적이다. 지금 엄마가 느끼고 있는 모든 행복, 신뢰, 사랑이 태평양에 부는 바람처럼 엄마에게서 사라지리라는 것을 안다. 그렇지만 그럼에도 느낄 가치가 있다는 것 또한 이해한다. 세상 반대편에서 엄마의 행복한 얼굴을 경험하는 것은 내가 오랫동안 견인해 갈 보물이다.

오늘은 아이투타키에서의 마지막 날이다. 우리는 남쪽 바다의 이 작은 섬에서 16일을 보냈다. 마지막 날에는 엄마와 조금 특별한 것을 하고 싶었다. 하지만 우리는 모든 볼거리를 보고, 먹거리를 먹고, 경험할 수 있는 것들을 경험했다. 집으로 돌아가는 데에는 사흘이 소요될 것이다. 나는 이미 머릿속으로 이를 계획하고 중요한 것들을 챙기느라 바쁘다. 여권은 가지고 있나? 짐은 다 챙겼나? 입출국 서류는 다 갖고 있겠지? 일곱 시간을 머물게 될 경유지인 큰 섬에서는 어느 숙소를 예약할 수 있나?

그리고 나는 오늘을 위한 마지막 서프라이즈를 준비했다. 지난 며칠간 나는 가능한 한 모든 사람에게 조언을 구했다. 물어물어 사람을 찾아갔다. 마침내 어제 내가 필요한 조언을 얻을 수 있었다. 밀라의 아버지, 나와 아직 단 한마디도 나누지 않은 나이 든 이분이 어제 낱말 퍼즐 위에 작은 쪽지를 두었다. 거기에는 내가 거의 발음할 수 없는 주소와 이름이 쓰여 있었다. '롱고마타네 아다 아리키(Rongomatane Ada Ariki)'

엄마와 함께 스쿠터를 타고 외로운 자갈길을 지나, 전에 시간을 조금 보냈던 장소로 갔다. 정말 아름다운 곳은 아니었다. 야자나무는 대부분 잘려 있었고, 바닷가에는 녹슨 포클레인 두 대가 있었다. 길은 움푹 파인 곳에서 나누어진 거친 관목에서 끝이 났다. 우리는 스쿠터를 세우고 걸어서 관목을 통과했다. 섬의 나머지 부분과 비교하면 이곳은 거의 유령이 나올 것처럼 으스스했고 베인 야자나무들 사이로 바람이 꽤 불었다. 엄마는 여기에서 우리가 뭘 하려는 것인지 놀라 물어봤지만 나는 아무 말도 하지 않았다. 우리는 몇 미터를 더 가야만 했다.

남태평양에서 불어오는 11월의 강풍이, 짠 바다 공기와 함께 우리 앞에 있는 크고 작은 묘비와 십자가의 체스판 모양 배열에 맞대어 휘몰아쳤다. 우리는 아이투타키의 공동묘지에 도착했다.

엄마가 여기서 뭘 할 건지 계속 물을 때 나는 엄마 손을 꼭 쥐고 있었다. 묘비 중 한 곳 앞에 섰을 때 내 뒤로 엄마를 끌어당겼다. 묘비는 어두운 퇴적암 셰일을 깎아 깔끔하게 잘 만들어져 있었고 닦아 놓은 화강암 석판 위에 서 있었다. 그 위에는 긴 이름이 새겨져 있었다. 밀라의 아버지가 나를 위해 찾아낸 이름이다. 엄마는 계속해서 의아한 눈으로 나를 바라보고 있다.

"누구 무덤인지 알겠어요?"

"클라우스 킨스키니?"* 엄마가 웃으면서 물어본다.

"그 사람은 더 뒤에 있어요."라고 나는 농담을 한다. "그분이 누구인지 찾아내느라 시간이 오래 걸렸어요. 하지만 그분 때문에 결국 여기까지 온 거예요. 그분이 아직 살아 있었으면 했는데 작년에 돌아가셨대요. 이곳은 엄마가 당시 기사를 썼던, 우리 둘을 이곳으로 데려온 아이투타키의 첫 번째 여성 시장 무덤이에요."

엄마는 잠시 조용히 있더니 무덤 앞으로 한 걸음 다가갔다. "여기, 아름다운 곳에 계시네요." 엄마가 말하며 손을 묘비 위에 올려놓았다. "나도 이렇게 좋은 못자리를 찾는다면 행복할 거야." 엄마가 덧붙이며 주변을 둘러본다. "나도 한번 해 봐야겠어." 엄마가 갑자기 선언하더니 잠시 후 여성 시장 무덤 옆 잔디 위에 '노스페라투'**처럼 가슴에 팔짱을 끼고 길게 누워 눈을 감았다. 10초쯤 조용히 누워 있다가 한쪽 눈을 뜨고 나를 향해 미소 지었다. "난 그늘진 곳과 남쪽 경사면이 더 마음에 들어. 넌 어떠니?" 엄마가 머리를 자신 쪽으로 끄덕이며 말했다.

나는 엄마 바로 옆에 누워 역시 뱀파이어처럼 가슴 앞에서 팔짱을 끼고 눈을 꼭 감았다. "네, 무슨 말인지 알겠어요! 어렵네요. 바람이 들지 않는 곳이라도 무덤은 견딜 수 있겠죠. 여기서 썩으

---

* 폴란드 출신 독일 영화배우.−옮긴이
** 동명의 영화 속에 등장하는 드라큘라 백작의 이름. 영화 〈노스페라투〉는 1979년 개봉한 서독 공포 영화로 베르너 헤어초크 감독이 리메이크했다.−옮긴이

면 바로 감기에 걸릴 거예요." 내가 말하자 엄마는 킥킥거리며 벌떡 일어섰다. 그리고 담배에 불을 붙이고는 세게 빨아들인 후 작은 기관차처럼 고동치며 입과 코로 연기를 뿜어 댄다.

우리는 무덤에서 무덤으로 잔디 위 여기저기를 행진했다. 테스트용으로 대여섯 개의 무덤 옆에 누워 보기도 했다. 그런 뒤 엄마는 다시 한번 시장의 무덤 옆에 누웠다.

"루카스, 그거 아니? 가끔씩 죽는 것이 나에게 아무 문제가 되지 않는다는 생각이 들어. 하지만 네가 그리울 거야! 네 형도. 내가 죽으면 너희가 그리울 거야."

"아직 엄마 앞에 시간이 한참 있어요. 하지만 저도 엄마가 그리울 거예요." 나는 대답하며 다시 엄마 옆에 누워 엄마 손을 잡았다. 엄마는 한숨을 쉬더니 말이 없다. 우리는 몇 분간 그곳에 누워 바람과 파도 소리를 듣는다. 엄마를 바라본다. 엄마는 눈을 감고 입술에 평화로운 웃음을 머금는다.

다음 날 아침 우리는 일찍 공항으로 출발했다. 집주인과, 시간이 지나면서 내게 중요해진 꼬마 숙녀들에게 작별 인사를 했다. 큰 칼로 돼지들을 먹일 코코넛을 자르고 있는 밀라의 아버지에게도 윙크했다. 그는 나에게 가볍게 고개를 끄덕였는데, 나를 좋아하며 모두 잘되기를 바란다는 의미 같았다.

비행기로 가는 작은 계단에 올랐을 때, 나는 애수 한 스푼과 기내용 가방을 들고 뒤를 돌아보며 야자나무와 그 뒤 파란 하늘을 다시 한번 의식적으로 빨아들였다. 아마도…… 이곳을 다시 보지는 못할 것 같다. 나는 미소를 지었다.

내가 기도할 수 있는 신은 없지만 언젠가는 꼭 너를 다시 볼 수 있기를 바라, 아이투타키. 사는 동안 추억이 사치가 되는 때에도 너만은 결코 잊지 못할 거야. 인생의 꿈이란 바로 이런 모습일 테지.

엄마와 나는 세상의 반대편에서 죽음을 연습했다.

아무도 우리에게서 이 경험을 가져가지 못할 것이다.

알로이스조차도.

15. 죽은 엄마에게는 아들이 없다

지구를 반 바퀴 도는 여행을 한 후 우리는 다시 독일에 도착했다. 친구이자 비즈니스 파트너인 팀이 공항에 우리를 데리러 왔다. 터미널을 나서는데 밖은 비가 쏟아지고 너무나 추웠다. 팀이 미리 우산을 준비해 와서는 우리를 자동차로 데려갔다. 엄마 먼저 집에 모셔다 드렸다.

독일로 돌아오는 여정은 우리 둘 다 무척 힘들었다. 엄마 집에 도착해 팀이 자동차에서 기다리는 동안 나는 엄마의 캐리어를 가지고 엄마와 함께 안으로 들어갔다. 캐리어를 집 안에 세워 두고 엄마를 꼭 안고서는 더 필요한 것은 없는지 물어본 후 작별 인사를 했다. 엄마를 혼자 집에 두는 것이 이상하게 느껴졌다. 더 이상 매 순간 엄마를 챙기지 않아도 괜찮다고 내 마음을, 양심을 진정시켜야 했다.

다시 자동차로 돌아와 자리에 앉았을 때 나는 무너지고 말았다. 지난 몇 주간 내 속에 쌓여 있던 긴장감이 갑작스레 무너졌다.

"루카스?" 팀이 조심스럽게 말을 건다.

나는 아무 말도 할 수 없었다. 아무것도 느낄 수 없었다. 내가 무엇을 밀어 올렸는지 확실하지 않지만, 갑자기 모든 것이 수면 위로 떠올랐고 이를 어떻게 다뤄야 할지 몰랐다. 엄마의 상태는 여행 전에 생각했던 것보다 훨씬 심각했다. 내가 사랑하는 사람이 이미 얼마나 많이 사라져 버렸는지 이제 전체적으로 분명해졌다. 지금의 엄마와는 잘 지낼 수 있지만 미래에 대한 격렬한 두려움이 엄습해 온다. 나는 살면서 결코 진정한 두려움을 느껴 본 적이 없는데 지금 매일 계속되는 삶의 현실은 얼굴을 한 대 때릴 것 같은 자세로 내 앞에 서 있다. 어쩌면 나는 지난 몇 달간 아들 역할만 했을 것이다. 이제는 단 1초도 그 역할을 할 수 없다. 어떻게 해야 할지 모르겠다.

이후 몇 주간 매일 할 수 있는 한 최대한 많은 일을 했다. 엄마를 생각나게 하는 단 1초의 자유 시간도 없도록 노력했다. 친구들이 여행이 어땠냐고 물어보면 "꽤 유익했어." 같은 말로, 더 이상 깊게 들어가지 않고 이야기를 끝냈다. 어쩌면 세상 반대편의 낙원이 이 모든 통찰과 좋은 의도를 실제보다 쉽게 만든 것일까? 내가 일상의 문제와 대립할 때마다 모든 좋은 의도는 잊힌 것처럼 보인다. 내가 없으면 엄마는 힘들어했다. 아이투타키의 기억은 이미 바랬다. 엄마는 돌아온 지 몇 주 되지 않아, 우리의 여행이 몇 년은 되었다고 생각했다. 좋은 추억을 위해서만 한 여행이 결코 아니라는 걸 안다. 하지만 그 사실을 항상 깨닫지는 못한다.

엄마와의 대화가 점점 더 힘들어진다. 과도한 불안감을 더 이상 견딜 수가 없다. 나는 자주 엄마가 건강했던 시절과, 당시 나눌 수 있었던 대화들을 추억한다. 겁쟁이처럼 갑자기, 이제 영원히 알츠하이머병을 앓을 이분이 나의 진짜 엄마라는 것을 받아들이고 싶지 않다. 내가 아는 엄마는 이제 존재하지 않는다. 한번은 "여기에 빌어먹을 살아 있는 시체가 서 있어."라고 생각했다. 살아 있는 것처럼 느껴지는 것이, 내가 사랑했던 분과 비교할 수 있는 것이 아무것도 없다.

나는 엄마가 건강했을 때 어땠는지 점점 잊기 시작했다. 마치 엄마처럼, 기억은 나에게서 점점 멀어져 간다. 엄마는 수년간 끔찍했던 유년 시절에서 자유로워지고자 싸웠고, 엄마가 겪었던 학대를 깨끗이 해결하기 위해 모든 것을 했다. 엄마는 자유로워지기 위해서 정말 열심히 싸웠다. 하지만 무엇을 위해서? 지금 모든 것을 다 잊기 위해서? 이건 공평하지 않다.

매일 저녁 회사에서 집으로 돌아오면 나는 다시 일을 시작했다. 매일 똑같이. 내가 결코 원하지 않는 삶의 형태를 나에게서 발견한다. 중요한 것은, 아무것도 느끼지 않는 것이다. 단지 엄마를 생각하지 않는 것이다. 엄마를 만나는 일은 당연히 계속하고 있다. 아이투타키에서처럼 매일 매 순간은 아니지만 진료에 데려다 드리거나, 점심을 먹으러 모시고 나가거나, 일상의 문제를 해결하기 위해 일주일에 여러 번 만난다. 나는 조금 떨어져서 이 임무를 완수한다. 생각을 하지 않으려 노력하면서 문제를 순서대로 풀어간다. 내가 너무 감정적으로 들어가면, 가슴이 강한 압박으로 눌리는 것 같은 절망이 느껴진다.

어느 날 저녁, 나는 아빠 집에 앉아 있었다. 형 모리츠도 내 옆에 있었다. 우리는 엄마의 일정을 의논하고 나누기 위해 여기서 만나기로 약속했다. 아빠의 모든 말 속에 내가 더 이상 부담하고 싶지 않은 새로운 책임이 감추어져 있다. 누가 요양 단계와 장애인 신분증을 신청하겠니? 누가 엄마의 가계 재정과 연말 정산을 담당하겠니? 누가 언제 얼마 동안 엄마를 방문하겠니? 엄마가 충분하게 식사하는지 누가 챙기겠니? 누가 엄마에게 수많은 심리 치료 약속을 상기시키겠니? 누가 엄마를 그곳으로 데려다주겠니? 이것 다음은 저것, 계속되는 주제에 나는 더 이상 집중할 수도, 들을 수도 없다.

"루카스, 네가 엄마와 가장 많은 시간을 보냈어. 네 엄마 상태가 어떤 것 같니?" 아빠가 내게 물어보았다.

"아…… 아빠, 모르겠어요. 엄마는 죽었어요. 내가 더 이상 뭐라고 말할 수 있겠어요?" 이것이 내가 대답할 수 있는 전부다.

아빠는 미간을 찌푸리며 내 말에 반박하고, 어느 순간 상황은 내가 아빠와 형을 주먹으로 협박하는 싸움으로 끝났다. 둘 다 나를 알아보지 못하고, 나 또한 낯선 사람처럼 내 말을 듣고 있다. 내 안에서 무슨 일이 일어나는지 더 이상 하나도 이해할 수 없다.

얼마 되지 않아 팀이 회사에서 나를 한쪽으로 불렀다. 팀은 지난 몇 주간 내 상태가 얼마나 좋지 않은지 눈치챘다. 나에게 오더니 내 어깨를 짚었다.

"네가 지금 달리 어떻게 할 수 없다는 걸 알아." 팀이 말했다. "하지만 언제 어떻게 멈출 수 있을까? 네가 이 빌어먹을 상황을 씹어 먹어야 한다면 바보같이 이렇게 씹으면 안 돼. 네가 슬퍼해야 한다면 어떻게든 적어도 제대로 해야 해. 제대로 해! 시간이 얼마나 필요하니?"

내 표정은 어쩌면 모두에게 적절하지도 솔직해 보이지도 않는, 모든 것이 엉켜서 뭉친 상태일 것이다. 나는 팀의 말이 맞는다는 것을 안다.

"나는 충분해. 괜찮아. 괜찮아야만 해!"

팀은 고개를 끄덕이더니 자신의 컴퓨터로 돌아가 앉았다.

이 순간, 할 수 있는 한 지금부터 다시 이 상황과 잘 지내 보겠다고 스스로 약속한다. 내 안에서 엄마 일에 대한 분노가 느껴지지만, 냉소적이거나 비생산적이지 않게 이 위기를 뚫고 지나가 보기로 결심한다. 일주일 뒤 나는 심리 치료에 자리를 배정받았고, 다시 운동도 하며 엄마의 병과 제대로 지내기 시작했다.

며칠 뒤 엄마가 내 휴대폰으로 전화를 걸어 왔다. 엄마는 컴퓨터를 쓰는 데 다시 작은 문제가 생겼고, 나는 꽤 빨리 문제를 해결했다. 이어서 엄마가 내게 어떻게 지내는지 물어보았고 나는 지난 몇 주간 좋지 않았다고 솔직하게 답했다. 하지만 엄마 때문이라고 말하지는 않고 단지 "우울했어요."라고 했다.

엄마는 나를 이해하는 말들로 위로해 주며 격려하고 브레멘 길거리 음악가의 말을 인용했다. "아들아, 죽음보다 나은 것은 어디서나 찾을 수 있단다."

그때 내 눈에 눈물이 차올랐다. 갑자기 내가 한동안 죽었다고 믿었던 엄마와 다시 이야기한다는 느낌이 들었기 때문이다. 마치 알로이스가 엄마의 한 부분도 차지하지 않은 것처럼, 알츠하이머병은 이 순간 다시 멀게 느껴진다. 마치 마지막인 것처럼 이 순간을 빨아들이고 내 마음에 각인하는 것, 드디어 임무가 다시 가벼워진다. 같은 날 저녁 엄마는 나에게 다시 전화했다. 지난 대화에 대한 기억은 몇 시간이 지난 지금, 더 이상 불러올 수 없다.

"루카스…… 왜인지는 모르겠는데 네게 무슨 일이 있는 것 같은 느낌이 들어. 잘 지내고 있는 거지? 내가 도울 수 있는 게 있을까?"

나는 다시 엄마에게 우리가 이에 관해 대화를 한 적이 없는 듯 내 상태를 설명하고 엄마는 몇 시간 전처럼 나를 위로한다. 엄마는 나에게 용기를 주었고, 이는 내 깊은 곳까지 나를 위로했다. 엄마가 아직 줄 수 있는 이 모든 아름다운 조언 때문이 아니라 지금 여기서 나를 도와주는 이가 나의 엄마이기 때문이다. 내가 몇 주간 스스로 피했던 재회같이 느껴졌다.

엄마는 이후 사흘간 매일 적어도 한 번은 나에게 전화를 해 이전에 나눈 대화의 기억은 온데간데없이 내게 무슨 일이 있는 것 같은 느낌이 든다고 이야기하고는 도울 것이 있는지 물어보았다.

다시 한번 알로이스와의 줄다리기에서 엄마가 얼마나 감각에 치우쳐 있는지 눈에 띈다. 눈먼 사람은 청력이 아주 특별하게 발달하는 것처럼, 엄마도 최고의 감각 능력을 발휘한다. 엄마는 너무나 깊고 부드럽고 섬세하게 느낀다. 엄마는 주변 사람들이 어떻게 지내는지 느끼고 있다. 알츠하이머병은 뇌에 걸리는 병이다. 하지만 마음, 마음의 치매는 아니다.

아니카와 통화하며 내가 엄마와의 교류를 얼마나 멋지다고 느끼는지, 엄마가 더 이상 존재하지 않는다고 느낀 것이 얼마나 부끄러운지 이야기했다. 아니카의 대답은 엄마에 대한 내 마음을 영원히 바꿔 놓았다.

"네가 엄마가 더 이상 존재하지 않는다고 생각하는 순간, 너는 엄마에게서 아들을 빼앗아 가는 거야."

말 그대로 나라는 존재는 엄마 덕분이다. 내가 엄마에게 큰 어려움이 있는 시기에 아들을 빼앗아 간다면 나는 어떤 아들인 것일까? 엄마는 훨씬 더 불확실해지고, 결핍된 부분은 더 커질 것이다. 한때는 컸던 필터와, 엄마가 수년간 쌓아 온 두꺼운 껍질은 이제 더 이상 없다. 하지만 엄마는 건강했던 시절과 똑같이 느낀다. 마지막 순간까지 머물게 될 나의 엄마다. 오늘부터 나는 엄마를 느슨하게 사랑할 것이다.

엄마에게는 지금 감정만 남아 있다는 깨달음이 모든 문제를 해결해 주지는 않는다. 가장 가까운 이들과 상호작용할 때 사람들은 약속, 합리적 신뢰 그리고 건강한 사람에게 향하는 그 모든 것을 기대한다. 한편으로 나는 엄마를 사랑하기 때문에 엄마를 중요하게 여긴다. 하지만 다른 한편으로 엄마를 너무 심각하게 받아들이지 않도록 나 자신을 보호해야 한다.

새로운 도전은 계속된다. 어느 평범한 화요일, 우리가 여행에서 돌아온 지 몇 달 지나지 않아 엄마는 특별한 이유 없이 나에게 전화했다. 엄마는 내가 자신을 돌보지 않아 얼마나 실망했는지 이야기한다. 나는 그 전주 내내 엄마 집에 있었고 어제 엄마의 연말 정산을 마무리했지만, 엄마는 당연히 이를 더 이상 알지 못한다. 엄마는 자신을 도와주는 유일한 사람이 형과 형의 여자 친구라고 이야기한다. 두 사람이 엄마를 위해 많은 것을 했고, 나는 지난주에 주로 일만 생각하기는 했다. 그럼에도 불구하고 엄마에게 이런 비난을 받는 것은 아프다. 가끔 나는 일이나 다른 사람을 대할 때 실수하지 않는 것에 완전히 사로잡힌다. 그래서 죄책감은 종종 예상치 못한 방식으로 나를 공격한다. 엄마가 나에게 실망했다고 할 때 처음에는 내가 엄마가 기억할 수 없는 다양한 방식으로 얼마나 엄마를 위하며 지내고 있는지 반박하고 싶었다. 하지만 그런 토론이 엄마에게 도움이 되지 않는다는 것을 다행히도 바로 이해했다.

알츠하이머병은 모두를 불확실성에 두는 병이다. 엄마는 자신의 미래와 관련된 모든 것이 불확실하지만 엄마의 주변 환경이 함께 이 수수께끼를 풀고 있다. 병이 얼마나 빨리 진행될지는 알 수 없다. 가끔은 빨리, 때로는 천천히 진행된다. 어느 때는 파도처럼 밀려온다. 알로이스가 하는 약속은 하나밖에 없다. 점점 더 나빠지고, 나아지는 일은 절대 없을 것이라는 약속. 알츠하이머병에는 절망감이 감추어져 있다. 그리고 이 절망감 속에 기대치 못한 평화가 있다. 어떤 것이 필연적으로 나빠질 수밖에 없다면 나는 포기할 수도, 포기해서도 안 된다. 내가 지금 포기한다면 정말 심각할 때 엄마를 도울 수 없다. 정신 차려야 한다.

이런 경우 나는 로맨틱한 디즈니 영화의 결말을 뛰어넘는다. 나는 희망 없이도 살 수 있다. 나는 더 이상 해피엔드가 필요 없으며, 희망 따위에 신경 쓰지 않는다. 희망이 없어도 행복하다.

물건은 고장 나고 관계는 무너지고 사람은 죽는다. 인생의 모든 거래가 그러하다. 이런 관점으로 보았을 때 우리의 존재는 희망이 없으며, 이 모든 시간이 지났다는 것은 마침내 좋은 소식이다.

이 가족의 위기에 탈출구는 없다. 엄마를, 내가 이토록 사랑하는 사람을 혼자 둘 수는 없다. 이분은 스스로를 돌볼 능력을 잃었다. 내 인생의 결정을 나에게만 이기적으로 맞춰서 할 수 없는 것은 당연히 힘든 일이다. 하지만 이렇게 무너지고, 다른 사람에게 의지해야만 하는 엄마가 훨씬 더 힘들 것이다. 그럼에도 가족 모두 엄마가 이미 남긴 이 커다란 빈자리를 애석해하고 있다.

형은 아빠와 나의 거칠고 실용적인 스타일을 이해할 수 있도록 해 준 통역사 엄마를 그리워하고 있다. 형은 아빠와 나보다 훨씬 더 조심스럽고 공감 능력이 뛰어나다. 엄마는 우리의 스타일을 항상 형이 이해할 수 있는 언어로 해석해 주었다. 형이 나에게 중개자로서의 엄마가 얼마나 그리운지 이야기했을 때 나는 향후 이 역할을 내가 해야겠다고 생각했다. 나는 형의 언어를 배워 엄마의 임무를 어떻게든 메울 것이다. 하지만 엄마가 남긴 빈자리는 너무 크다. 이것은 그 많은 것 중 하나일 뿐이다.

엄마는 지난 몇 달간 너무나 자주 자살에 관해 이야기했지만 나는 엄마를 그 방향으로 이끌 수 있는 말은 단 한마디도 한 적이 없다. 하지만 그 결정은 적어도 불확실성의 명확한 끝을 의미할 것이다. 엄마는 알츠하이머병의 최악의 면을 경험할 필요가 없고, 모두가 마침내 끝을 내고, 슬퍼한 뒤 계속 나아갈 수 있다. 어쩌면 나는 엄마의 죽음 이후, 예전처럼 부모에 대해 다시 무심해질 수 있을 것이다. 그렇게 무심했던 시절이 이따금 그립다. 물론 이제는 더 이상 그렇게 지낼 수 없다. 부모님이 편찮으시면 자식은 갑작스레 돌봄의 최전선에 서게 된다. 그 누구도 나에게서 이 임무를 가져갈 수 없다. 알츠하이머병의 무게가 우리 모두 더 이상 견딜 수 없는 상황까지 증가할 것이라는 데는 의심의 여지가 없다. 하지만 아직까지는 그렇지 않다.

엄마의 고통은 이제 깊어졌다. 엄마는 자주 운다. 자신이 다시는 건강해지지 않으리라는 것을 깨달을 때마다 처음처럼 눈물을 흘린다. 처음인 것처럼 엄마를 위로해 주는 것 외에 다른 방법은 없다. 엄마의 머릿속에 머무르는 단어는 없다. 모든 위로는 내가 처음으로 말하는 것이다. 어린 시절 우리가 100번이나 다쳐서 무릎이 깨졌을 때 엄마가 우리에게 준 자명함 및 따뜻함과 함께.

어쩌면 이것은 아직도 내가 헷갈리는 당시 엄마의 강점과 대조적인 부분이다. 예전에 나는 엄마의 모든 것을 믿었다. 지금 엄마의 명석한 지성은 지성의 그림자 자체다.

다행히 엄마가 아주 편안해하는 것들도 있다. 퀼른의 엄마 집 발코니에서 바라보는, 집의 정원으로 향하는 시선이 그 예이다. 우리는 자주 그곳에 앉아 줄담배를 피우는데, 그때 나는 엄마를 확실히 계속해서 웃게 할 수 있는 같은 이야기와 농담을 한다. 그리고 나는 아이투타키에서의 16일을, 오두막집 앞 베란다를, 그리고 그것이 얼마나 멀리 떨어져 있는지를 떠올린다.

"나는 이곳을 사랑해. 우리는 운이 좋았어." 엄마는 발코니에 앉아 자주 이렇게 말한다. 이곳은 오직 엄마만의 장소이다.

2월이 막 시작되었다. 밖은 춥고 축축하다. 엄마는 계속해서 나에게 지금이 몇 월인지 물어본다. "밖은 추우니까 여름일 수는 없어. 모든 사소한 것을 나는 다시 상기해야 해. 날짜는 더 이상 중요하지 않기 때문에 저절로 되지는 않아. 아이투타키 날씨가 그립다. 거긴 항상 똑같이 따뜻했잖아."

"알아요. 나도 그래요! 아직 아이투타키 날씨를 잘 기억할 수 있어요?" 우리가 돌아온 지 거의 석 달이 지났다. 기억은 대부분 몇 시간만, 어떤 것들은 몇 분만 남아 있다.

"아니, 하지만 아직 색깔을 느껴. 우리 오두막집 앞 야자나무를 오랫동안 바라봤었어. 매일 내 기억 속에서 불타기를 바라면서. 지금은 유감스럽게도 야자나무가 어떻게 생겼는지 모르겠어. 하지만 교회에서의 노래, 내 피부에 느껴졌던 바람 그리고 내 곁에 있던 너, 이 모든 것은 아직 남아 있어. 그리고 내가 이걸 얼마나 많이 느꼈는지 잊지 않았어. 느껴지지 않는 때는 결코 없어." 엄마는 대답한 뒤 눈을 감고는 아직 남태평양의 좁은 바닷가에 분 적이 없는 찬 바람 속으로 턱을 든다.

"거기에 가서 너무 다행이에요, 엄마. 우리가 같이 여행을 했다는 게 너무 기뻐요." 이렇게 말하며 엄마의 다리 위에 내 손을 내려놓는다.

엄마는 나를 보더니 미소 짓는다. "그래. 그건 정말 기적이야. 내 안에서 사라진 그 모든 것 중 무엇이 중심에 남아 있을까? 중심에는 대부분 다음 세대가 남아 있어. 과육은 썩지만 새로운 나무는 다시 자라. 나는 그게 느껴져. 죽음은 불리한 상황만은 아니야. 일련의 세대를 결정하지. 내 부모님 세대는 거칠고 공격적이었어. 정말 행동하는 사람들이었지. 나는 운이 좋게도 그중 일부를 떼 놓을 수 있었어. 나는 훨씬 더 부드러워졌고 사랑이 충만해졌어. 그리고 인정해야만 해. 알츠하이머병이 약간 도움이 됐다는 걸."

16. 모든 문장은 노래가 되어

2022년 여름 후덥지근한 오후, 엄마의 아파트에 들어서자 엄마는 절망에 빠진 채 거실에 서 있었다. 엄마는 천천히 조심스럽게 내 방향으로 고개를 돌리더니 입술을 깨물고 생각의 균형을 맞추려는 듯 손으로 이마를 짚었다. 큰 카펫 위에는 멀티 탭이 뒤죽박죽 연결되어 있었다. 케이블은 아파트 전체에 흩어져 있었다.

아이투타키 여행 이후 거의 3년이 지났다. 이후로 꽤 많은 것이 변했다. 엄마는 아빠, 형, 나의 도움을 받아 아직은 혼자 살 수 있지만, 점점 어려워지고 있다. 앞으로 얼마나 더 혼자 사는 것이 가능할지는 여전히 말하기 어렵다. 나도 나를 속이지 않는다. 돌보아야 할 부분은 점점 커지고, 일정 지점에 도달하면 엄마는 우리가 할 수 없는 전문적인 도움이 필요할 것이다.

우리는·가족으로서 다시 한번 훨씬 가까워졌다. 우리는 서로를 신뢰한다. 형과 나는 자주 통화를 하고, 아빠와는 이렇게 가까웠던 적이 거의 없다고 말할 정도가 되었다. 나는 아빠, 형은 물론 엄마와도 일주일에 여러 번 통화를 하고 몇몇 부분은 거의 균형을 잡았다.

엄마가 아프기 전 나는 형과 이렇게 가까웠던 적이 없다. 어쩌면 부모님이 이혼했기 때문에, 아니면 청소년들에게 4년 차이는 가깝게 지내기에는 꽤 큰 차이기 때문일 수도 있다. 우리는 항상 달랐고 수년간 일종의 친밀한 거리를 서로 잘 유지했다. 하지만 엄마의 진단 이후 우리는 함께하면 훨씬 더 잘할 수 있다는 것을 깨달았다. 심지어 잘할 수 있는 것 그 이상이다. 우리가 아무리 달라도 엄마에 대한 깊은 사랑으로 우리는 항상 연결되어 있다. 그것만으로도 친밀한 관계를 유지하는 것은 가치가 있다.

엄마는 엉킨 케이블 앞에서 놀라움을 금치 못한다. 케이블로 무엇을 하고자 했는지 더 이상 모르는 것이 분명해 보인다. 엄마에게 매우 불편한 상황이지만, 엄마를 케이블에서 떼어 내는 것은 불가능하다. 엄마가 지금 여기서 뭘 하려고 했었는지 알아내야만 한다.

우리는 차근차근 케이블 뒤를·따라가서 엄마의 목표가 무엇이었는지 알아내기로 했다. 나는 밝은 목소리로, 필요 이상으로 이 모든 것을 조금 재미있게 만들려고 노력한다. 마치 질환의 증상과는 관련이 없고 그냥 재미있는 토끼 사냥 놀이를 하는 것처럼 했다. 10분 뒤 엄마가 휴대폰 충전 케이블을 찾지 못했다는 것이 밝혀졌다. 휴대폰은 엄마가 모든 소중한 사람에게 연락할 수 있는 수단이다. 그리고 연락하지 못할 수 있다는 위험은 엄마에게 두려움을 안긴다. 엄마는 무엇인가를 충전하려고 했다는 건 알고 있었지만 그게 뭐였는지는 이미 잊은 지 오래였다. 이로 인해 아파트 한쪽에서 다른 쪽까지 카펫 위에 수많은 케이블이 서로 엉켜 버렸다. 이 중 휴대폰에 맞는 케이블은 없었고, 그 시점에 엄마는 휴대폰이 어디에 있는지도 몰랐다. 우리는 먼저 함께 휴대폰을 찾았고 이어서 휴대폰에 맞는 케이블을 찾았다. 그리고 휴대폰을 늘 충전하는 자리에 두었다. 휴대폰은 대부분 거대한 촛대 가장자리에서 균형을 유지하다 계속해서 아래로 떨어졌다. 정말 부적합한 장소다. 하지만 이제는 더 이상 휴대폰 충전 장소를 변경할 수 없다. 변경하면 엄마는 휴대폰을 찾지 못할 테니까.

충전 장소는 영원히 이곳이 될 것이다.

엄마는 지쳤지만 만족스러운 듯 소파에 쓰러졌다. 열과 성을 쏟아 냈다. 다행히도 엄마는 물건을 찾아다니는 불안을 빨리 떨쳐 버릴 수 있었다. 적어도 다시 무엇인가가 없어질 때까지, 다시 무엇인가를 잃어버릴 때까지 몇 분 정도는 말이다. 매번 엄마는 다음 단계 생각의 실마리를 찾는 데 필요한 힘을 조금씩 더 잃는다. 힘의 분배는 종종 놀랍지만, 엄마의 의지와 힘이 무조건 병을 더 쉽게 만들지는 않는다. 엄마는 연승이 불가능해 보이는 전투에서 싸우고 또 싸우고 있다.

잠시 후 엄마는 우리가 엄마의 모든 병원 진료와 약속을 기록해 둔 달력으로 갔다. 이제는 혼자서 몇 단어를 읽는 것도 힘들지만 인내를 갖고 침착하게 쓰여 있는 것을 함께 읽는다. 하지만 정보를 통합하는 건 더 이상 가능하지 않다.

"월요일" 엄마가 조용히 말하고는 두 번째 손가락으로 입술을 톡톡 친다. "뭐가 보이는가 하면……." 엄마는 속삭이다 고개를 가로젓는다. "하지만 여기 11, 0, 0은 뭐지? 이게 무슨 뜻이니?"

엄마는 좌절하고 눈썹을 찌푸리며 다시 고개를 젓다 화를 냈다. 나는 엄마 어깨에 내 머리를 올리고 엄마를 꼭 안았다. "봐요. 여기 아래는 날짜, 여기는 요일인 월요일, 여기는 날짜 10일 그리고 그 옆에는 엄마가 하려고 하는 것들이에요. 헤겔레. 이날 엄마는 헤겔레에게 가요." 나는 침착한 목소리로 말했다. 헤겔레는 엄마가 2주에 한 번씩 만나는 새로운 신경 심리학자이다. 약속이 있을 때마다 아빠는 전화해서 엄마에게 상기시켜 준다. 달력은 이미 오래전부터 목적에 맞게 사용되지 못하고 있지만, 엄마는 자신에게 다가오는 일을 스스로 읽고 확인할 수 없으면 불안해했다. 다른 달력도 사용해 보았지만 사용이 힘든 건 마찬가지였다.

"헤겔레…… 10일…… 언제라고?" 엄마는 질문하고는 마치 어떻게든 자신에게 분명하게 알려 주려는 듯 다시 한번 검지 손가락을 달력 틈을 따라 움직인다. 하지만 정보들은 엄마 머릿속에서 쉽게 짜 맞춰지지 않는다.

"오늘은 그만해요, 엄마. 아빠가 약속이 있을 때마다 엄마에게 알려 주잖아요. 엄마는 아무것도 놓치지 않을 거예요. 이렇게 하는 건 엄마에게 도움이 아니라 스트레스만 더 줄 뿐이에요." 얼마나 희망 없는 말인지 알면서도 나는 말한다. 실제로 엄마가 단념하는 경우는 거의 없다. 엄마는 온 힘을 다해 달력을 이해하고자 하지만 모든 의지와 연습은 헛되다.

"난 정말 똑똑한 사람이었는데, 지금은 이런 간단한 것조차 못 해. 내가 달력 때문에 너에게 물어본 적이 있니?" 엄마가 실망한 듯 물어본다.

"아니요, 그런 적 없어요." 나는 거짓말을 한다. 나는 엄마가 나에게 정확하게 이유를 요청하는 것이 아니면 항상 너무 진실해서는 안 된다는 것을 배웠다. "엄마는 아직도 똑똑한 사람이에요. 엄마 뇌가 엄마가 이런 것에 잘 대응하도록 그냥 두지 않을 뿐이지요. 자책하지 마요." 엄마를 위로하고자 하지만 이번에도 내 말이 진정으로 엄마에게 도달되지는 않는다. 그러기에 엄마는 너무 야심 찬 사람이며 엄마는 이를 잊지 않았다.

좋은 대화로 공간을 채우는 것은 나의 유일한 효과적인 전략이다. 매일 나는 엄마에게 약간의 편안함이나 웃음, 잘 풀린다면 정말 큰 웃음을 주기 위해 노력한다.

"먼저 담배 한 대 피우자." 엄마는 이제야 결심하고 아랫입술 안쪽을 씹는다. 여전히 3년 전과 똑같은 습관이다. "아, 속이 또 좋지 않아! 심각해!" 엄마는 분노했다. 방을 나서기 전, 엄마는 꺼진 텔레비전 방향으로 짧게 인사한다. 어쩌면 화면에는 엄마에게만 보이는 물고기가 엄마를 향해 손을 흔들며 인사하고 있을지도 모른다.

운이 없거나 직업상의 이유로 알츠하이머병 환자와 시간을 보내는 모든 사람은 시간이 지나면서 수많은 새로운 깨달음을 얻는다. 나는 알로이스가 같은 방식으로 나타나는, 서로 닮은 알츠하이머병 환자 두 명을 만난 적이 없다. 그래서 내 관찰 결과는 특정한 경우일 수 있지만, 그럼에도 내가 깨달은 내용을 공유해 본다.

모든 알츠하이머병 환자는 알로이스를 잘 알게 된다. 하루의 매 순간을 알로이스와 보내며 알로이스는 시간이 지날수록 다른 모든 것을 누르고 점점 삶의 주요 구성 요소가 된다.

나는 언젠가 식사가 귀찮은 의무가 된다는 것을 깨달았다. 우리 가족은 엄마가 식사하도록 설득하는 데 많은 시간을 보낸다. 그런데도 엄마는 점점 더 살이 빠진다. 엄마는 이제 너무 말랐다. 우리 모두가 원하는 것보다 훨씬 더 말랐다. 나이에 비해 완벽해 보이던 피부는 이제 목 힘줄 사이로 깊게 들어가 있다. 완벽한 핏을 자랑했던 바지는 이제 무릎과 골반 아래가 비어 있다. 식사 계획을 세우는 것은 도움이 되지 않았다. 그냥 우리는 매일 매 순간 엄마와 함께 있어야 한다. 엄마는 식사 계획표를 읽을 수도, 찾을 수도, 그저 이해할 수도 없기 때문이다.

처음에는 단지 엄마가 식사하는 것을 잊은 것이라 생각해서 엄마를 좋은 레스토랑으로 데려갔다. 하지만 당연히 매일 레스토랑에 갈 수는 없다. 또 엄마는 거의 매일 속이 메스껍다고 했다. 처음에는 약의 부작용일 수 있다고 생각했다. 하지만 이는 마치 엄마의 몸이 배고픔을 더 이상 먹고 싶은 욕구와 연결하지 못하는 것처럼 보인다. 속은 좋지 않지만, 식욕이 생기지는 않는다. 매일 누군가가 엄마에게 접시를 비우도록 동기를 부여해야 한다. 굶주린 아이들에게 나누어 주는, 탄수화물이 아주 많이 들어 있는 단백질 바나 땅콩 바를 주는 아이디어는 자연스러운 배고픔을 더 강하게 누르기 때문에 좋지 않다. 장기적으로 알츠하이머병 환자들은 일반인보다 훨씬 더 빨리 체중을 잃는다. 이제 형은 정기적으로 엄마를 위해 요리하고, 이에 더해 아빠는 일주일에 세 번 엄마를 방문하는 요리사를 고용했다.

또한 나는 알츠하이머병을 앓기 전에는 보이지 않던 성격적 특성이 새로 생긴다는 것을 알게 되었다. 나는 교양 있는 가정에서 성장한 사람이 병이 진행됨에 따라 식사 자리에서 바닥에 침을 뱉고 '히틀러 만세'를 부르짖는 것을 본 적 있다. 또 알로이스가 이사 오면서 아주 부드러웠던 성격이 변덕스러워진 비즈니스맨들을 안다. 때때로 가족들은 사랑하는 사람이 건강했을 때 정말 어떤 모습이었는지 잊어버린다. 그래서 온 힘을 모아 과거의 멋진 순간들을 꼭 잡고 있어야 하며, 알로이스가 가족들의 기억에까지 영향을 끼치는 것을 허락해서는 안 된다. 하지만 내가 아는 사람 중 이에 성공한 사람은 없다.

모든 전화는 풀어야 할 문제가 있다는 뜻이다. 왜냐하면 모든 것은 문제이며 결코 풀 수 없기 때문이다. 문제를 풀더라도 계속해서 시도해야 한다. 엄마의 지인이 엄마를 위해 기도하겠다고 약속하면 감사해야 한다. 그런 사람 중 반은 실제로 매주 전화를 하고 강력한 아군이 된다. 가장 친한 친구들은 엄마를 불쌍히 여기면 안 된다. 엄마를 아직 진지하게 받아들이는지 항상 물어보아야만 한다. 더 이상 진지하게 받아들여지지 않으면, 엄마는 존엄을 잃을까 항상 두려워하기 때문이다.

많은 것은 현재 기분에 달려 있다. 엄마를 웃게 해 줄 기회가 있다면 문제는 대부분 해결된다. 웃으면서 죽고 싶을 수는 없기 때문이다. 알로이스는 우리가 약속이 있다는 것을 엄마가 잊어버리게 하지만, 내가 늦게 온 것은 절대 잊어버리게 하지 않는다. 나쁜 기분은 좋은 기분보다 훨씬 오래 지속된다. 그 차이는 몇 주가 될 수도 있다. 대화는 점점 양측 모두에게 더 힘들어진다. 아프다는 것은 사람을 갑자기 30년은 더 늙게 할 수 있으며, 모든 노인의 클리셰가 실제 작동된다. "옛날에는 모든 것이 더 좋았어."부터 "내가 젊었을 때는 말이지."까지.

알로이스와 하루를 보낸 후 너무 지쳐 그냥 평화를 원하는 자신을 미워하는 것을 멈추어야 한다. 또 언젠가는 사랑하는 사람이 좋아하지 않을 결정을 내려야만 한다. 알츠하이머병 환자가 얼마나 오래 생존할지에 대한 정확한 추정치는 없다. 알로이스는 분명 3년에서 우주가 차갑게 죽음을 맞이할 때까지 살아남을 수 있다. 신경과 전문의들 역시 종종 잘 알지도 못하면서 메스꺼움과 고통을 유발하는 것 외에는 아무 효과가 없어 보이는 약을 계속 처방한다. 어떤 사람들은 케토 다이어트*가 알츠하이머병을 낫게 할 수 있다고 재차 설명하며 그런 의견이 진지하게 받아들여지기를 기대한다. 가족 중 누군가가 알츠하이머병에 걸렸다는 이야기를 들으면 사람들은 연이어 무서운 이야기를 한다. 아무도 듣고 싶어 하지 않는 이야기는 절대 도움이 되지 않는다. 이런 사람들에게는 이야기를 듣고 싶지 않다고 그냥 말할 수 있어야 한다.

알로이스는 어떤 사람들은 절대 잠들지 않게 하고, 또 다른 사람들은 거의 항상 자게 한다. 모든 기계는 풀 수 없는 수수께끼가 되며, 결코 해독되지 않는다. 이 문제를 단 몇 초 만에 풀 수 있다면 이미 다음 팝업 창이, 그다음은 문자 메시지가, 그다음은 리모컨의 다음 버튼이 숫자 없는 새로운 스도쿠를 나타낸다. 좋은 조언을 줄 수 없는 이유는 그들의 세계를 알지 못하기 때문이다. 편안하고 긍정적이고 격려하는 방식으로, 예전의 아름다운 시절을 이야기하는 것은 위로하는 데 도움이 된다.

지퍼는 악마의 발명품이며 말도 안 되는 것이다. 모든 것을 잊어버리지만 그럼에도 항상 찾아야만 한다. 돈은 도전 과제가 된다. 엄마는 집에 현금을 가지고 있고 싶어 하고 돈을 숨기고 싶은 충동을 느끼지만, 당연히 나중에는 돈이 어디에 있는지 기억하지 못한다. 엄마는 자주 혼자 있고 싶어 하지만 도움이 필요하기 때

---

* 탄수화물을 극단적으로 제한하는 식단.—옮긴이

문에 그럴 수 없다. 알로이스는 엄마 몰래 집에 더러운 것을 숨기고 엄마가 볼 수 없게 한다. 이에 관해 이야기하면 엄마는 슬퍼하게 될 것이므로, 화장실에서 문을 걸어 잠그고 설사하는 것처럼 행동하며 몰래 청소하는 것이 낫다. 알츠하이머병 환자 옆에 있으면, 다른 사람의 문장을 완성하는 것에 전문가가 된다. 알츠하이머병이 없는 사람들은 그렇게 하면 싫어한다. 우울증은 알로이스의 기념품 중 하나일 뿐이다. 중요한 대화는 훨씬 일찍 나누는 것이 좋다.

형제자매를 선택할 수는 없지만, 그들은 항상 가장 중요한 동맹이다. 성격이 다르더라도 가까이 지내는 것은 가치 있는 일이다. 내가 이것을 조금 더 일찍 알았더라면 좋았을 것 같다. 사생활 침해는 좋지 않지만, 엄마가 길을 잃으면 엄마 전화기에 설치된 위치추적 장치는 은총이 된다. 전화를 할 수 있다 하더라도 어디에 있는지 설명하는 것에 너무 불안해한다.

알츠하이머병 환자에게 자주 나타나는 현상으로 '임종 명석 현상'이 있다. 환자들이 몇 년간 말을 하지 않았더라도 죽기 직전 갑자기 정신이 명료해지며, 더 이상 혼란스러워하지 않고, 심지어 친척들도 다시 알아본 직후 죽는 현상을 말한다.

알츠하이머병 환자는 지저분한 농담에 가장 크게 웃을 수 있다. 많은 친구가 남아 있지만 대부분은 떠난다. 어떤 사람들은 몇 년간 연락하지 않고 있다가 갑자기 환자 앞에 나타나 진정성 있는, 사랑이 넘치는, 목적 없는 우정을 보여 준다. 이런 사람들은 성인과 같으며 나는 그들이 엄마와 우리 가족들을 위해 한 일을 절대 잊지 않을 것이다. 그 어떤 개인적인 순간도 그 자체로 견딜 수 없게 남아 있지는 않는다.

너무 많은 담배를 피워서 혀에 흰 점이 생길 수 있다. 신은 그들이 믿음이 있는지 없는지는 상관하지 않는 것 같다. 훌륭하고 완전한 생전 유언은, 존엄한 죽음과 무자비한 죽음의 차이를 만들 수 있다. 40대 미만의 사람 중 생전 유언을 두고 있는 사람은 없는 것 같다. 나는 혼자서 이 일을 견뎌 내는 것을 상상할 수 없다. 우리는 모두 죽을 것이다. 다른 이에게 도움을 주는 것은 좋은 일일 수 있으며, 동시에 이 깨달음은 죄책감을 발생시킨다. 책임감 앞에서 숨기는 쉬우며 이것을 증오할 순간들은 충분하지만, 장기적인 관점에서 그런 증오는 공허함만 채운다.

자신을 스스로 잘 돌보는 일을 소홀히 해서는 안 된다. 나는 이것을 잘하는 방법을 알지 못한다. 때때로 이기적으로 구는 것이 가장 공감하는 것이다. 친구들과 자신의 슬픔에 관해 이야기해야 한다. 많은 문제는 해결책이 없지만 혼자서 불속으로 걸어가야 할 이유는 없다. 엄마와 알로이스와 얼마나 많은 시간을 보내는가는 중요하지 않다. 엄마와 함께 있다가 떠나는 순간 엄마는 몇 주나 떨어져 있었던 것처럼 느낀다.

아무리 큰 노력을 했더라도 감사를 기대해서는 안 된다. 이 특성이 가장 먼저 사라지는 것 중 하나인 것 같다. 제일 좋은 것은 그냥 조용하고 차분하게 있는 것이다. 이것은 가끔 가장 어려운 것이기도 하다. 여행은 가장 큰 도전 과제 중 하나이자 동시에 가장 가치 있고 오래 지속되는 경험일 수 있다. 위로는 항상 도움이 된다. 세상에는 알츠하이머병 환자의 물건을 훔치거나 그들에게 필요한 물건을 파는 잔인한 사람들이 있다. 대리인과 출납원이 가장 심하다.

대부분은 알츠하이머병으로 죽는 것이 아니라 부수 현상으로 죽는다. 예를 들어 자동차 앞으로 뛰어들거나 병원에 너무 오래 누워 있어 몸이 악화하는 것이다. 알로이스는 흡연이나 과한 음주처럼 건강에 해로운 일은 완전히 중요하지 않아 보이게 한다. 알로이스는 엄마로부터 친구들과 생일 파티를 할 흥을 빼앗아 간다. 자신의 병이 너무 부끄럽기 때문이다. 그런데도 파티를 하면 기쁨은 생일날을 뛰어넘어 몇 주간 지속될 수 있다. 부끄러움은 모든 것에 있어 가장 큰 악 중 하나일 수 있다. 부끄러움은 건강한 남자들이 춤추는 것을 막고, 알로이스 환자들이 솔직한 감정을 드러내는 것을 막는다. 함께 우는 것은 함께 웃는 것만큼이나 좋다. 때로는 심지어 더 좋다.

언젠가 엄마는 다른 시간대에 살 것이다. 어쩌면 엄마의 현실과 우리의 현실은 번갈아 가며 나타날 것이다. 어쩌면 엄마는 자신의 감정 세계에 계속해서 빠져들 것이다. 아직은 엄마의 감정을 올바른 방향으로 밀어내고 엄마에게 웃음을 선사할 수 있다. 어쩌면 엄마는 언젠가 이미 오래전에 죽은, 하지만 엄마에게는 아직 살아 있는 사람들 소식을 물어볼 것이다. 몇 달간 나는 언젠가 내가 엄마를 더 이상 진지하게 받아들일 수 없게 될까 두려웠다. 언젠가는 내가 한때 사랑했던 여성의 껍데기로만 남을 시점에 도달할 것이다. 내 머릿속 알츠하이머병의 이미지는 엄마의 모든 것을 앗아 갈 것이라는 느낌을 오랫동안 주었다. 하지만 엄마가 변하더라도 나는 엄마와 여행할 것이다. 엄마가 어디에 있든, 나는 그곳에 있으면서 아름다운 것을 찾을 것이다. 세상을 반대편에서 바라볼 것이다. 그게 무엇을 의미하든. 엄마를 세상 반대편에서 행복하게 해 줄 수 있다면 어디에서든 그걸 할 수 있다.

엄마의 병이 진행되고 있음에도 불구하고 나는 여전히 엄마로부터 많이 배우고 있다. 글을 쓰고, 사랑하고, 살아가는 것에 관해. 때로 나는 그것으로 게임을 만들기도 하고 내가 잘 아는 이야기 속에서 새로운 진실을 찾는다. 가끔은 뉘앙스가 변하기도 한다. 엄마는 예전에는 한 번도 말하지 않은 문장을 말하거나, 예전에는 중요하지 않았던 구절을 강조하기도 한다. 또한 엄마가 알던 사람들에 관해 물어보면 엄마는 나에게 엄마가 그들과 함께 경험했던 에피소드를 들려준다. 그러면 나는 돌아가고 싶은 후렴구가 있는 아름다운 음악 같은 엄마의 이야기에 귀 기울인다. 계속해서 새로운 아름다움을 발견해도 되는, 내가 잘 아는 좋은 후렴구이다. 아픈 엄마를 위로하기 위해 함께 노는 것이 아니다. 엄마와 소통할 수 있는 기회의 가치를 찾는 것이다. 엄마의 기억을 보존하기 위해서.

우리는 여전히 죽음에 관해 자주 이야기한다. 그리 중요하지 않지만 멋진 하루일 때도 있고 엄마가 우울함을 느끼는 날일 때도 있다. 그럴 때는 마치 알로이스가 엄마를 뒤에서 끌어안고는 자기 영역으로 끌어당기며 거의 압도하는 것 같다. 엄마는 어떻게 죽을 수 있는지 물어보고 나는 대답을 주저한다. 하지만 엄마의 삶이 엄마 손에 달린 것처럼, 죽음 역시 엄마의 것이다. 나는 그것의 일부가 되는 특권을 즐기고 있다. 언젠가 엄마는 죽을 것이다. 엄마 병의 비극은 끝날 것이고, 다른 것들이 엄마를 사랑하는 사람들의 생각의 방을 차지할 것이다. 죽음의 과정은 우리가 직면해야만 하는 마지막 모험이다. 우리는 그곳으로 가는 길에 큰 문제가 될 작은 일들을 많이 마주칠 것이다.

나는 내 생일에 많은 것을 해 본 적이 없다. 하지만 엄마가 아프기 시작한 이후, 이날만큼은 항상 공포에 둘러싸인다. 엄마가 처음으로 내 생일을 잊게 될 해가 두렵다. 엄마가 나를 축하해 주는 것이 너무 중요해서가 아니라 엄마가 생일을 잊어버렸을 때 스스로 얼마나 실망할지를 알기 때문이다. 엄마는 나에게 항상 최고의 엄마였는데, 나는 엄마가 자신에 대해 다른 인상을 갖게 되는 모든 경우를 피하고 싶다. 그래서 내 생일을, 엄마를 위한 축제의 날로 만들기로 결심했다. 나는 엄마와 식사하러 가서 나의 탄생을 축하한다. 이렇게 우리는 함께 시간을 보내고 동시에 나는 엄마가 내 생일을 잊어버릴 가능성을 피한다.

하지만 어떤 속임수도, 노력도, 사랑도 병이 진행되는 것을 막을 수는 없다. 엄마를 담당하는 신경 심리학자는 얼마 전에 폴라로이드 카메라로 엄마의 친구들과 지인들의 사진을 찍은 뒤 집에 중요한 사람들의 이름과 생년월일이 적힌 검은색 게시판을 만들라고 권유했다. 엄마가 내 앞에 서서 사진을 찍더니 처음으로 내 생일이 언제인지 물어보았다. 결국 일어나야 하는 일이다.

우리는 글을 쓰는 가족이다. 글은 항상 우리 생각의 중요한 구성 요소였다. 우리는 늘 이야기했는데 이는 우리의 가내 수공업이다. 아빠는 여러 전쟁을 취재한 해외 특파원이었고, 엄마는 기자로 일하다 어린 시절 트라우마를 치유하기 위해 소설을 썼다. 아이투타키로 여행을 가기로 결정하고 나서 엄마가 나에게 가장 먼저 한 말은 "그걸로 뭘 만들 거니? 네가 뭔가를 만들지도 않는데, 우리가 세상 반대편으로 여행가는 건 아니지."였다. 이는 놀라운 일이 아니다.

나는 팟캐스트 제작자로 일하고 있다. 아빠의 매체는 텔레비전이고 엄마의 매체는 문학이며 나의 매체는 지금 팟캐스트이다. 그래서 나는 우리의 여행을 가장 먼저 팟캐스트로 만들었다. 하지만 지금 책을 쓰면서 나는 그 어느 때보다 엄마를 가까이 느끼고 있다. 나는 글 쓰는 과정에서 엄마에게 자주 전화했는데, 엄마는 자신이 소설을 쓰던 내 어린 시절을 스스로 기억해 냈다. 엄마는 내게 원고를 보내 줄 수 있는지 자주 물어보았고 나는 당연히 바로 보내 드렸지만, 엄마는 더 이상 읽을 수가 없다. 나는 여러 번 엄마와 함께 쾰른의 엄마 집 발코니에 앉아 글을 읽었다. 한 페이지씩. 엄마는 내가 농담을 한 몇몇 부분에서 크게 웃었고, 글쓰기 스타일에 있어 우리 둘의 차이점에 관해 논평했다. 마지막에는 나를 향한 찬사라고 할 만한 이야기를 했다. "빌어먹을. 이제 난 죽을 수가 없어. 네 첫 번째 낭독회에 가야 하잖아."

여행, 팟캐스트 제작 그리고 이 책의 집필은 내가 지금까지 한 것 중 가장 어려우면서도 충만함을 주는 일이다. 엄마와 나는 알츠하이머병 환자들이 이 병을 어떻게 느끼는지 설명할 수 있는 무엇인가를 만들고 싶었다. 자신의 기억에 더 이상 의존할 수 없다는 것이 실제로 무엇을 의미하는지 말이다. 하지만 나는 무엇보다 나의 엄마가 얼마나 훌륭하고 영감을 주는 분이었는지 잘 담아내었기를 바란다. 엄마가 아마도 나의 아이들을 알게 되지 못하리라는 이야기는 너무나 가슴 아팠다. 하지만 적어도 지금은, 내 아이들이 언젠가 나의 엄마에 관해 알게 될 이 책이 있다. 엄마가 나에게 끼친 영향과 내가 엄마로부터 배운 모든 것은 엄마와 함께 죽지 않을 것이다. 이것은 나에게 가장 큰 선물이다.

따뜻한 봄날 오전 엄마와 나란히 공원 산책길의 코너를 돌며, 나는 이 책의 마지막 장을 시작한다. 엄마는 이 지역을 잘 알고 있고 오늘도 이곳만큼은 문제없이 혼자 산책할 수 있다.
"알츠하이머병의 좋은 점은……"

몇 분간 나란히 침묵하며 걸은 뒤 엄마가 이야기를 시작했다. "어딘가로 가서 처음으로 생각해. 오, 여기 정말 아름답구나! 그리고 지금 발견한 아름다운 구간에서 매일 새롭게 기뻐할 수 있어." 엄마는 나에게 윙크하며 혼자 웃었다.

우리는 여전히 아이투타키에 관해 이야기를 많이 나눈다. 엄마는 지금도 색깔을 볼 수 있다고 맹세한다. 단 하루도, 그 어떤 대화도 엄마 기억 속에 남아 있지 않을 것이다. 이제 야자나무는 완전히 사라졌을 것이다. 하지만 세상 반대편의 냄새, 피부에서 느껴지던 소금 맛, 천사들의 노래, 이 모든 것은 남아 있다. 우리가 벤치에 앉았을 때 엄마가 말했다

"아이투타키에 간 건 정말 잘한 일이야. 우리는 2019년 11월에 거기 있었지. 조금만 더 기다렸더라면, 코로나19가 우리를 좌절시켰을 거고 우리는 꿈을 절대 이루지 못했을 거야. 운이 좋았어! 천사가 여행하는 것처럼! 운이 좋았어. 나는 이제 마음속 깊이 낙원이 존재한다는 걸 알아. 천재적인 신이 그렸을 거라고 믿을 수 있을 만큼 아름다운 낙원. 그런 곳을 볼 수 있었던 건 정말 최고였어. 이 섬은 그냥 완벽한 사진 같아. 마치 박물관에 서서 '여기는 모든 것이 완벽해'라고 생각하는 것처럼."

우리는 눈을 감는다. 부드러운 봄바람을 피부에 느끼는 순간, 마치 그때처럼 느껴진다.

"사람들은 그들이 천국에서 노래한다고 해." 엄마가 아이투타

키에서 예배를 본 후 한 말이다. "하늘에서는 이렇게 잘할 수 있는 거니? 아니면 아이투타키에서 개인 과외를 받을 거야. 모든 천사가 아래로 내려와서!" 엄마의 눈은 감동으로 빛났고 엄마가 웃던 기억을 떠올리면 지금까지도 내 마음이 따뜻해진다. "이게 내가 여기 오고 싶은 이유야. 나도 잘 모르겠지만 느낌이 있었어. 나는 느낌이 있었어! 항상 그랬어. 이곳에 오고 싶었어! 이유는 너무 적었어. 하지만 언젠가 오래전에 이 섬 이야기를 들었고, 드디어 지금 내가 왜 여기에 있는지 알게 되었어. 아름다운 태양과 색깔뿐만이 아니야. 이 울림. 내가 언젠가 영원히 눈을 감는다면 나는 정확히 이 노래를 들을 거야!"

엄마의 은발 머리가 오래된 바람에 흩날린다. 수천 킬로미터의 텅 빈 태평양을 어루만진 바람이, 이제는 엄마의 뺨을 어루만지고, 엄마의 폐로 흘러 들어가 몇몇 문장이 되어 영원히 내 심장 안으로 들어온다.

"내가 어떻게 죽느냐는 내 것이야. 종교적 감성이 있지만 나는 모든 방법을 취할 거야. 내가 원하면 난 무엇이든 할 수 있어.

나는
선택
할 수 있어."

나의 엄마, 그리고 마지막 여행
알츠하이머병, 엄마와 아들의 세상 끝으로의 행복 여행

초판 1쇄 인쇄 2023년 10월 10일
초판 1쇄 발행 2023년 10월 15일

지은이 루카스 샘 슈라이버
옮긴이 이연희

펴낸이 김영철
펴낸곳 국민출판사
등록 제6-0515호
주소 서울특별시 마포구 동교로12길 41-13(서교동)
전화 02)322-2434
팩스 02)322-2083
이메일 kukminpub@hanmail.net

ⓒ 국민출판사, 2023
ISBN 978-89-8165-647-8 (03850)